Suceurs de sang

Patrick Marchandiaux

Suceurs de sang

Roman

LE LYS BLEU
ÉDITIONS

ISBN : 979-10-422-2925-2

Dimanche 16 mai 2010, il est 8 heures du matin. Nous sommes dans la salle café de la Brigade des recherches de la gendarmerie de Sellonge-sur-Mérac. Une ville de quinze mille habitants située dans le sud-ouest de la France. Les six militaires qui composent cette unité sirotent leur petit noir. Elle est commandée depuis mai 2005 par le major Bernard Liodard, 48 ans, le regard vert émeraude, le cheveu court, châtain peigné en brosse. Il est secondé par l'adjudant-chef Paul Levain, dit Paulo, 37 ans, le regard bleu acier, le cheveu noir jais, légèrement dégarni sur le devant, la silhouette sportive. Vient ensuite l'adjudant Gustave Ramoy, dit Gus, 35 ans, le crâne rasé, les yeux marron clair, un léger embonpoint laisse penser qu'il aime la bonne chair. Puis l'adjudant Georges Philony, dit Jojo, 37 ans, blond comme les blés, les yeux gris clair, le sourire facile, baraqué, accro à la muscu. Vient ensuite l'adjudant Olivier Gratton, 33 ans, dit Olive, les yeux marron foncé, le cheveu noir, raide comme la justice. Et enfin, l'adjudante Léonie Médius, alias Léon, 34 ans, les yeux noir profond, une chevelure rousse coiffée en queue de cheval, une allure souple bien que les hanches soient un peu épaisses, passionnée de sport de combat, ceinture noire de Karaté.

Chacun des enquêteurs est titulaire du diplôme d'officier de police judiciaire et peut dès lors prendre n'importe quelle enquête à son compte.

La loi permet entre autres à ces militaires de travailler en civil.

Ils sont spécialisés dans les enquêtes criminelles et apportent leur concours aux unités départementales de la gendarmerie et plus particulièrement aux BT (brigades territoriales).

Cela faisait désormais un peu plus de cinq années qu'ils travaillaient ensemble. Une équipe indéfectible, soudée par des liens particulièrement forts.

Leur dernière grosse enquête a porté sur une affaire qui avait ses ramifications en 1972. (voir : Pactole Maudit.) Deux hommes avaient décidé de détrousser les notables de leur ville. Après plusieurs mois d'enquête, un des auteurs était interpellé dans sa ville de Nice. Ce dernier avait quelques jours auparavant assassiné son complice. Un travail rendu particulièrement difficile à cause de l'intelligence des criminels.

Depuis, la BR n'était intervenue que sur des dossiers portant sur des magouilles financières, chantages en tous genres, escroqueries et vols plus ou moins avec violences.

Même s'ils ne souhaitaient pas revivre des faits aussi graves que dans leur dernier dossier, ces limiers-là étaient avant tout formés pour enquêter sur des affaires sortant de l'ordinaire.

Ils sont secondés par un « TIC » (Technicien d'Investigation Criminelle). Ce dernier, Victor Tramblay, un adjudant, d'un peu plus de trente ans, remplit cette fonction d'une manière très professionnelle. Cette technicité s'acquiert après un stage de plusieurs mois à l'IRCGN (Institut de recherche criminelle de la gendarmerie nationale) basée à Pontoise. Celui qui se destine à embrasser cette technicité doit d'abord avoir un caractère bien trempé et le cœur bien accroché. Il va devoir intervenir très souvent sur des scènes de crime à la limite du supportable. Son rôle sera de récolter un maximum d'indices, de traces de toutes sortes, d'empreintes digitales et d'ADN. Pour cela, il dispose d'un accès, lui permettant d'effectuer des recherches sur les deux principaux fichiers qui sont le FNAED (fichier national automatisé d'empreintes digitales) et le FNAEG (fichier national automatisé d'empreintes génétiques). Il est également doté de plusieurs machines ultra-performantes, lui permettant entre autres de comparer des empreintes palmaires sur des supports tels que papier, bois, plastiques, etc., de pouvoir développer et agrandir des clichés photographiques numériques, d'analyser certains prélèvements et bien d'autres actions prépondérantes dans certaines enquêtes. Très pointilleux à l'extrême, le TIC doit littéralement passer au crible les lieux sur ses interventions.

Le dernier intervenant et pas des moindres, n'est autre que Gilles Mavier, le médecin légiste. Il intervient à la demande de l'autorité judiciaire, ou d'un OPJ lors de la découverte de morts suspectes. Son travail consistera à effectuer les premières constatations sur la ou les personnes décédées. Principalement pour découvrir sur place si possible, quelle est la cause du décès. Il va s'assurer que les lividités cadavériques correspondent à la position actuelle du corps attestant de ce fait que le cadavre n'a pas été déplacé. Son avis est prépondérant pour les enquêteurs et le parquet. Ce qui peut apparaître d'emblée comme un suicide à un membre des forces de l'ordre peut sous l'œil avisé de ce médecin s'avérer finalement être un assassinat. Il va également, après autopsie, apporter une réponse scientifique aux différents acteurs chargés du dossier. Il devra repérer et noter les traces suspectes sur tout le corps. Il sera capable après avoir apporté certains prélèvements au laboratoire de dater précisément le jour et l'heure de la mort, de certifier ou non aux enquêteurs que des drogues ou des produits chimiques létaux sont la cause de la mort.

Gilles Mavier est divorcé depuis une bonne dizaine d'années. Trop passionné par son travail, pas souvent à la maison, son épouse a préféré mettre un terme à leur relation pour se remettre en couple avec un homme plus disponible.

Gilles s'est tout de suite très bien entendu avec Bernard. Les militaires de la brigade de recherches ont besoin, quelquefois, lors de grosses enquêtes, de décompresser. Une soirée au restaurant leur permet de se changer les idées. Dans ce cas, Bernard n'oublie jamais d'inviter Gilles. Il fait désormais partie intégrante de leur unité.

Les locaux de la compagnie de gendarmerie de Sellonge-sur-Mérac comprennent cinq niveaux.

Au sous-sol se trouve l'armurerie. Pièce hyper sécurisée dont les murs ont été doublés. Une porte en acier en interdit l'entrée. Deux caméras surveillent en permanence les allées et venues. Les armes lourdes ainsi que les armes de poing des militaires en repos ou en permission y sont entreposées.

Au rez-de-chaussée se trouvent au fond du couloir quatre cellules ou chambres de sûreté. Elles sont destinées à enfermer provisoirement les personnes en garde à vue ou placées en dégrisement. Dans chacune d'elles se trouve un bas flanc en béton servant de lit. Deux couvertures en laine pliées au bout de chaque couchette sont destinées aux gens de passage pour éviter d'avoir trop froid.

Des WC à la turc permettent à la personne enfermée de se soulager. Le système d'évacuation est commandé de l'extérieur. La cuvette au sol est en inox. Par le passé, un détenu avait réussi à casser à coups de talon la céramique de la cuve. Il avait récupéré un morceau de cette matière pour s'ouvrir les veines. Depuis, des modifications ont été réalisées sur tout le territoire pour éviter que ce genre de drame ne se reproduise.

Le premier étage est occupé par la brigade territoriale. Immédiatement après la porte d'entrée se trouve le local d'accueil destiné à recevoir le public avec un militaire dédié à ce travail. Chez les gendarmes, celui qui y est astreint s'appelle « le planton ». Il y a bien entendu un roulement chaque jour pour éviter que ce soit toujours le même personnel à ce poste. Une porte intérieure sert à conduire un plaignant directement dans les bureaux. De nombreuses pièces permettent d'avoir un minimum d'intimité avec les personnes venues déposer plainte. Le fait d'avoir ce genre de locaux séparés permet également d'isoler les mis en cause lors d'interrogatoires afin qu'ils ne puissent pas communiquer entre eux. Au cinéma, dans les séries policières, il n'est pas rare de voir plusieurs gardés à vue pour faits graves, être entendus dans une même pièce. Comment dans ce cas faire croire à l'un des protagonistes que l'autre a craché le morceau ? C'est la base élémentaire du travail qui va dans la majorité des cas permettre d'avoir accès à la vérité. La réalité n'a rien à voir avec le cinéma. Au second étage se trouve la salle de réunion de la compagnie. Cette vaste pièce est équipée de plusieurs tables et chaises, d'un immense tableau Vélleda, d'un rétroprojecteur dernier cri et d'un système audio performant. Elle est destinée aux réunions de travail ainsi qu'aux directeurs d'enquête qui souhaitent préparer avec les chefs de groupes les interventions d'envergure. Cela permet de coordonner avec les officiers de police judiciaire chaque unité qui va intervenir sur le terrain. Les objectifs sont de ce fait, à chaque fois, clairement identifiés et détaillés à l'aide de croquis, de photos, voire de petits films réalisés lors de planques et missions de surveillance. Ces dernières sont réalisées entre autres par des unités spécialisées appelées « GOS » « groupe d'observation et de surveillance ». Il faut bien comprendre que certaines enquêtes peuvent durer plusieurs mois, voire des années. Il s'agit principalement de dossiers portant sur les infractions à la législation des stupéfiants, d'affaires criminelles, de trafic d'armes voire d'importantes affaires financières. Il arrive qu'il y ait plusieurs dizaines d'objectifs à investir. Il est évident mais encore faut-il le préciser, que le résultat final, donc la réussite complète d'une enquête est subordonnée à l'effet de surprise. Pour obtenir ce résultat, il est primordial de synchroniser l'intervention sur les différents objectifs. En clair, tapé au même moment à la seconde prêt. D'où une réunion préparatoire, car en fin de procédure, il va bien falloir tôt ou tard procéder aux interpellations des personnes mises en cause.

Dans la réalité, le directeur d'enquête, lorsqu'il est certain d'avoir en sa possession tous les éléments constitutifs de l'infraction, du délit ou du crime et toutes les preuves indiscutables de l'implication de chaque protagoniste, va en référer au Parquet ou au juge d'instruction chargé de l'affaire pour obtenir de ces juridictions, l'autorisation de procéder aux interpellations des mis en cause. Le droit français est très compliqué. Cela ne se passe pas comme à la télévision. Les interventions, perquisitions, interpellations domiciliaires ou autres se font sous l'autorité de ces magistrats.

Le deuxième étage est le domaine de la Brigade de recherches. Chaque militaire de cette unité dispose d'un bureau indépendant. Une pièce assez spacieuse sert de salle de réunion et de travail en commun. Elle est équipée d'un très grand tableau « Velléda » permettant aux enquêteurs de répertorier les éléments qui concernent l'affaire en cours. Un autre tableau recouvert d'une couche de liège permet d'y punaiser toutes les photographies prises généralement par les TIC (technicien d'investigation criminelle). Elle est également dotée d'un écran vidéo rétractable et d'un vidéoprojecteur. Il y a à disposition des personnels, une salle transformée en petite cuisine. Elle est équipée d'une table, de chaises, d'un four à micro-ondes, d'un frigo et d'une magnifique cafetière. Très souvent sur des enquêtes particulièrement difficiles, les gendarmes n'ont pas le temps matériel de rentrer déjeuner chez eux. Ils cassent la croûte sur le pouce pour gagner un peu de temps et continuer à mettre leurs idées en commun sur l'affaire en cours. Il ressort toujours quelque chose de concret lors de ces mini repas. Au fond du couloir, une espèce de minuscule pièce qui servait à l'origine de débarras a été vidée. La porte a été enlevée. Au plafond a été installé un projecteur très puissant. Le mur du fond à l'intérieur a été recouvert d'un film plastifié blanc permettant au TIC de prendre ses photos anthropométriques des personnes qui passent entre les mains de la BR.

Au troisième étage, c'est le domaine du GC compagnie « groupe de commandement de la compagnie », qui comprend : le secrétariat, la salle radio, le bureau de l'adjoint au commandant de compagnie et celui du Boss.

En ce début de matinée, les militaires se trouvaient dans la salle café. Passage obligé chaque jour avant de commencer la journée. Le téléphone intérieur sur le bureau de Bernard se mit à sonner. Il était 8 h 15. Ce dernier se précipita et décrocha.

— Major Liodard.

— Bonjour major, c'est le planton. J'ai devant moi un monsieur disant s'appeler Henri Luciols. Il souhaite être reçu par vous. Il dit que c'est très important.

— Vous savez ce qu'il veut exactement ?

— Non, major, il ne veut s'entretenir qu'avec vous. Je fais quoi ?

— Très bien, accompagnez-le chez nous.

Bernard demanda à son personnel de se regrouper dans la salle de réunion. Il attendit ensuite la venue de cet homme. Bernard remercia le planton et conduisit ce monsieur Luciols auprès des autres enquêteurs. Le visiteur était quelqu'un de taille moyenne. Il était coiffé d'une casquette écossaise. En entrant, il ôta son couvre-chef. Ses cheveux étaient coiffés court et de couleur châtain clair. Il portait une fine moustache. Son regard d'un bleu très clair paraissait inquiet. Il était rasé de près. Bien habillé puisqu'il portait un costume noir de bonne facture. Ces chaussures étaient parfaitement cirées. Il avait probablement une cinquantaine d'années et présentait bien. Bernard lui désigna un siège. Il s'y assit lourdement. On aurait dit qu'il transportait toute la misère du monde. Il regarda les membres de la BR l'un après l'autre. Il paraissait impressionné. Bernard prit la parole :

— Bonjour Monsieur Luciols. Je suis le major Bernard Liodard. Je commande cette unité. Vous avez souhaité vous entretenir avec moi en particulier. Je vais être franc avec vous, je travaille depuis des années en unité constituée. C'est-à-dire que nous tous ici partageons sans exception tous les renseignements qui arrivent dans ce service. À vous de voir si vous souhaitez toujours vous entretenir avec nous ?

Cet homme paraissait particulièrement nerveux. Il triturait sa casquette dans tous les sens. Il fixa Bernard dans les yeux et se lança :

— Présenté comme cela, je ne vois pas d'inconvénients à vous communiquer ce que je suis venu vous révéler. Mais auparavant, je dois me présenter. Vous connaissez mon patronyme. En revanche, il faut que je vous dise que je ne suis pas un fabulateur, un illuminé ou quelqu'un de malhonnête. Mon métier consiste à soulager les phobies, les petites manies, les vices et autres problèmes que rencontrent les gens qui viennent consulter dans mon cabinet. Pour être plus clair, je guéris tous ces maux grâce à l'hypnose. Et oui, je suis hypnothérapeute.

Mais je ne suis pas venu vous parler de cela. J'ai une autre corde à mon arc. Je possède un don très particulier. Cela a débuté lorsque je suis entré dans l'adolescence. Cela paraît difficile à croire pour certains mais j'ai la faculté d'entrer en contact avec des personnes décédées. Disons pour être plus exact que ce sont eux qui dialoguent avec moi. En clair, je suis médium. Rassurez-vous, je ne suis pas de ceux qui organisent des réunions de plusieurs individus se tenant par la main, autour d'un guéridon, dans le noir, avec seulement quatre bougies allumées. Seuls les charlatans avides d'argent se permettent de monter ce genre de spectacle bidon, profitant de la crédulité et du malheur de gens désespérés par la perte d'un être cher. Ces escrocs, car il n'y a pas d'autres mots, font du tort aux vrais médiums.

Les gendarmes avaient tous un petit sourire aux lèvres. Luciols ne se démonta pas et poursuivit ses explications.

— Les morts qui souhaitent communiquer avec moi le font généralement en pleine nuit. Cela arrive principalement lorsque je dors du sommeil du juste. Comment vous expliquer, c'est comme dans un songe ou un cauchemar selon le cas. Cela ne me réveille pas du tout. C'est mon cerveau qui enregistre la conversation. C'est seulement le lendemain, lorsque j'ouvre mes volets, que tout me revient. Je note sur mon calepin ce qui m'a été révélé dans la nuit. Vous allez me dire, c'est très bien votre histoire mais pourquoi êtes-vous ici ?

— Effectivement, monsieur Luciols, notre temps est précieux alors venez en au fait sans plus tarder.

— Oui, excusez-moi, je n'avais pas conscience que vous aviez autre chose à faire. N'empêche que je viens vous apporter une affaire d'homicide.

— Les gendarmes à ces mots avaient dressé l'oreille non sans s'être dit que ce gars-là était peut-être un mythomane.

Luciols reprit :

— Un certain Serge Eymard m'a contacté cette nuit enfin vers les cinq heures du matin pour me dire qu'il avait été assassiné à son domicile. Il a vu celui qui l'a agressé. Mais il ne le connaît pas. Il m'a précisé qu'il était quelqu'un de bien et qu'il n'a jamais fait de tort à personne. Il ne comprend pas pourquoi il a été tué par ce monstre. C'est le mot qu'il a employé. Je ne saurais vous dire pourquoi. Il m'a affirmé n'avoir aucun penchant homosexuel. Là, non plus, je n'ai pas d'explication. Il était d'ailleurs sur le point de demander sa copine en mariage.

Bernard était sur le point de se lever et de raccompagner manu militari son visiteur à la porte.

— Je vois que vous ne me prenez pas au sérieux. Laissez-moi vous donner un aperçu de mes capacités : « Major, c'est bien votre grade ? Votre épouse est décédée d'un cancer du pancréas en 2003. Vous avez effectué un stage d'analyste comportemental au FBI à Cantico aux USA en avril 2005. Dès votre retour en France, vous avez été muté à la tête de cette unité que vous commandez toujours à ce jour. Vous avez rencontré votre compagne actuelle, Christiane, lors de votre première enquête, ici, grâce à votre, désormais, ami le médecin légiste, Gilles Mavier. Vous aviez parié un repas au restaurant avec lui. Vous avez gagné. Il vous a emmené souper à la brasserie. Là où servait Christiane. Depuis votre prise de fonction, vous avez avec votre équipe solutionné trois grosses affaires. L'envenimeur, un jeune homme qui avait décidé de venger la mort de ses parents en tuant leurs assassins à l'aide de différents venins, le massacreur toujours une histoire de vengeance à la suite d'un viol et les rôtisseurs deux Niçois venus dans votre ville s'en prendre à la fortune de plusieurs bourgeois. Je continue où cela suffit-il ?

Les visages s'étaient tournés spontanément vers Bernard. Ce dernier allait exploser :

— Vous allez me foutre le camp d'ici avant que je devienne grossier, c'est compris ?

Luciols ne bougea pas d'un pouce. Il sortit de sa poche un morceau de papier. Il le tendit à Bernard. Ce dernier s'emporta :

— C'est quoi encore cette fois-ci ?

— Serge Eymard m'a révélé travailler dans le restaurant 2 étoiles le lys d'or. Je vous ai noté le numéro de téléphone de cet établissement et son adresse qui est 12 rue haute en ville. Cela ne vous coûte rien d'appeler pour vous assurer qu'il est bien au travail. Autre chose. J'ai durant des années travaillé avec la brigade criminelle de Paris. Je résidais dans la capitale à cette époque. Il y a deux ans maintenant, j'ai une fois de plus rendu service à cette unité. Malheureusement lors de l'enquête, il y a eu une fuite et mon nom a circulé dans le milieu. J'ai dû faire mes valises en catastrophe. J'ai obtenu une nouvelle identité. C'était le moins qu'ils puissent faire pour me renvoyer l'ascenseur. Le patron de la crime s'appelle Jean-Claude Fillippi. C'est un Corse. Je vous ai écrit son numéro. Vous pourrez vérifier que je ne suis pas un mytho.

Bernard pesa le pour et le contre. Finalement, il s'empara de son portable et composa le numéro du resto. À la troisième sonnerie, une voix féminine répondit :

— Restaurant le lys d'or, je vous écoute.

— Bonjour madame. Je suis le major Liodard de la Brigade de Recherches de Sellonge-sur-Mérac. Je souhaiterais parler à Serge Eymard, s'il vous plaît.

— Ne quittez pas, je me rends en cuisine et vous le passe.

Luciols n'avait pas bronché. Son visage était impénétrable. On entendit dans le haut-parleur du téléphone de Bernard les pas de la personne puis une porte qui s'ouvre et le concert d'instruments de cuisine. Enfin une voix étouffée qui disait : Edgard, j'ai au téléphone un gendarme qui veut parler à Serge. « Putain, il n'est pas là. C'est la première fois qu'il me fait faux bond. J'ai appelé sur son portable. Il ne répond pas. Cela ne lui ressemble pas. Le pire c'est que nous sommes complets ce midi. On va faire avec ». « Bon d'accord ». La personne reprit :

— Monsieur Serge Eymard n'est pas venu travailler ce matin. Je suis désolé. Voulez-vous son adresse ?

— Merci, madame, nous l'avons.

Luciols reprit :

— Vous voyez, je ne vous ai pas menti. Si vous voulez savoir où je me trouvais hier, j'étais absent tout le week-end. Je suis allé faire un tour à Cannes. Je tiens à votre disposition, chez moi, mon titre de transport ainsi que la facture de mon hôtel. Major, je reste à votre disposition. Si vous avez besoin de moi, n'hésitez pas. Je vous laisse ma carte. Cela peut servir. Très bonne journée à vous tous.

Avant que Bernard donne ses ordres, Léon et Gus, étaient partis en trombe sortir les véhicules du garage.

Olive avait récupéré son arme et sa sacoche de travail. Il était fin prêt.

Bernard s'adressa aux deux autres :

— Jojo, Paulo, vous en êtes où de votre procédure en cours ?

— Il nous reste pas mal de boulot.

— Bon, ne traînez pas, on ne sait jamais sur quoi nous allons tomber. J'aurais peut-être besoin de vous dans les prochaines heures. Je rends compte au commandant de notre intervention chez Eymard.

— Mon commandant, major Liodard.

— Oui major, je vous écoute.

— Nous allons intervenir, 12 rue haute, chez un certain Serge Eymard. Nous avons recueilli un renseignement laissant supposer que cet homme aurait été assassiné chez lui. Nous allons vérifier.

— Bon, tenez-moi au courant.

Les deux véhicules banalisés arrivèrent rapidement à l'adresse indiquée. Ils se retrouvèrent devant une petite maison de plain-pied. Le portail était grand ouvert. L'extérieur de l'habitation était laissé à l'abandon. De hautes herbes avaient pris possession des lieux. Après avoir stationné leurs voitures le long du trottoir, les enquêteurs se présentèrent devant la porte d'entrée. Bernard appuya deux fois sur la sonnette. Un timbre représentant le gros bourdon de Notre-Dame se fit entendre. Aucun bruit à l'intérieur. Personne ne vint ouvrir. Bernard fit jouer la poignée de la porte. Elle n'était pas verrouillée. Les militaires entrèrent l'un derrière l'autre. Sur la gauche se trouvait une petite cuisine bien équipée. Elle était bien rangée, rien ne traînait. Le frigidaire était approvisionné. À droite, la pièce faisait office de salon salle à manger. Un mobilier quelconque remplissait l'espace. La maison était bien tenue. Aucune trace de violence dans ces pièces. Ils suivirent le couloir. Il y avait une salle de bains, des WC et une chambre à coucher de chaque côté. Celle de droite était meublée d'un grand lit, de deux tables de chevet, d'une commode, d'une armoire et d'une chaise. Sur cette dernière, des vêtements étaient correctement pliés. C'était sans aucun doute possible ceux du propriétaire des lieux. C'est sur le lit que gisait le corps d'un homme. Il était totalement nu. Les bras le long du corps. Couché sur le dos, la tête tournée vers la droite. Les yeux étaient grand ouverts en direction du couloir. Le regard était devenu vitreux. Sur le cou du gisant, côté gauche, il y avait une sorte de blessure. Le peu de sang coagulé sur la plaie ne permettait pas de visualiser la nature de celle-ci. Impossible dans ces conditions de se prononcer sur ce qui avait causé cette petite perte d'hémoglobine. Bernard chercha à tout hasard un pouls. Il fallait se rendre à l'évidence. Henri Luciols avait vu juste. Serge Eymard était à l'état de cadavre. Bernard donna ses ordres :

— Bon, on s'y met. On ressort s'habiller pour ne plus polluer les lieux. Je rends compte au parquet et au Boss.

— Bonjour Monsieur le substitut, major Liobard de la BR de Sellonge-sur-Mérac. Nous venons d'intervenir sur renseignements 12 rue Haute, chez le nommé Serge Eymard, avec un Y. Il est décédé chez lui, dans son lit.

— D'après vous, la mort est-elle naturelle ?

— Non, Monsieur le substitut. Il porte une sorte de blessure au niveau du cou.

— Bien, dans ce cas, puisque vous êtes déjà sur place, je vous charge de faire la lumière sur ce décès. Je vous laisse gérer avec le médecin légiste et les pompes funèbres. Vous m'informerez au fur et à mesure de l'avancée de ce dossier.

— Très bien, Monsieur le Substitut. Bonne journée.

Le major raccrocha et contacta le légiste et le TIC. Ensuite, il rendit compte à son commandant de compagnie. Ce dernier lui demanda s'il avait besoin de renfort. La proposition fut déclinée par Bernard.

Les militaires s'équipèrent. Combinaison blanche, charlotte, housses de chaussures, masque FFP2, gants plastifiés. Le TIC et le légiste venaient d'arriver. Ils s'habillèrent rapidement. Gilles, le sourire aux lèvres, vint serrer la main des hommes et fit la bise à Léon. Victor fit de même. Le légiste demanda :

— Nous sommes sur quelle affaire ?

— Nous avons une personne décédée dans sa chambre. Olive Léon et toi, Gus, vous attaquez la perquise. Nous autres, on s'occupe de la personne décédée. Tout le monde est prêt ?

Le petit groupe pénétra de nouveau dans la maison. Gilles s'avança auprès du lit. Il constata que la personne allongée sur son lit avait bien cessé de vivre. Il se recula et fit signe à Victor qu'il pouvait officier. Muni de son appareil photos numérique dernier cri, il commença à immortaliser la scène. Il clicha la pièce dans son ensemble puis se rapprocha pour prendre plusieurs images en gros plans de la face et de la lésion sur le cou. Il se recula ensuite pour laisser la place à Gilles. Le légiste fit pivoter la tête du mort pour vérifier l'état de rigidité cadavérique. Il se tourna vers Bernard et prit la parole :

— La mort remonte tout au plus à quelques heures, les articulations ne sont pas encore rigidifiées.

— Tu as une théorie sur ce qui a pu causer ce décès ? demanda Bernard.

— Pas pour le moment si ce n'est cette blessure au cou. Ce qui me chagrine, c'est qu'il n'y a pas eu d'écoulement sanguin. Les draps sont nickels. Pourtant une entaille au niveau de la carotide, même minime, déclenche un début d'hémorragie, le sang va se mettre à gicler. Là, pas une goutte. Bougez pas, je vérifie quelque chose. Je vais appuyer à cet endroit-là sur la croûte formée par le sang. Vous voyez, il y a un petit saignement, signe qu'il y a eu une perforation de la veine exactement ici. Voyons voir le reste du corps. Victor, tu me donnes un coup de main pour retourner ce gus. Bon, les lividités cadavériques correspondent à la position du corps. Conclusion, il a bien été tué sur ce plumard. Pas de traces suspectes sur le dos et à l'arrière des cuisses. Aller, on le rebascule sur sa position initiale. Pas de lésion au niveau des poignets et des chevilles. Votre bonhomme n'a pas été entravé. Aucune trace sur le pourtour de la bouche. Il n'a pas été non plus bâillonné. Aucune marque de violence. Voilà ce que je peux vous dire à la suite de mon primo-examen post-mortem. Vous en saurez plus lorsque je l'aurai ouvert. Bernard, tu fais évacuer ce monsieur à l'IML (Institut médico-légal). Je vais m'en occuper en priorité. Victor, c'est toi qui viens assister à l'autopsie ?

— Affirmatif. Je suis de permanence.

— Bon et bien, je t'attendrai avant de commencer.

— Pas de souci, je termine ici et te rejoins dès que possible.

Gilles salua ses potes et quitta les lieux pour rejoindre son sous-sol mortuaire.

Bernard sortit pour contacter les professionnels du transport de macchabées. Car, faut-il le préciser, ce n'est pas comme dans les films ou les séries policières où les cadavres sont transportés tantôt par les pompiers, les ambulances, voire pire, par les policiers ou les gendarmes. Le transport de personnes décédées sur le territoire Français est strictement encadré par la loi. Seuls les employés des pompes funèbres avec leurs véhicules réfrigérés et spécialement aménagés sont habilités à transporter les cadavres.

Le TIC attaqua son laborieux travail qui consistait à inspecter minutieusement la scène du crime à la recherche de la moindre trace. Dans ce cas précis, la victime n'étant pas décédée de mort violente, ni par arme blanche ou arme à feu, il devait s'ingénier à rechercher principalement les empreintes digitales ou d'ADN. Depuis plusieurs années, à la suite de l'avènement de l'ADN et des dernières technologies permettant l'identification de traces infinitésimales, le technicien d'investigation criminelle était une pièce importante dans l'avancée d'une enquête. Le moindre détail relevé par lui devient un apport non négligeable dans une enquête. Cela permet très souvent d'avoir un début d'éclairage sur le nombre de personnes présentes sur les lieux d'un crime. Une fois de retour à l'unité, chaque TIC va s'ingénier à comparer et faire parler la moindre trace d'acide désoxyribonucléique ou d'ADN voire d'autres prélèvements. Il va ensuite établir un procès-verbal de constatations et mesures prises. C'est-à-dire qu'il va par ce biais, relater par le menu tous les actes qu'il aura été amené à effectuer sur les lieux du drame. Il va sortir via l'imprimante les clichés qu'il aura pris dont certains seront montés en planches photos accompagnés de leur légende pour servir lors des débats judiciaires, en correctionnelle ou aux assises. Il faudra qu'il remplisse un autre procès-verbal, qui va inventorier et détailler le nombre et la nature de prélèvements qu'il va envoyer à l'IRCGN (Institut Régional Criminel de la Gendarmerie Nationale) pour analyses. Il devra ensuite aller assister à l'autopsie qui sera pratiquée sur la victime. L'OPJ est présent pour photographier tous les actes réalisés par le médecin légiste. Un nouveau procès-verbal sera rédigé avec les clichés en question et sera remis au responsable de l'unité qui diligente l'enquête, pour être joint à la procédure.

Les enquêteurs, de leur côté, avaient commencé leurs recherches. En tout premier lieu, il fallait confirmer l'identité du mort. Ce fut fait rapidement grâce à Léon. Elle avait découvert un portefeuille dans une poche intérieure d'un blouson négligemment posé sur un des fauteuils du salon. La carte nationale d'identité était bien au nom de Serge Eymard, né le 23 octobre 1972 à Sellonge-sur-Mérac. Il allait sur ses 38 ans. Sur la table de la salle à manger, Léon s'aperçut de la présence d'un téléphone portable. Il était en veille et non verrouillé. Elle s'intéressa tout d'abord au répertoire téléphonique. Un numéro l'intéressa en particulier. Il s'agissait de papa, maman. Elle le nota. Elle avisa ensuite un magnifique ordinateur portable posé sur un bureau. Elle l'ouvrit et commença à naviguer sur les planches photo. De nombreux clichés représentaient la victime en compagnie d'une jolie jeune femme blonde comme les blés. Elle s'empara une nouvelle fois du téléphone portable et s'intéressa au journal d'appels. Deux personnes avaient à plusieurs reprises cherché à joindre Serge. Il s'agissait de Bébé et d'un certain Fernand. Les deux numéros s'y rapportant furent scrupuleusement notés. Bernard décida de placer sous scellé ces deux appareils pour pouvoir mieux les exploiter à la BR. Gus, en fouillant dans une valisette porte-documents, venait de découvrir que ce monsieur était micro-entrepreneur. Il avait monté son entreprise de coach en informatique. Il est vrai que désormais, tout le monde devenait de plus en plus dépendant de cette technologie. Que ce soit pour l'achat de marchandises sur le net que pour obtenir un renseignement, envoyer des documents numérisés, sans compter toutes les démarches administratives. Sans ordinateur ni un minimum de connaissance, l'avenir devenait de plus en plus noir pour certains, à commencer par les personnes âgées.

Les recherches n'amenèrent rien de nouveau dans ce dossier. La fouille de la chambre du mort après que Victor eut terminé ses prélèvements non plus. En repartant, les scellés furent apposés sur la porte. Les militaires rentrèrent au bureau. Midi et quart, il était temps d'aller casser la croûte pour tout le monde.

À 14 heures, tous les enquêteurs se retrouvèrent dans la salle de réunion, chacun avec une tasse de café à la main. Jojo et Paulo en avaient terminé avec leur procédure. Elle avait été déposée sur le bureau de Bernard. Il n'avait plus qu'à la relire, à apposer la Marianne sur le bordereau d'envoi et à la signer avant de l'envoyer aux différents destinataires. (généralement : le Procureur de la République, le Préfet, une archive à la compagnie et une à la BR.) Jojo et Paulo prirent connaissance de l'affaire qui venait de démarrer. À cet effet, Bernard inscrivit sur le tableau Véléda, les renseignements recueillis chez Serge Eymard. Il nota ce qui se rapportait à la victime. Il inscrivit les numéros de téléphone des parents, de Bébé et de Fernand. Il nota la blessure sur le cou de la victime et l'absence d'écoulement sanguin. Il mentionna également que la porte d'entrée n'était pas verrouillée lors de leur arrivée sur les lieux. Il souligna la nudité de la victime, l'absence d'ecchymoses sur le corps et le fait que celui-ci n'avait pas été déplacé après sa mort.

Léon avait continué à inspecter le téléphone portable et l'ordinateur. Elle expliqua :

— J'ai le nom complet des deux personnes qui ont cherché à joindre Serge Eymard. Il s'agit de Fernand Beaupain, demeurant 33 rue des lavandes ici à Sellonge-sur-Mérac. La personne répondant au diminutif de « bébé » était une jeune femme. Elle s'appelait Hélène Baudoin. En revanche, je n'ai pas trouvé son adresse. J'ai celle des parents : 83 rue des alouettes, le papa se prénomme Denis, la maman Brigitte.

— OK, Léon, super travail. Il faut localiser ce Fernand Beaupain. J'imagine qu'à cette heure-là, il doit être au travail. Le plus simple est de contacter les voisins pour savoir chez qui il bosse. Olive Gus, Paulo, Jojo, vous y allez tous les quatre. Si vous obtenez le renseignement, vous l'interpellez et le ramenez pour l'interroger. Allez-y en douceur, ce n'est pas la peine de le braquer dès le départ. Léon et moi nous nous chargeons d'avertir les parents du décès de leur fils. On se retrouve ici ensuite.

Les deux équipes partirent sur leurs objectifs respectifs. Bernard et Léon arrivèrent devant le domicile des parents de Serge Eymard. Il s'agissait d'une villa assez cossue. Le jardin d'agrément était parfaitement entretenu. Sur le côté de la maison se trouvait un magnifique potager. Le propriétaire des lieux avait la main verte. Une grosse voiture de marque allemande était stationnée devant le garage. Bernard appuya sur la sonnette. La porte d'entrée s'ouvrit sur un homme d'un certain âge. Il avait les cheveux blancs, une barbe de la même couleur lui mangeait le visage. Il était vêtu d'une salopette bleu foncé. Le regard suspicieux, il s'avança au-devant du couple qui attendait au portail. Il s'arrêta à mi-distance et lança d'un ton sans appel :

— Nous n'avons besoin de rien. Veuillez nous laisser tranquilles.

Bernard sortit sa carte professionnelle et la passa au travers des barreaux. Il affirma :

— C'est la gendarmerie, Monsieur Eymard, nous souhaiterions nous entretenir avec vous.

— La gendarmerie ? Que se passe-t-il ?

L'angoisse apparut aussitôt sur le visage de ce monsieur. Il ouvrit la grille et demanda aux deux militaires de le suivre à l'intérieur de la maison. Une femme aux cheveux coiffés en chignon se déplaçant avec une béquille était sortie sur le perron. Elle regarda ce trio s'avancer vers elle. Les enquêteurs furent invités à s'asseoir sur un canapé dans le salon. Denis Eymard murmura à l'intention de son épouse :

— Ce sont des gendarmes.

— Grand dieu, que se passe-t-il ? s'exclama Brigitte.

Denis reprit :

— Qu'est-ce qui vous amène chez nous ? Rien de grave j'espère ?

Bernard redoutait ce moment atroce où il fallait apprendre à de braves gens qu'ils ne reverraient jamais plus l'être cher. Le major prit la parole :

— Monsieur et Madame Eymard, nous sommes porteurs d'une très mauvaise nouvelle. Votre fils Serge a été retrouvé inanimé chez lui, ce matin.

— Mais, il va bien, s'écria Brigitte, dites, il est où à l'hôpital ?

— Hélas, il n'a pu être réanimé. Il est décédé, je suis désolé et vous présente mes plus sincères condoléances.

Brigitte a fixé Bernard droit dans les yeux comme si le fait de le regarder de la sorte pouvait faire disparaître ce colporteur de malheur. Denis a simplement hoché plusieurs fois la tête de haut en bas pour assurer qu'il avait compris le message. Il s'était soudain voûté dans son fauteuil comme si le poids de la terre lui était tombé sur les épaules. Il avait les yeux dans le vague. Il se tourna vers sa femme. Le visage de son épouse s'était couvert de larmes. Elle avait la bouche grande ouverte sans qu'aucun son n'en sorte. Ses mains s'étaient mises à trembler sans pouvoir s'arrêter. Elle sécha ses larmes à l'aide d'un mouchoir à usage unique.

Que dire, que faire dans ce genre de situation ? Attendre qu'un des deux parents reprenne le dessus et pose les questions évidentes dans ce genre de situation. C'est Denis qui rompit le premier ce silence si pesant.

— Que s'est-il passé ?

— Nous l'avons trouvé dans son lit. Il était décédé depuis plusieurs heures.

— Mais, il est mort de quoi dans ce cas ?

— Nous ne savons pas encore.

— Mais, sa mort est-elle naturelle ? Je ne comprends pas, de nos jours, on ne meurt pas comme cela pour un oui ou pour un non.

— Écoutez, nous ne pouvons pas vous en dire plus. Une enquête est en cours. Son corps sera autopsié pour connaître avec certitude les causes réelles de son décès. Dès que nous saurons ce qu'il s'est passé, vous serez tenus informés. Vous pouvez compter sur moi.

— Non, mais attendez, si vous enquêtez, c'est qu'il y a un problème avec les causes de son décès, c'est bien cela, ne tournez pas autour du pot.

— Serge n'a pas été tué par arme blanche ou arme à feu. C'est pour cela que le médecin légiste n'a pas pu se prononcer sur ce qui l'a emporté. Le légiste va tout faire pour faire la lumière sur cet aspect des choses.

— Oh, mon dieu, s'exclama Brigitte, ils vont me le charcuter.

— Calme-toi ma chérie, il faut bien qu'il découvre ce qui a tué notre fils.

Bernard poursuivit :

— Il y a encore une formalité à accomplir.

— Quoi donc ? demanda Denis.

— Vous devez nous suivre à l'institut médico-légal pour reconnaître le corps.

— Vous pouvez nous laisser quelques minutes, pour que nous reprenions nos esprits.

— Je vous en prie. Prenez votre temps, nous vous attendrons sur place.

Bernard et Léon se retirèrent. L'atmosphère dans ce genre de situation est étouffante. Pour cette fois, les deux gendarmes ont eu affaire à des gens dignes. Ce n'est pas toujours le cas. Il arrive trop souvent que les personnes en deuils s'en prennent verbalement aux forces de l'ordre. Même s'ils n'y sont pour rien, il est difficile d'accepter de se faire rabrouer de la sorte. Bernard et Léon retrouvèrent Gille à l'IML. L'autopsie n'avait pas encore été pratiquée. L'homme de science expliqua :

— J'attends Victor pour commencer. Il ne devrait plus tarder.

— Tu vas devoir patienter encore un peu, les parents de la victime vont venir l'identifier.

— Bon, on va faire avec.

Moins d'un quart d'heure plus tard, Denis et Brigitte confirmèrent que l'homme étendu sur ce chariot en inox était bien leur fils. Le plus compliqué dans ce cas-là, c'est de faire comprendre en douceur à ces personnes qu'il faut quitter les lieux.

Bernard et Léon, après avoir salué Gilles, reprirent le chemin du bureau. Les autres militaires étaient rentrés avec leur témoin. Paulo fit signe à Bernard de le suivre dans son bureau. Il expliqua :

— Nous avons finalement trouvé où Fernand travaillait, grâce à sa voisine. Il bosse dans la zone industrielle pour la société « Microsoft ».

— Ah oui, quand même. Comment a-t-il réagi ?

— Il nous a suivis sans faire de difficulté. Nous ne lui avons pas encore dit que Serge Eymard était décédé.

— Bon, je vais l'entendre avec Léon. Vous suivez l'audition en visio sur le moniteur ?

— OK.

Les deux gendarmes s'installèrent dans la salle d'audition avec la personne en question. Léon avait ouvert son PC. Elle fit apparaître à l'écran l'imprimé ad hoc et demanda :

— Vous avez une pièce d'identité sur vous ?

— Oui.

Le jeune homme sortit de la poche intérieure de son anorak un portefeuille. Il l'ouvrit et tendit le justificatif à Léon. L'homme se nommait : Fernand Beaupain, né le 15 mai 1974 à Sellonge-sur-Mérac. Il avait donc 36 ans. Il demeurait 33 rue des lavandes, était célibataire, fils de Louise et de Antoine Serrier, ingénieur en informatique, de nationalité française.

Après avoir noté scrupuleusement ces renseignements, Léon avertit Bernard qu'elle était prête à noter les déclarations de ce monsieur. Fernand demanda :

— Je peux savoir ce que je fais ici, dans vos locaux. Est-ce que j'ai besoin d'un avocat ?

— Monsieur Beaupain, nous sommes allés vous chercher sur votre lieu de travail parce que nous avons besoin de vous. Vous allez être entendu en tant que témoin. Une garde à vue ne se passe pas comme cela.

— Vous me voulez quoi s'il vous plaît ?

— J'y viens. Connaissez-vous Serge Eymard ?

— Oh là, c'est quoi cette embrouille ? Qu'est-ce que Serge a à voir avec le fait que je sois ici ?

— Vous êtes chez nous parce que monsieur Eymard a été retrouvé mort à son domicile.

Fernand avait changé de couleur. Il a regardé Léon puis Bernard l'air complètement ahuri. Il a balbutié :

— C'est une blague, Serge, mort, mais pourquoi et de quoi est-il mort d'abord ? Il était en pleine forme. Je l'ai eu encore hier au téléphone. C'est pas possible. Je vais me réveiller. Il s'est passé quoi ?

— Nous ne le savons pas pour le moment.

— Et pourquoi moi ?

— Vous êtes son ami, non ?

— Oui, depuis de nombreuses années. Nous avons fait les mêmes études en informatique.

— Quand avez-vous vu votre ami pour la dernière fois ?

— Le week-end avant celui-là.

— Pourquoi pas samedi et dimanche dernier ?

— Parce que j'étais absent. Je suis parti vendredi soir après le travail passer la fin de semaine chez mes parents. Ils résident dans le centre de la France à Dijon plus précisément. Je suis rentré dimanche soir vers minuit. Vous pouvez vérifier. Je l'ai appelé ce matin de bonne heure avant qu'il parte au travail. Il commence à sept heures. Il est second de cuisine dans un grand restaurant. Il ne m'a pas répondu.

— Cela ne vous a pas étonné ?

— Non, pas plus que cela. J'ai pensé qu'il avait dû commencer à bosser un peu plus tôt.

— Votre ami fréquentait-il quelqu'un ?

— Oui, il sortait depuis plus de deux ans avec une jeune femme.

— Qui s'appelle ?

— Hélène Baudoin.

— Vous connaissez son adresse ?

— Oui, elle réside en ville, dans un petit appartement, 75 avenue Georges Pompidou.

— Elle a un emploi ?

— Elle est secrétaire chez un avocat, Maître Goncalves. Son étude se trouve 8 rue de l'hôtel de ville.

— Ils n'étaient pas ensemble ce week-end ?

— Non, Hélène a une passion qui lui prend beaucoup de son temps. Elle concourait ce week-end pour le titre de miss Occitanie. Il y avait une compétition à Toulouse. Elle ne doit pas encore être rentrée. Si cela avait été le cas, elle serait allée directement chez Serge. Elle m'a envoyé un texto ce matin pour me dire qu'elle avait remporté le titre. Elle m'a expliqué au téléphone qu'elle n'arrivait pas à le joindre depuis hier au soir. Ce matin, elle m'a envoyé plusieurs courriels en ce sens.

— Ces textos, vous les avez gardés ?

— Oui, je crois. Attendez, je prends mon portable et je vérifie. Tenez, voilà le dernier que j'ai reçu d'elle à sept heures trente.

Bernard s'empara du téléphone et se mit à lire à haute voix : « Fernand, as-tu pu joindre Serge ? Je ne comprends pas. Pas moyen de l'avoir au téléphone depuis dimanche soir. Je lui ai envoyé une pile de textos. Aucune réponse. Cela ne lui ressemble pas. Ce n'est pas normal. Ce matin, dès que tu es rentré de chez tes parents, tu files chez lui. Tu me tiens au courant de ce qui se passe. Je ne rentrerais peut-être pas avant mardi. Aujourd'hui, nous allons fêter avec le staff et des copines, mon élection à Paris. Je vais en profiter pour officialiser mon inscription au concours de Miss France. Je suis coincée et ne peux pas faire mieux. Ça me saoule. » Bises.

Bernard et Léon s'étaient regardés. Ils savaient désormais que les deux amis de Serge n'étaient pour rien dans son assassinat. Bernard termina néanmoins son interrogatoire pour pouvoir cerner ce jeune homme. Il demanda :

— Votre travail, en définitive, c'est quoi ?

— Je suis comme serge ingénieur en informatique. Pour ma part, je suis programmeur et suis employé dans une grosse boîte. Si vous voulez, je crée des programmes basés sur la sécurité. Pour être plus clair, je mets au point des antivirus.

— Vous gagnez bien votre vie.

— Plutôt. Une de mes réalisations a été brevetée. Grâce à cela, j'ai perçu de mon employeur une grosse prime. Je touche également chaque mois des royalties là-dessus. Cela m'a permis de devenir propriétaire de ma maison. Je vis donc à l'aise.

— Vous savez si votre ami Serge Eymard avait des problèmes.

— Pas que je sache.

— Pas de souci avec une personne en particulier ?

— Non, Serge détestait les conflits. S'il avait eu des ennuis, il m'en aurait parlé, c'est certain. Après, tel que je le connais, ce n'est, pardon, n'était pas un homme à chercher les noises. S'il y avait un litige avec qui que ce soit, Serge aurait cherché à apaiser la situation. C'était un calme. Il respectait tout le monde. C'était un chic type. Il va me manquer.

— Bien, nous allons en rester là pour aujourd'hui. Merci pour votre coopération. En revanche, monsieur Beaupain, je vous demande expressément de ne pas révéler à Mlle Baudoin que son petit ami est décédé. Vous m'avez bien compris ?

— Oui, monsieur, vous pouvez compter sur moi.

Léon clôtura l'audition en mentionnant la formule habituelle. Puis elle fit relire le tout et fit signer Serge Eymard sous la mention « la personne entendue ».

Bernard réunit tout son personnel dans la salle prévue à cet effet. Il prit la parole :

— Je ne vous cache pas que nous avons du pain sur la planche. J'ai rarement vu au cours de ma carrière, une mort comme celle-là. Gilles n'a pas pu déterminer réellement la cause du décès. C'est bien la première fois que cela lui arrive. J'espère que les recherches de Victor seront positives.

Le portable de Bernard venait de sonner. Il s'aperçut que c'était justement le légiste qui l'appelait. Il décrocha et mit le haut-parleur.

— Vas-y, Gilles, nous t'écoutons.

— C'est la merde Bernard, un truc pas normal du tout. Le plus simple c'est que tu passes à l'IML.

— D'accord, j'arrive avec mon personnel.

— Je vous attends en salle de travail.

Le groupe de la BR arriva rapidement dans cet endroit inhospitalier. Le légiste avait l'air grave. Le corps de Serge Eymard était allongé sur une table en inox. Le cadavre était recouvert d'un drap jusqu'à hauteur des épaules. La couture en Y qui dépassait et arrivait à la hauteur des épaules attestait que l'autopsie avait été pratiquée. Le regard de Gilles s'illumina en voyant arriver les gendarmes.

Les éclairages scialytiques faisaient ressortir la blancheur du cadavre. Bernard remarqua immédiatement que le côté abîmé du cou avait été nettoyé. On distinguait désormais deux petits trous. Gilles avait suivi le regard du major. Il prit la parole :

— Bien, si je vous ai fait venir ici, c'est que j'ai du nouveau, vous vous en doutez. Ce brave homme est apparemment décédé d'une abondante perte de sang. Je dirais même plus, il a été littéralement saigné, comme un lapin. Sauf que dans son cas, l'hémoglobine a été prélevée à partir de l'artère carotide au niveau de ces deux petits trous. Gardez en mémoire que pour que le sang puisse s'écouler, il faut impérativement que le cœur batte. En d'autres termes, la personne doit être vivante. Partant de ce constat, je me suis posé une multitude de questions. Pourquoi deux points de ponction ? Fort heureusement, vous me connaissez depuis plusieurs années, je suis d'un naturel suspicieux et méticuleux. J'ai donc avant de laver le sang sur la partie endommagée du cou, pris la précaution d'effectuer des prélèvements à l'aide d'écouvillons spéciaux, les mêmes que ceux qu'utilise votre TIC. J'ai préféré amener le tout moi-même au labo pour mettre la pression sur les chercheurs afin d'avoir les résultats en urgence. Pendant ce temps-là, j'ai continué à cogiter. C'est en recevant les premières analyses que j'ai trouvé la solution. Je précise que l'écartement entre les deux orifices fait très exactement quatre centimètres. Vous voyez où je veux en venir ?

— Ben là, comme cela, sans plus de précisions, nous sommes dans le flou, répondit Paulo.

— Si je vous dis « Christopher LEE », cela vous fait penser à quoi ?

Chacun des enquêteurs se regardait d'un drôle d'air. Jamais Gilles n'avait procédé de la sorte pour annoncer ce qu'il avait découvert. Mais en voyant le sourire dessiné en permanence sur ses lèvres, cela devait valoir son pesant de cacahuètes.

— Attends, voir, s'exclama Léon, Christopher Lee, c'est l'acteur qui a endossé plusieurs fois le rôle d'un vampire, je ne me trompe pas, c'est même celui de Dracula ?

— Bravo, enfin quelqu'un d'érudit dans cet aréopage, soupira Gilles.

— Mais non, s'énerva Bernard, c'est quoi cette connerie de vampire. Je ne vois pas le rapport avec notre refroidi. Nous ne sommes pas dans un film.

Gilles prit de nouveau la parole :

— Non, Bernard, nous ne sommes pas dans un film. C'est ce qui me chagrine profondément. Trêve de plaisanterie, je vous explique la situation. Le décès de celui-ci est effectivement dû à une perte abondante de sang, c'est indéniable. Mais une fois les résultats connus, tout devient clair. Les deux petites cavités ont été provoquées par la morsure d'un suceur de sang. Pour être plus clair, c'est l'empreinte de deux canines démesurées. Concrètement et scientifiquement, le sang analysé sur le cou est bien celui de Eymard, à un détail près, il est mélangé à de la salive. Ce n'est pas la sienne, bien évidemment ce serait trop beau. En revanche, les laborantins ont isolé dans cette sécrétion un ADN étranger.

— Nom de dieu, s'exclama Jojo, c'est quoi ce délire. Ce n'est pas possible. Tes blouses blanches ne se sont pas trompées ?

— Ils ont contrôlé par deux fois leur travail. C'est bétonné de ce côté-là. Je vous remets mon rapport avec en annexe le fameux ADN. Il manque encore les résultats des analyses toxicologiques sur les prélèvements sanguins. Je vous rassure, ils ne changeront rien à ma conclusion concernant les causes de la mort. Autre chose, les organes internes étaient parfaitement sains. Je garde le meilleur pour la fin, Serge Eymard a eu un rapport anal ante-mortem protégé. J'ai retrouvé des traces de lubrifiant autour et à l'intérieur de l'anus.

— Ce gars était bisexuel, s'étonna Jojo ?

— Je ne pense pas, poursuivit le légiste. Le rectum ne porte pas de marques répétées de pénétration.

— J'ai une question, demanda Bernard. Gilles, explique-moi comment le suceur de sang s'y est pris pour neutraliser sa proie. Parce que visiblement la victime ne porte aucune trace de violence et encore moins de traces de ligotage. Si en plus Eymard n'était pas spécialement adepte de la sodomie, il y a quelque chose qui coince, tu ne trouves pas ? La seule hypothèse logique qui me saute aux yeux pour qu'il se tienne tranquille pendant que l'autre débile le violait et lui suçait le sang c'est qu'il a dû le droguer ?

— Logique et fort probable, murmura Gilles. Nous ne le saurons que lorsque les dernières analyses me seront parvenues. Elles ne devraient plus tarder. Dès que j'ai du nouveau, je vous appelle. Autre chose, le laboratoire a analysé le potassium dans l'humeur vitrée de l'œil pour dater l'heure de la mort. Le décès remonterait à lundi matin entre quatre et cinq heures.

— Bernard remercia le toubib et tous reprirent le chemin du bureau.

À peine arrivés, Bernard appela Victor Tramblay. Ce dernier rappliqua au pas de course. Il en profita pour remettre au major les planches photo de Serge Eymard. Il avait la tête des mauvais jours. Bernard le remercia pour son travail et lui demanda :

— Je me trompe ou tu fais la gueule ?

— C'est la merde. En plus de dix ans de recherches, c'est bien la première fois que je ne trouve aucun indice sur une scène de crime.

— Quoi, même pas les empreintes du mort ?

— Même pas, rien de rien. Le tueur à tout nettoyé.

— Ne crise pas, nous avons une possibilité d'avancer sur ce dossier. Nous avons un ADN. J'ai besoin que tu le passes au FNAEG. On aura peut-être un résultat. Aller, il faut y croire.

— Il sort d'où ?

— Il provient d'un prélèvement réalisé par Gilles.

— À quel niveau ?

— Alors, comment te dire, le docteur Mavier, Gilles, de son prénom, est persuadé que nous avons affaire à un criminel surnaturel qui serait ni plus ni moins qu'un vampire. Tu vois le genre. Il a eu l'idée de passer un écouvillon autour de la plaie sur le cou avant de la nettoyer. Les analyses ont révélé de la salive mélangée au sang du mort. Gilles est persuadé que nous sommes en présence d'un vampire, il n'en démord pas, c'est pas croyable.

— En ce qui me concerne, répondit Victor, je suis cartésien et comme saint Thomas, je ne crois que ce que je vois.

— Bon, cela tombe bien, nous aussi. En tout cas, passe l'ADN à la bécane, on ne sait jamais. Si toutefois tu avais un résultat, dont je doute, tu nous préviens immédiatement.

— C'est d'accord, j'y vais de ce pas.

Moins de dix minutes plus tard, Victor était de retour avec une chemise cartonnée. Il avait un drôle d'air et le teint pâle. Les militaires étaient tous dans la salle café à refaire le monde. Chacun en le voyant revenir si vite se posait des questions. Tous étaient suspendus à ses lèvres.

— C'est quoi cette tronche ? demanda Olive.

— Putain, vous n'allez pas le croire, j'ai un résultat positif.

— À ben, merde, Gilles avait raison, y a un débile qui s'est mis à sucer le sang du « macchab ».

Bernard n'avait pas lâché Victor du regard. IL se passait quelque chose de pas normal. Il travaillait avec ce TIC depuis plusieurs années. Ils avaient œuvré sur des scènes de crime abominables. Jamais Victor n'avait paru aussi perturbé. Il demanda :

— Vas-y, c'est quoi le blême ?

— L'ADN match avec un certain Guillaume Micha, né le 03/03/1965 à Nanterre. Il est connu pour avoir été interpellé en 2008 en flag alors qu'il dealait de la came.

— Bon, il a 45 ans, évalua Léon. Tu as son adresse, il est toujours à Nanterre ?

— Oui, répondit Victor, il y est toujours depuis le 17/05/2009 et pour un sacré bout de temps.

— Comment cela, demanda Gus ?

— Il a été inhumé dans une sépulture au cimetière de Nanterre.

— Quoi ? s'exclamèrent ensemble les gendarmes !

— Victor poursuivit : il est décédé le 11/05/2008 à Auxerre dans l'Yonne à la suite d'un accident de la circulation.

— C'est quoi, ce micmac, demanda Jojo, ne me dites pas qu'il est revenu d'entre les morts pour sucer le sang des vivants, comme ce con de Dracula ?

— Merde, ça, c'est la tuile, soupira Bernard.

— Tu y crois toi à ce truc insensé ? demanda Paulo.

— Pas spécialement, mais la science a parlé, confirma Bernard. Si c'est bien son ADN prélevé sur de la blessure du cou de Eymard, il y a un blême quelque part, non ?

— Comment peut-on vérifier cette hypothèse ? demanda Paulo.

— Il n'y a qu'une solution, poursuivit Bernard, faire exhumer le corps. J'appelle le parquet. Il faut que le procureur ouvre une information.

Aussitôt dit, aussitôt fait :

— Monsieur le procureur, le major Liodard à l'appareil. Je vous rends compte de l'enquête sur l'assassinat de Serge Eymard. L'autopsie a été réalisée. Nous avons un gros souci.

— Dites-moi.

— Voilà, le corps de la victime présente seulement deux minuscules trous sur le cou au niveau de la veine carotide. Les conclusions du légiste sont formelles, Eymard a été vidé de son sang à partir de cette blessure.

— À partir de la carotide, c'est bien ce que vous me dites ?

— Parfaitement. Sauf qu'il n'y a pas eu d'écoulement de sang. Les draps ne portent pas aucune trace d'hémoglobine.

— Cet homme aura été tué ailleurs et redéposé chez lui à l'issu.

— Impossible, monsieur le procureur, les lividités cadavériques attestent sans aucun doute possible que Eymard est mort dans son lit. Là où je voulais en venir, c'est que Gilles Mavier, notre médecin légiste a effectué des prélèvements autour de la plaie. Le laboratoire a trouvé de la salive contenant un ADN étranger.

— Vous voulez dire que quelqu'un a sucé la plaie, c'est à cela que vous faites allusion ?

— Affirmatif. C'est ce qu'il apparaît.

— Et cet ADN, il donne quoi ?

— C'est là qu'est le hic, monsieur le procureur, il « match » au FNAED. Il correspond à un certain Guillaume Micha. Intéressé connu de nos services pour avoir été interpellé lors d'une vente de stupéfiants sur le domaine public en 2008.

— Parfait, vous allez me le cueillir en quatrième vitesse.

— Impossible, monsieur le procureur, il est décédé à Auxerre lors d'un accident de la circulation le 11 mai 2008. Il est enterré au cimetière de Nanterre.

— Quoi, que dites-vous, j'ai bien entendu, votre lascar n'est plus de ce monde c'est bien cela ?

— Et oui, le contraire aurait été plus logique.

— Que comptez-vous faire dans ce cas ?

— Il serait souhaitable de nous transporter sur place. Sortir le cercueil pour d'une part vérifier qu'il y a bien quelqu'un à l'intérieur et d'autre part prélever des cheveux et une ou deux dents pour attester que celui qui repose dans ce caveau est bien Guillaume Micha.

— Major, vous avez tiré le gros lot. Bon, on ne va pas se prendre la tête. Je vais ouvrir immédiatement une information et désigner un juge d'instruction. Attendez, laissez-moi regarder. Voilà, nous avons un jeune magistrat qui a pris ses fonctions depuis peu. Ce sera bénéfique pour lui que de travailler avec vous et votre personnel. Il s'agit du juge Claude Bénédict. Je lui passe un coup de fil pour le charger de cette affaire. Je l'avertis que vous allez l'appeler dans quelques instants. Major, je vous souhaite bon courage.

— Merci Monsieur le Procureur.

Putain, s'exclama Paulo, le « Proc » nous a à la bonne. En revanche, travailler avec un débutant, ne va pas être simple. Qu'en penses-tu, Bernard ?

— Il fera comme les autres. Ils ont tellement de dossiers en cours qu'ils sont bien obligés de nous faire confiance.

— On fait quoi ? demanda Gus.

— Pour l'instant, nous n'avons rien pour continuer sur ce dossier. Il nous reste à finaliser l'enquête portant sur l'escroquerie aux chèques volés. Elle est sur mon bureau. Il faut la boucler aujourd'hui même pour avoir les coudées franches. Il reste le procès-verbal de synthèse à taper, l'inventaire des pièces à conviction à torcher et le bordereau d'envoi à remplir. Corriger les fautes d'orthographe, apposer le cachet de cire sur chaque scellé et renseigner les cartons. Vous vous y mettez tous. Il faut que ce soir nous soyons à jour pour nous consacrer exclusivement à cette histoire de suceur de sang. Je vais appeler le juge pour savoir s'il peut nous recevoir.

Ce qu'il fit. L'intéressé avait donné rendez-vous à Bernard dans la demi-heure. Bernard et Léon se rendirent au palais de justice. Le magistrat était effectivement très jeune. Il avait dû être brillant durant ses études pour occuper à son âge un poste aussi important. Il avait les cheveux châtain clair, coupés très court. Les yeux marron, une barbe de trois jours lui mangeait le visage. Il était habillé d'un costume gris clair et d'une cravate marron foncé. On voyait tout de suite son manque d'assurance et de personnalité. Il balbutia :

— Veuillez vous asseoir. Je viens d'être saisi par le procureur de la République d'une affaire d'assassinat, c'est bien cela ?

— Oui, Monsieur le Juge.

— Bien, vous êtes le major Liodard, je ne me trompe pas ?

— C'est exact, je suis accompagné de l'adjudante Médius.

— Vous jouissez d'une sacrée réputation au sein du palais. Plusieurs magistrats, dont le juge Carmelot, m'ont vanté vos mérites. Vous avez résolu de grosses affaires depuis que vous avez été muté à la BR de Sellonge-sur-Mérac. J'espère que nous allons nous aussi faire du bon travail.

— Sans nul doute, monsieur le juge. Ce qui compte, c'est la confiance réciproque. Cela permet d'avancer sans se poser de questions embarrassantes. Sachez que je partage tous les renseignements qui arrivent chez nous avec mon personnel comme avec les magistrats avec lesquels je travaille. C'est comme cela que nous réussissons à avancer et à résoudre nos enquêtes.

— Bien, parlez-moi de cette histoire, le procureur ne m'en a soufflé que quelques mots. Je vous avoue que je n'ai rien compris. Vous pouvez éclairer ma lanterne ?

— Alors cette enquête démarre à la suite d'un renseignement. Il émane d'un certain monsieur Luciols. Il est médium.

— C'est une blague ?

— Pas du tout. Nous aussi, au début, nous avons tous esquissé un petit sourire lorsqu'il nous a révélé parler avec les morts. Mais à sa décharge, le renseignement qu'il nous a livré s'est avéré exact. Il porte sur un nommé Serge Eymard, cuisinier dans un grand restaurant à Sellonge-sur-Mérac. Nous avons d'abord vérifié s'il était à son travail. Ce n'était pas le cas. Il occupe le poste de second de cuisine et d'après son employeur, est quelqu'un de très sérieux. Ce n'est pas du tout le genre d'homme à planter son patron sans le prévenir. J'ai donc décidé avec mon équipe d'aller sur place pour nous assurer que ce monsieur n'avait pas d'ennuis. Finalement, Luciols avait vu juste. Serge Eymard gisait raide mort, sur son lit, totalement nu. Le cadavre ne porte aucune trace de coups ni de ligatures. La seule blessure visible est deux petits trous sur le cou du côté gauche au niveau de la carotide. Le décès, par exsanguination, a été diagnostiqué par Gilles Mavier, notre légiste. Des prélèvements lors de l'autopsie ont été réalisés par ce dernier autour de la plaie. Les analyses font état de salive humaine et d'un ADN. Notre TIC a passé celui-ci au FNAED. Il y a un résultat positif, il match avec un certain Guillaume Micha. C'est là que nous avons un problème de taille, monsieur le juge, et c'est pourquoi nous sommes dans votre bureau aujourd'hui. Micha, connu de nos services pour avoir dealé du cannabis, est décédé en mai 2009 d'un accident de la route.

— Quoi, non, mais comment est-ce possible ?

— Si je le savais, monsieur le juge, l'affaire serait résolue. Ce qui est certain, c'est que les résultats ont été contrôlés par deux fois au laboratoire. La science ne se trompe pas. Il faut nous rendre à l'évidence, nous avons potentiellement un vampire en liberté. Sauf si le cercueil de Micha est vide ou qu'une autre personne a pris sa place. Il faut absolument vérifier son contenu. S'il y a bien un cadavre à l'intérieur, nous devons nous assurer de son identité. Pour ce faire, nous avons besoin d'un mandat pour exhumer ce qui est enterré au cimetière de Nanterre. Il nous faut également une commission rogatoire pour pouvoir prélever sur la dépouille quelques cheveux et deux ou trois dents pour analyses et comparer les deux ADN. Nous serons en mesure de savoir définitivement qui repose là.

— Je vois, vous pensez que la personne qui est là-bas dans ce tombeau est quelqu'un d'autre.

— Je l'espère, car comme je viens de vous le dire, si c'est bien Micha dans cette sépulture, nous sommes mal barrés.

— Mais, entre nous, avec l'expérience qui est la vôtre, vous pensez réellement que nous avons affaire à un vampire ?

— Je ne pense pas, monsieur le juge, je suis cartésien, je ne crois que ce que je vois. La logique me commande de vérifier que

Guillaume Micha est bien à l'état de cadavre. À nous, ensuite, d'en tirer les conclusions qui s'imposent. Pour le moment, nous travaillons étape après étape en fonction des éléments que nous avons. Avant que vous ne me posiez la question, nous avons vérifié l'alibi de Luciols. Il était sur la Côte d'Azur tout le week-end.

Le juge donna ses ordres à Marie, sa greffière. Le magistrat signa les documents et ajouta :

— Vous me tenez au courant de votre découverte à Nanterre.

— Cela va de soi, monsieur le juge.

Une fois dans la voiture, Léon pesta :

— Quel petit con prétentieux, ce juge à la mords-moi le... Dommage que ce ne soit pas Carmelot qui ait été désigné pour instruire cette affaire.

— Laisse-le se faire les dents sur quelques dossiers brûlants. Il s'apercevra vite que s'il veut avancer dans son travail, il faudra qu'il nous fasse confiance sans la moindre hésitation.

Retour au bureau. Bernard réunit son personnel et donna ses ordres :

— Léon, tu contactes la mairie de Nanterre. Tu expliques la situation pour avoir dès demain matin 9 heures un élu présent au cimetière pour assister à l'exhumation du cercueil de Micha. Tu recherches les numéros de téléphone du fossoyeur, des pompes funèbres et du médecin légiste. Tu leur fixes un rendez-vous, même heure au même endroit.

Demain, Léon et moi nous filons jusqu'à Nanterre. On décolle à 3 heures du matin.

Vous autres, vous faites le maximum à quatre pour clôturer cette procédure. Nous devons être opérationnels pour ne nous occuper que de cette enquête.

On se revoit demain après-midi à notre retour. Bonne soirée à tous.

Ils allèrent quitter la BR lorsque le portable de Bernard sonna. Il s'aperçut que c'était Gilles qui cherchait à le joindre. Il décrocha :

— Vas-y, Gilles, nous t'écoutons.

— Mon assistant vient de récupérer les résultats des dernières analyses. Tu ne vas pas le croire, ils sont nickel. Pas la moindre trace de Gamma-hydroxybutyrate ou Gamma-butyrolactone. C'est du GHB et son dérivé si tu préfères. Aucune trace de tranquillisants, ou de somnifères, rien en tout cas qui puisse faire penser que la victime ait été assommée chimiquement.

— C'est la tuile. Nous allons cogiter pour savoir comment s'y est pris le tueur pour faire tenir tranquille sa victime pour pouvoir la violer et lui pomper tout son sang. De notre côté, l'ADN, qui était contenu dans la salive autour de la plaie, a parlé. Il s'agit d'un certain Micha, tiens-toi bien, décédé depuis plus d'un an. Demain, nous allons jusqu'à Nanterre pour nous assurer qui se trouve dans ce putain de cercueil.

— Bon, cela confirmerait les traces de morsures et le fait que vous êtes bien en présence d'un vampire. Je vous souhaite bien du courage.

Sur ce, Bernard et Léon rentrèrent chercher un peu de repos et se déconnecter de l'affaire en cours. La nuit prochaine allait être plutôt courte.

Le lendemain, lundi 17 mai 2010, Bernard et Léon prirent la route en direction de Nanterre. Le plein de la voiture avait été fait. La carte essence récupérée. Les réquisitions autoroute avaient été pré-remplies. L'adresse de la mairie avait été programmée dans le GPS. Il suffisait de se laisser guider. À 8 heures 45, les deux militaires arrivèrent au bureau d'accueil de l'hôtel de ville. Bernard et Léon se présentèrent. La secrétaire avait été briefée car elle décrocha son téléphone et annonça l'arrivée des militaires. Elle affirma :

— Le premier adjoint descend tout de suite.

Un homme d'une cinquantaine d'années, le cheveu rare, une barbe fournie, une casquette vissée sur la tête, un sourire d'une oreille à l'autre, la main tendue, vint saluer les gendarmes. Il demanda :

— Pas trop fatigués par la route ?

— Non, cela va, nous avions de l'autoroute tout le long. Vous savez si tous les intervenants ont été prévenus ?

— Absolument. Tout est prêt. Nous pouvons y aller. Vous me suivez, ma voiture est la Clio blanche avec les armoiries de la ville.

— Avant de partir, une question : Lorsque l'on vient chez vous, à la mairie, faire renouveler une pièce d'identité, on vient bien toujours avec deux clichés. Un va à être copié sur la nouvelle carte. J'imagine que vous gardez le second dans vos archives ?

— Oui, c'est exact, pourquoi ?

— Parce que j'aimerais bien avoir un double de celle de Guillaume Micha.

— Ah, heu, oui, suivez-moi.

Le petit groupe se dirigea vers le bureau d'état civil. L'élu, après avoir salué la secrétaire, formula sa demande. En moins de cinq petites minutes, Bernard avait en sa possession le portrait de ce fameux Micha. Il remercia la fonctionnaire.

Moins de dix minutes plus tard, ils se retrouvèrent devant le caveau en question. La pierre tombale avait été retirée, la terre du dessus enlevée. Le cercueil reposait sur deux bardeaux au-dessus de la fosse. Le fossoyeur était assis sur une tombe mitoyenne. Le médecin légiste, sa sacoche à la main, attendait patiemment. Deux personnels des pompes funèbres étaient prêts à ouvrir le cercueil. Bernard sortit de son dossier plusieurs documents estampillés du sceau du tribunal de Sellonge-sur-Mérac. Il remit à chacun des protagonistes l'imprimé qui lui revenait. Tous prirent connaissance de la mission qu'il devait accomplir selon la demande du juge mandant. Après avoir plié consciencieusement son ordre de mission, le plus grand des croque-morts, sortit un canif de sa poche. Il fit sauter le scellé en cire qui protégeait une des vis du cercueil et qui attestait que ce dernier n'avait pas été ouvert depuis l'enterrement. À l'aide d'un tournevis électrique, il retira toutes les vis. Aidé de son camarade, ils soulevèrent le couvercle, laissant apparaître la personne qui gisait à l'intérieur. Léon sursauta en voyant le visage du mort. Elle regarda instinctivement Bernard. Ce dernier n'avait pas bronché. Il s'empara de son appareil photos qu'il portait en bandoulière et prit quelques clichés.

Le médecin légiste sortit de sa poche un masque FFP2 qu'il revêtit. Il enfila une paire de gants en latex. Il se couvrit les cheveux d'une charlotte et sortit de son sac un scalpel. Il sectionna un petit morceau de cuir chevelu avec une touffe de cheveux accrochés après. Bernard demanda :

— Docteur, avant de retirer une ou deux dents, pouvez-vous écarter les lèvres de ce monsieur ? Je dois prendre quelques photos de sa dentition.

Le Légiste s'exécuta. Bernard prit plusieurs clichés en gros plan. Il remercia le praticien.

Ensuite, le médecin, à l'aide d'une grosse pince en inox, arracha deux incisives. Ces prélèvements rejoignirent un nouveau sachet à sceller. Le tout fut remis à Bernard. Ce dernier prit la parole.

— Messieurs, ce fut un plaisir. Je vous remercie pour votre professionnalisme.

Les deux gendarmes saluèrent chacun des intervenants et reprirent la route en direction de leur ville. Ils s'arrêtèrent dans un restoroute pour d'une par faire une pause et d'autre part se remplir l'estomac. Avant de rentrer au bureau, ils déposèrent au passage les prélèvements au laboratoire. Bernard demanda que l'analyse soit réalisée en priorité. Les résultats allaient être envoyés directement à la BR.

Les deux militaires arrivèrent vers les dix-sept heures à la BR. Bernard prit place dans son bureau. Il alluma son ordinateur. Il sortit la carte SD de son appareil photos numérique. Il introduisit cette dernière dans le logement prévu sur son PC. Les épreuves furent envoyées à l'imprimante en réseau. Il alla les récupérer et invita son personnel dans la salle de réunion. Il positionna le cliché du mort qui était dans le cercueil sur le tableau en liège. À côté, il punaisa le cliché de Micha récupéré à la mairie de Nanterre. Paulo prit la parole :

— Il a encore une bonne tronche pour quelqu'un de décédé depuis plusieurs mois.

— Ce n'est pas extraordinaire, affirma Bernard. La conservation d'un corps varie d'un être humain à un autre en fonction de certains paramètres. J'ai déjà vu au cours de ma carrière des cadavres encore mieux conservés que celui-là. Voilà donc à quoi ressemble notre suceur de sang. Comparé à la photo d'identité, aucun doute n'est permis, celui qui a été exhumé est bien Guillaume Micha. Nous avons quand même déposé au laboratoire, les prélèvements effectués par le légiste.

— Si Micha ne peut pas être notre tueur, dans ce cas, poursuivit Olive, pourquoi sa salive se trouve sur le cou de Eymard ?

— Lorsque nous saurons répondre à cette question, assura Bernard, nous aurons résolu l'affaire. Pour l'instant, je ne vois pas du tout par quel miracle l'ADN de Micha se trouve au cœur de notre enquête.

— Et si c'était vraiment un vampire, interrogea Jojo ?

— Qui ? le gars qui est enterré six pieds sous terre, tu plaisantes, s'insurgea Paulo.

— Les enfants, reprit Bernard, vous voyez comme moi sur ces photographies, que la dentition de ce cadavre ne comporte pas de canines dont la longueur dépasse la normale. D'autre part, comment ton soi-disant vampire aurait-il fait pour soulever le couvercle de son cercueil qui, je vous le rappelle, est obligatoirement scellé par une pastille de cire sur une des vis. Ce sceau n'avait pas été brisé lorsque nous sommes arrivés au cimetière. Le couvercle était encore solidement fixé par une dizaine de grosses vis. Puis, réfléchissez, comment le petit fils de Dracula aurait-il fait pour évacuer cinquante bons centimètres de terre au-dessus de lui, sans compter qu'il aurait fallu également faire glisser la pierre tombale qui doit bien peser pas loin de cent kilos ? Il faut arrêter avec cette histoire de mort-vivant revenu pour sucer le sang des humains. La réalité est plus cartésienne que cela. Le problème c'est qu'il y a un truc que nous ne pigeons pas. Le tueur agit comme le magicien qui fait son tour. Il nous montre ce qu'il veut bien nous faire voir, pour que nous soyons persuadés de croire ce que nous avons sous les yeux. On ne doit pas se laisser berner. Pour l'instant, nous ne comprenons pas ce qu'il se passe. Cela viendra. Patience et longueur de temps comme, dit l'adage. Bon, autre chose, la copine de Eymard, vous l'avez trouvée ?

— Non, elle n'est pas à son domicile. Nous avons fait l'environnement. Elle doit d'après sa voisine rentrer demain dans la soirée. C'est elle qui garde le chat de Hélène Baudoin. Elle aurait remporté le titre de miss Occitanie. Elle va donc concourir pour le titre de Miss France dans le courant de l'année. Cette brave dame l'a eue au téléphone. Elle lui a dit qu'elle était très inquiète au sujet de son petit ami.

— Ok, on verra demain. Léon, tu te sens comment, pas trop fatiguée, après tous ces kilomètres ?

— Non, pas plus que cela.

— Dans ce cas, je vous propose d'aller casser la croûte au resto, ce soir avec nos familles. Nous sommes peut-être partis pour quelques jours voire quelques semaines difficiles avec cette enquête. Qu'en pensez-vous ?

Tout le monde était partant. Bernard appela Gilles pour savoir si lui aussi était libre pour cette sortie. Il était ravi de partager une nouvelle fois une soirée en compagnie de ses amis. Bernard invita également Victor. Le TIC était enchanté par cette idée.

Chacun se retrouva au restaurant « la brasserie ». C'était le point de chute habituel de l'équipe. Une bonne table pour un prix abordable. C'est ici que Bernard avait rencontré sa compagne. Christiane était serveuse dans cet établissement. Le major venait d'être muté à la BR de Sellonge-sur-Mérac. Il a tout de suite été plongé dans le bain puisque démarrait une enquête très spéciale. Un jeune homme avait décidé de venger ses parents après avoir réussi à retrouver leurs assassins. Il était féru de serpents en tous genres et autres animaux venimeux. Il a commencé à les faire passer de vie à trépas à l'aide de venins particulièrement dangereux. Sur cette enquête, Bernard avait tout de suite sympathisé avec Gilles Mavier, le médecin légiste. Tous deux avaient fait un pari sur un détail concernant l'affaire. L'enjeu était un repas dans un bon restaurant. Bernard avait gagné. Gilles avait tenu parole et avait invité son nouvel ami à souper à « la brasserie ». Cela avait fait tilt entre Christiane et le major. Quelques mois plus tard, ils emménageaient ensemble.

La soirée fut très agréable. Gilles et Bernard avaient fait hurler de rire les gendarmes et leurs épouses avec leurs blagues souvent très en dessous de la ceinture. À telle enseigne que les convives des deux tables proches de la leur avaient commencé à faire la tête en entendant certains propos déplacés. Sauf que moins de trente minutes plus tard, comme par enchantement, ces deux mêmes tables s'étaient sensiblement rapprochées de la leur pour mieux entendre et rigoler à leurs pitreries. Finalement, Gilles et Bernard s'étaient levés et avaient proposé à ces personnes de les rejoindre. Elles n'en demandaient pas tant. La soirée se termina aux alentours de minuit. Les militaires s'étaient fait de nouveaux amis. Les numéros de téléphone et les adresses avaient été échangés. Tout le monde s'était mis d'accord pour se revoir le mois suivant.

Mardi 18 mai 2010, les gendarmes en début de matinée, étaient comme d'habitude, dans la cuisine, une tasse de café à la main. Le téléphone intérieur sonna dans le bureau de Bernard. Ce dernier alla décrocher.

— Major Liodard.

— Bonjour Major, c'est le planton. J'ai à l'accueil une jeune femme en pleurs. Elle s'est rendue il y a une demi-heure chez son petit ami Serge Eymard. La maison est sous scellés. Elle voudrait savoir ce qu'il se passe. J'ai pensé que c'était votre unité qui était intervenue.

— Effectivement, vous avez son nom ?

— Oui, il s'agit de Hélène Baudoin.

— Parfait, vous l'accompagnez chez nous s'il vous plaît.

Hélène Baudoin, un bon mètre quatre-vingt, un visage d'ange, les yeux vert très clair, les cheveux blonds, le corps élancé était ce qu'il convient d'appeler une très belle femme. Il n'était pas étonnant qu'elle eût remporté le concours de miss Occitanie. Elle paraissait totalement déboussolée. Les yeux rougis, elle se triturait les doigts et semblait terrorisée. Bernard la mit à l'aise tout de suite :

— Mademoiselle Baudoin, désirez-vous un café ?

— Non, je vous remercie. Je suis venu chez vous pour avoir des nouvelles de mon petit ami Serge Eymard. Je suis allé chez lui. J'ai lu sur le carton de scellé qu'il y avait eu un assassinat. Il a tué quelqu'un ?

— Mademoiselle, suivez-moi s'il vous plaît. Léon, tu viens ?

Les trois personnes prirent place autour du bureau de Bernard. Ce dernier choisit ses mots :

— J'ai une mauvaise nouvelle à vous apprendre. Serge Eymard est la victime dans cette histoire. Il a été assassiné à son domicile.

Les yeux de Hélène s'emplirent instantanément de larmes. Elle couvrit son visage de ses mains. Elle resta plusieurs secondes immobile dans cette position. Puis elle fouilla dans son sac à la recherche d'un mouchoir. Elle s'épongea le visage. Elle regarda à tour de rôle les deux gendarmes et murmura :

— Que s'est-il passé ? Comment est-il mort ?

— Nous ne savons pas exactement ce qu'il s'est passé.

— Mais vous m'avez dit qu'il avait été assassiné, je souhaite savoir de quelle manière ?

— Écoutez, mademoiselle, l'enquête est en cours. Nous ne pouvons pas vous en parler pour l'instant, tout au moins tant que nous n'avons pas terminé nos investigations. En revanche, nous avons des points à éclaircir en ce qui vous concerne.

— Posez vos questions, j'y répondrais du mieux possible.

Léon nota les renseignements concernant le témoin. Elle fit signe ensuite à Bernard qu'elle était prête à noter les réponses de cette personne.

— Vous étiez absente durant quelques jours, pour quelle raison ?

— Je suis parti en train vendredi soir pour Toulouse. J'avais été invitée à un défilé de miss. Cela fait des années que j'ai dans la tête de concourir pour devenir miss France. J'ai franchi la première étape puisque j'ai été élue miss Occitanie dimanche en soirée. Nous avons fêté mon élection avec mes copines et mon staff. Hier, j'avais des obligations publicitaires pour plusieurs grandes marques de vêtements et de parfums. Je devais également confirmer mon inscription au concours de miss France cette année. Je ne suis rentrée que ce matin.

— Vous avez gardé vos titres de transport ?

— Oui, je dois les avoir dans mon sac. Attendez. Voilà mes billets.

Bernard vérifia. Elle disait la vérité.

— Vous avez tenté de joindre Serge ce week-end ?

— Oui, dimanche soir et à plusieurs reprises les jours suivants. Je lui ai adressé plusieurs textos, sans réponse. J'ai même appelé plusieurs fois son meilleur ami, Fernand. Mais lui non plus n'était pas à Sellonge-sur-Mérac. Il était chez ses parents. J'ai tenté de l'appelé lundi et hier. Mais il ne m'a pas répondu. Ce n'est pas de lui.

— C'est nous qui lui avons demandé de ne pas prendre vos appels.

— Mais pourquoi ?

— Parce que nous ne savions pas si vous aviez quelque chose à voir avec cette affaire. C'est la procédure habituelle.

— Vous m'aviez soupçonné, mon dieu, quelle horreur ! Il va se passer quoi maintenant ? Où se trouve le corps de Serge ?

— Sa dépouille sera rendue prochainement à ses parents pour qu'ils puissent procéder aux funérailles. Notre unité va faire le maximum pour arrêter l'auteur de ce meurtre. Vous connaissiez sa famille ?

— Non, Serge ne m'avait pas encore présentée. Il attendait d'être sûr pour nous deux. Vous savez, Serge était quelqu'un de calme. Il ne se mettait jamais en colère. Il n'aimait pas les conflits. Il arrondissait toujours les angles. Je ne comprends pas pourquoi il a été tué. Pour moi, c'est incompréhensible, je vous l'assure.

— Mademoiselle Baudoin, nous allons en rester là pour le moment. Si nous avons d'autres questions, nous vous le ferons savoir. Vous allez relire votre déposition. Si elle est conforme à ce que vous avez répondu, vous voudrez bien la signer sous la mention : « la personne entendue ».

Ce qu'elle fit. Elle fut raccompagnée à la sortie par Léon. Bernard réunit tout son personnel dans la salle de travail. Il fallait faire le point sur les renseignements recueillis. Il expliqua :

— Je vais synthétiser cette histoire. Cette affaire débute, ne l'oublions pas grâce aux renseignements fournis par un médium Henri Luciols. Ces derniers s'étaient avérés exacts puisqu'après vérifications, un homme, Serge Eymard, âgé d'une cinquantaine d'années a été retrouvé mort à son domicile. Plusieurs points sont à prendre en compte :

— La victime est totalement nue sur son lit, les bras positionnés le long du corps.

— Gilles certifie que le corps n'a pas été déplacé. Eymard est bien mort dans son lit.

— La mort est due à une perte abondante de sang à cause de deux perforations au niveau de la carotide.

— La blessure au niveau du cou s'avère être une morsure. Hypothèse confirmée par la découverte de salive autour des lésions.

— Cette dernière est celle de Guillaume Micha décédé depuis mai 2009.

— Il n'y a pas d'écoulement sanguin sur les draps. Pourtant, d'après Gilles, Eymard a été vidé de son sang. Où est passé le liquide ?

— Il n'y a pas de marques de ligatures au niveau des poignets et des chevilles.

— Pas de traces de bâillon, ou de bande adhésive sur la bouche.

— Gilles nous apprend que la victime a eu un rapport anal ante-mortem mais ne peut certifier s'il était consenti ou forcé.

— Aucune empreinte ou particule laissée par le tueur. L'assassin connaît forcément nos méthodes d'investigations criminelles.

— Décès estimé lundi entre quatre et cinq heures du matin.

— Je poursuis mon raisonnement : nous avons un gars normalement constitué, je pense que vous serez d'accord avec moi. Il est apparemment hétéro. Or, il a eu, avant de mourir, une relation sexuelle avec un autre homme. Gilles nous affirme qu'il n'était pas coutumier de cette pratique. Je continue, il se laisse ensuite pomper le sang sans la moindre réaction. Je dirais même plus, jusqu'à en mourir. Enfin, là c'est le pompon, le résultat des analyses nous apprend que Serge Eymard n'a pas été drogué. Comment est-ce possible, je vous le demande ?

Léon leva le doigt comme à l'école et se lança :

— Il y a sûrement une ou plusieurs données du problème qui sont erronées.

— Vas-y, développe, demanda Paulo.

— Je ne sais pas, mais rationnellement, il y a un schmilblick quelque part. Je ne vois pas notre victime rester impassible sachant d'une part qu'il va passer à la casserole sexuellement, et ensuite de vie à trépas. Le cou est une partie du corps qui est quand même particulièrement sensible. Il me semble que lorsque le suceur de sang lui a transpercé la carotide, Eymard a dû le sentir passer. À sa place, je ne me serais pas laissée faire. J'aimerais bien savoir combien de litres de sang le vampire lui a soutirés.

— Bonne question Léon, j'appelle Gilles.

Le légiste répondit à la troisième sonnerie.

— Bonjour, Bernard, quel bon vent t'amène ?

— Salut Gilles. Nous faisons le point sur notre enquête. Peux-tu nous dire quelle quantité de sang a été ponctionnée avant que Eymard ne décède ?

— Oh là ! Tout d'abord, le corps de l'être humain contient environ cinq ou six litres de sang en fonction du gabarit en fonction de ce qu'il s'agit d'un homme ou d'une femme. Ce qu'il faut savoir, c'est que lors d'une hémorragie importante, le corps au bout d'un certain temps va réagir en injectant dans le circuit sanguin de l'eau qu'il puise dans ses propres tissus afin de maintenir la pression du flux et pour assurer l'apport d'oxygène aux différents organes. Au-delà d'un tiers de perte de sang, ce mécanisme ne suffit plus. Je dirais donc que votre victime a perdu environ un litre cinq à deux litres d'hémoglobine avant de tomber dans le coma puis perdre rapidement la vie.

— Autre question qui me vient à l'esprit, dans le cas d'une aspiration à la suite d'une morsure, combien de temps va mettre le vampire à absorber cette quantité de sang ?

— J'ai la réponse à ta question. Figure-toi que je me suis renseigné sur cette histoire de vampire. L'université de Leicester a publié il y a quelque temps de cela, une étude basée sur le principe de la dynamique des fluides. Les élèves, à quelle occasion, je ne saurais le dire, se sont amusés à calculer combien de temps mettrait un vampire à se repaître du sang d'un homme allant jusqu'à sa mort. La réponse est environ six minutes.

— Merci, Gilles, pour cet éclaircissement.

Après avoir raccroché, les enquêteurs s'étaient retrouvés plongés dans leurs réflexions. Olive rompit le silence le premier :

— Vous vous rendez compte. Six longues minutes à se faire pomper le sang sans broncher. Personne ne peut rester de marbre avec un suceur de sang accroché à son cou. Je n'arrive pas à me représenter Eymard, allongé sur son lit, perdant son liquide nourricier sans réagir. Il y a un truc pas cohérent. Qu'en pensez-vous ?

— D'accord avec toi, enchaîna Jojo. Mais à côté de quoi passons-nous ? Bernard, tu en penses quoi ?

— Vous avez raison. Ce qui me vient tout de suite à l'esprit, c'est l'hypnose. Je ne vois rien d'autre qui puisse faire tenir tranquille une victime sans la droguer. Henri Luciols nous a proposé ses services. Si je me souviens bien, il est hypnothérapeute. Il serait bon d'avoir son avis sur la question, qu'en pensez-vous ?

— Au point où nous en sommes, répondit Paulo.

Bernard composa le numéro de téléphone de Luciols. Ce dernier décrocha à la première sonnerie et expliqua :

— Bonjour major, j'attendais votre appel.

— Pardon, répliqua Bernard, pour quelle raison ?

— À cause des questions que vous vous posez concernant votre affaire en cours. Je peux être chez vous dans moins de dix minutes. Cela vous va-t-il ?

— Parfaitement, nous vous attendons.

— Il est trop ce mec, s'étonna Jojo, il te répond qu'il attendait ton appel. C'est pas croyable, cela me dépasse.

Luciols arriva effectivement dans les délais indiqués. Il salua tout le monde. Il avait un franc sourire. Bernard lui désigna une chaise. Il s'assit sans se départir de sa bonne humeur. Il expliqua :

— Vous savez, je suis heureux lorsque je peux grâce à mes facultés aider à résoudre une énigme policière. Posez vos questions, major, j'y répondrais si c'est dans mes cordes.

— Ça l'est. Sans trop déflorer les éléments de notre enquête, nous nous trouvons devant une énigme. Vous connaissez notre victime de nom pour avoir eu un contact, disons virtuel, avec elle. Il s'agit de Serge Eymard. Son assassinat est atypique puisqu'il ne s'est pas défendu lorsqu'il a été agressé. Or, nous savons scientifiquement qu'il n'a pas été drogué. Nous ne voyons qu'une possibilité à cette passivité. Nous supposons que la victime a été placée en léthargie. D'où votre présence parmi nous pour nous confirmer que cela est possible ?

— Vous faites fausse route major, l'hypnose est un état modifié de conscience différent de celui produit par la relaxation ou la méditation. Cet état peut être léger, comme la rêverie, la transe hypnotique, légère ou plus profonde. L'hypnose offre tant au patient qu'au thérapeute un accès aisé à l'esprit inconscient du patient. Il faut savoir que dans le milieu médical, l'hypnose permet d'agir au plus vite pour traiter la douleur ou pour préparer rapidement le patient à une intervention chirurgicale. Certains praticiens se servent de cette pratique pour opérer les malades à condition qu'ils soient partants pour cela. C'est pour cette raison qu'ils ne ressentent pas la douleur malgré l'utilisation du bistouri. Ils sont finalement conscients au départ que l'agression de leur corps par le professionnel de santé sera bénéfique pour eux. En revanche, si vous tentez d'attenter à la vie, de quiconque, en se servant de cette pratique, le mécanisme psychique intérieur de survie se mettra immédiatement en route. Le sujet se réveillera instantanément pour se défendre. Contrairement aux idées reçues, il ne s'agit pas d'une pratique durant laquelle le patient perd le contrôle de son esprit ou de son corps puisque sa mise en état hypnotique permet au contraire d'aider le cerveau à développer de nouvelles capacités. Vous ne pouvez pas être hypnotisé contre votre gré. Ma réponse dans votre affaire, et je suis catégorique, est qu'il n'est pas possible d'attenter à la vie d'une personne qui serait placée sous un état hypnotique.

— J'imagine que Serge Eymard ne vous a plus contacté depuis que l'enquête a débuté, je me trompe ?

— Vous avez vu juste. Ce pauvre homme cherchait simplement à ce que quelqu'un le retrouve chez lui pour que son corps ne pourrisse pas sur son lit.

— Comment savez-vous qu'il est décédé sur son pieu ?

— C'est forcément lui qui me l'a dit lorsqu'il m'a contacté. Major, vous continuez à me prendre pour un charlatan. Vous pensez que je me suis rendu dans cette demeure, c'est cela ? Je ne suis pas un assassin, je puis vous l'affirmer. Vous doutez encore de mon honnêteté ?

— Monsieur Luciols, mon travail est avant tout de douter des personnes qui sont impliquées de près ou de loin dans chaque affaire. Si je ne le faisais pas, je serais un mauvais enquêteur. Mon credo, et je parle d'expérience, est de ne jamais faire confiance à personne.

— Je peux vous prouver que je ne suis pas un comique. Je suis né avec un autre don. Dans certaines conditions, je ressens les choses avant qu'elles n'arrivent. Je suis conscient que c'est difficile à croire. Je vais essayer de vous expliquer ce qui se passe en moi en ce qui concerne l'affaire qui est en cours. Je vous rappelle qu'elle a démarré parce que j'ai été contacté par l'esprit de celui qui est mort assassiné, en l'occurrence Serge Eymard, nous sommes bien d'accord. Dès lors, mon subconscient, pour quelle raison, je ne le sais pas, va se focaliser sur cette affaire jusqu'à sa résolution. J'imagine que c'est la victime qui est à l'origine de ce que je ressens. Il y a probablement un désir de sa part, de voir son meurtrier interpellé par les forces de l'ordre. Cette aide se matérialise par des flashs qui sont liés à l'enquête. Je vous assure que c'est particulièrement stressant. Je ne vois pas une scène proprement dite, c'est plutôt une sorte de sentiment, d'intuition, qu'il va se passer telle ou telle chose. En venant vous voir, j'ai ressenti que le tueur de monsieur Eymard allait récidiver cette nuit. Un homme va mourir vidé de son sang. Je ne sais pas où. Ce ne sera pas à Sellonge-sur-Mérac mais dans une ville assez proche. Cet homme va énormément souffrir, je peux vous l'assurer.

Les enquêteurs se regardèrent intensément. Ils se demandaient si c'était du lard ou du cochon. Les propos de cet homme donnaient la chair de poule. Bernard demanda :

— Pourquoi nous dites-vous que la future victime allait perdre son sang ?

— Je n'en sais absolument rien. C'est ce que j'ai cru comprendre. Ne m'en demandez pas plus. Écoutez, ni vous ni moi ne pouvons interférer dans ce qui va se passer. Vous verrez bien si demain matin vous êtes appelés sur un nouvel assassinat. Je souhaite qu'il n'en soit rien. Mais soyez assuré que je ne me trompe jamais. Toutes mes prémonitions se sont malheureusement toujours réalisées. Je ne suis pas le seul à posséder cette faculté de communiquer avec l'au-delà. Il y a une communauté qui compte dans ses rangs, quelques médiums comme moi. Ils sont tout aussi discrets que je le suis. Ils sont généralement issus de la communauté tzigane. Ce sont plus exactement certaines femmes gitanes qui possèdent le don de divination. Certaines sont des tricheuses qui profitent de la crédulité des gens. Mais d'autres, croyez-moi, ont des pouvoirs encore plus élevés que les miens. Savez-vous qu'au moins deux chefs d'état français, que je ne nommerai pas, allaient consulter une voyante avant de prendre une décision importante concernant le pays ? C'est bien signe que quelque part il y a des choses qui nous dépassent. Cela n'est pas une raison d'ignorer ou de critiquer ce qui ne peut pas être expliqué.

Bernard soupira. Il se leva et raccompagna le thérapeute jusqu'à la porte de la BR. Il retrouva son personnel et demanda :

— Quelles sont vos impressions ?

— Il est barge, s'exclama Jojo.

— Détrompe-toi, glissa Léon, ce gus dégage quelque chose d'indéfinissable. Il est posé, sûr de lui. Il affirme plutôt qu'il ne suggère. C'est un signe qu'il ressent et qu'il vit ce qu'il raconte.

— Tu le crois, s'étonna Olive ?

— Oh que oui ! Ce gars-là n'est pas un mytho. Je vais vous raconter une histoire qui m'est arrivée alors que je n'avais qu'une dizaine d'années. Ma marraine, qui avait à l'époque dix-neuf ans, m'a emmenée sur la foire qui était implantée sur la place de mon village. Mes parents étaient au travail. C'était durant les vacances du mois de juillet. On s'est amusées comme des folles. Puis, elle m'a payé des churros. Il y avait une vieille gitane assise sur un siège pliant à côté du confiseur. Elle avait le visage ridé et buriné des gens qui vivent dehors tout au long de l'année. Je ne sais pas pourquoi, elle s'est levée et a pris la main de ma marraine. Laisse-moi te lire les lignes de la main qu'elle lui a dit. Elle n'a regardé qu'une fraction de seconde l'intérieur de la paume. Elle a changé de couleur. Ma marraine lui a demandé ce qu'il y avait. Elle lui a répondu : « ma pauvre petite, tu n'auras jamais trois enfants ». Vous voulez que je vous dise. Lorsqu'elle est tombée enceinte de son troisième enfant, son mari l'a accompagnée à la clinique le jour de son accouchement. Vous ne pouvez pas savoir combien ils étaient heureux d'agrandir leur famille. Sauf qu'une fois à la maternité, le moniteur cardiaque n'a révélé que le battement d'un seul cœur. Celui de la mère. L'enfant avait cessé de vivre dans le ventre de sa maman. Je vous assure que cette anecdote est réelle. C'est ce qui me fait dire qu'il y a des personnes qui développent des facultés que nous autres gens, dits normaux, ne comprenons pas.

— Tu as probablement raison, assura Bernard. Mais revenons à notre enquête. Luciols nous a assuré qu'il n'était pas possible d'attenter à la vie de quelqu'un sous hypnose. Une hypothèse qui tombe à l'eau. Nous ne pouvons pas, avec le peu de renseignements dont nous disposons, expliquer comment s'y prend le suceur de sang pour faire tenir tranquille sa future victime. Pour l'instant, nous rentrons casser la croûte.

L'après-midi passa très lentement. Chacun avait dans la tête les propos tenus par Henri Luciols. Il avait prédit qu'un nouveau meurtre allait être perpétré dans la nuit. Cette dernière fut agitée pour chacun des gendarmes de la BR.

Mercredi 19 mai 2010, ils se retrouvèrent dans la salle café comme d'habitude à huit heures tapantes. L'enquête judiciaire avait été clôturée. Tous les enquêteurs étaient de nouveau opérationnels. Paulo demanda :

— Bernard, tu n'as pas eu de coup de fil concernant notre affaire.

Le major allait répondre lorsque son téléphone sur son bureau sonna. Il regarda brièvement ses collègues et fila décrocher.

— Liodar à l'appareil.

— Bonjour, Major, c'est le planton. Les « PAM » (Premiers À Marcher) « terme chez les gendarmes qui désigne l'équipe qui pour la journée allait intervenir sur les diverses affaires qui ne manqueraient pas de survenir » sont sur un homicide à Parisia. La cause de la mort aurait des similitudes avec votre affaire en cours. C'est l'adjudant Martinet qui est sur place. Il m'a demandé de vous dire qu'il gèle les lieux. L'adresse c'est 11 rue des tilleuls. C'est à la sortie de la ville sur la départementale 26.

— C'est noté, vous appeler votre équipe pour lui dire que nous faisons mouvement immédiatement. Appelez pendant que vous y êtes le TIC, le légiste et les pompes funèbres.

— Je m'en occupe.

Léon, sac d'intervention en bandoulière et Gus partirent en courant sortir les voitures du garage. Parisia, petite ville de trois mille âmes, se trouvait à une quinzaine de kilomètres de Sellonge-sur-Mérac. Moins de vingt minutes plus tard, la BR était sur place. Le major alla saluer les deux gendarmes qui surveillaient les lieux. Le gradé expliqua :

— Nous avons été avisés du décès par un certain Lucien Alexendro. Il était chargé de récupérer son pote pour aller bosser. Ils font du covoiturage. D'habitude, son copain attend au bord de la route. Cette fois-ci, il n'y avait personne. Il a klaxonné et a attendu quelques instants. Ne le voyant pas arrivé, il est allé voir ce qu'il faisait. La porte d'entrée n'était pas fermée à clé. Il l'a trouvé à poils allongé sur son lit, raide mort. Il a tout de suite appelé la brigade. Je vous ai noté sur ce papier ses coordonnées. Il travaille chez « Caravelles ». C'est une boîte qui équipe l'intérieur des camping-cars. Elle est implantée au 115 grande rue, dans la zone industrielle à la sortie de Sellonge-sur-Mérac.

— Merci pour ces renseignements. Ah voilà le TIC et le légiste. Ils arrivent presque toujours ensemble ces deux-là.

Bernard avait demandé à son personnel de rechercher en priorité l'identité du propriétaire des lieux et tout ce qui pouvait faire progresser l'enquête. Tous s'équipèrent avant de pénétrer dans la maison. Celle-ci était de taille moyenne, bâtie sur deux niveaux. Le rez-de-chaussée comprenait une petite cuisine, une salle à manger salon. À l'étage, il y avait la salle de bains, les WC et deux chambres. C'est dans celle de droite que se trouvait un homme, étendu nu sur le lit, les bras le long du corps, la tête tournée du côté droit. Le cou présentait, sur la gauche, une croûte formée par une petite perte d'hémoglobine. C'était le même modus operandi que chez Serge Eymard. Les yeux étaient grand ouverts. Le regard avait commencé à se voiler. Il était devenu inexpressif. Gilles se tourna vers Victor :

— Tu peux immortaliser la scène, on ne peut plus rien pour lui.

Le TIC prit plusieurs clichés de plans larges, puis plusieurs photos en gros plans de la tête et de la lésion au niveau de la carotide. Le TIC laissa ensuite la place au médecin légiste. Ce dernier prit dans ses mains la tête du mort et la fit pivoter de droite à gauche. Il énonça :

— L'articulation est encore assez souple. La rigidité cadavérique qui, je vous le rappelle, commence toujours par les muscles du cou et débute environ six heures après la mort n'est pas encore installée. Il est tout juste neuf heures. Conclusion, le décès remonte approximativement à quatre ou cinq heures ce matin. Je serais plus précis après analyse du potassium contenu dans l'humeur vitrée de l'œil. La blessure sur le cou ressemble sans aucun doute à celle infligée à Eymard. Voyons voir les poignets, le bas des tibias. Là encore, aucune trace de liens. Le contour de la bouche ne présente pas d'hématome ni de résidus de colle. Cet homme n'a pas été bâillonné. Victor, tu me donnes un coup de main pour le basculer sur le côté. Voilà, parfait. Les lividités cadavériques sont au bon endroit. Il a été tué dans ce lit et dans cette position. Aucune trace de blessure, coup ou autre. Bernard, tu peux le faire évacuer chez moi. Victor, c'est toi qui assistes à l'autopsie ?

— Affirmatif, je suis de permanence.

— Bon, dans ce cas, ce sera à quatorze heures. Ce matin, j'ai un autre corps à ouvrir.

— OK, quatorze heures à l'IML.

Gilles salua Bernard et Victor et s'en alla poursuivre sa besogne dans son sous-sol mortuaire. Le major laissa le TIC procéder à ses prélèvements et recherches en tous genres. Il descendit au rez-de-chaussée voir où en étaient les recherches. Paulo lui rendit compte :

— Nous avons l'identité du mort. Il s'agit de Louis Fontenois, né le huit janvier 1973 à Sellonge-sur-Mérac. Nous avons trouvé ses feuilles de paie. Il travaillait pour la société « Caravelles ». Nous avons découvert qu'il faisait partie de l'assistance publique. Il était orphelin. Léon a trouvé son portable. Il y a énormément de textos échangés avec un certain Dominique. Nous avons de nombreux clichés photographiques, le représentant avec le même homme. Autre chose, nous sommes tombés sur un Flyer qui était dans sa poche intérieure de sa veste. Il s'agit d'une invitation à participer à une soirée rétro des années 80 mercredi soir dans la boîte de nuit « HOMO-NYME ».

— Ah, monsieur Fontenois était de la jaquette. Bon, les enfants, vous terminez en bas et à l'étage dès que Victor aura terminé. Paulo, tu fais évacuer le corps à l'IML par les pompes funèbres. Quand vous avez terminé, tu fermes la porte d'entrée et tu mets les scellés. Léon et moi nous allons faire un tour dans ce dancing. On se retrouve au bureau.

Bernard avait récupéré le Flyer. Ils se rendirent à l'adresse en question. La façade de l'établissement était peinte intégralement en noir. Une porte munie d'un Judas rectangulaire grillagé permettait au portier de filtrer les entrées. Bernard appuya sur la sonnette. La lucarne s'entrebâilla. Bernard présenta devant l'ouverture sa carte professionnelle. L'huis s'ouvrit. Un grand gaillard s'effaça pour laisser entrer les deux gendarmes. Ils se retrouvèrent dans une grande salle. Un bar gigantesque trônait en plein milieu. Deux barmans étaient en train de recharger les frigos. Signe que la soirée avait eu du succès. Cette discothèque comprenait trois autres salles. Elles étaient meublées de banquettes rouges, de tables basses et de petits tabourets recouverts de tissus de la même couleur. Les murs entièrement peints en noir supportaient plusieurs écrans de télévision qui diffusaient des clips musicaux des années 80. Bernard demanda au gorille :

— Nous souhaiterions nous entretenir avec votre patron ?

Le videur passa derrière le bar. Une porte dérobée était aménagée à côté des étagères supportant les boissons.

Il invita les militaires à le suivre. Au premier étage se tenait l'antre du propriétaire des lieux. C'était une vaste pièce. Elle était meublée de deux grandes armoires et d'un énorme bureau. Un homme d'une cinquantaine d'années se trouvait derrière. Il était visiblement en train de travailler sur son ordinateur. Il lança un regard interrogatif envers son employé. Ce dernier lui expliqua que les gendarmes qui l'accompagnaient souhaitaient lui parler. Il se leva et s'avança au-devant des visiteurs. Il était relativement enveloppé. Complètement chauve, il portait de grosses lunettes aux verres très épais. Il avait un franc sourire. Il serra les mains des militaires et désigna deux fauteuils face à sa table de travail.

— Asseyez-vous, je vous en prie. C'est rare d'avoir les gendarmes dans mon établissement.

— J'imagine que vous êtes le propriétaire de ce cette discothèque ?

— Effectivement et depuis plus d'une quinzaine d'années.

— Vous vous appelez ?

— Roland Chevalier. Je suis natif de Sellonge-sur-Mérac. Que puis-je faire pour vous être agréable ?

— Eh bien, en deux mots, nous sommes sur une enquête criminelle un peu compliquée. Nous avons trouvé cette publicité dans la poche d'une victime.

— Cela vient bien de chez moi. La soirée s'est déroulée hier soir jusqu'à tôt ce matin. Dites-moi ce que je peux faire pour vous ?

— Eh bien, j'ai remarqué en arrivant devant votre établissement qu'il y avait au-dessus de l'entrée une caméra ainsi que quelques-unes bien orientées à l'intérieur. Est-ce qu'elles fonctionnent et si oui, sont-elles reliées à un enregistreur ?

— Réponse affirmative aux deux questions. C'est bien comme cela que vous parlez chez les militaires.

Bernard ne releva pas. Il poursuivit :

— Dans ce cas, pouvons-nous jeter un coup d'œil aux différentes vidéos ? Nous souhaiterions juste vérifier si la personne sur qui nous enquêtons s'est rendue chez vous. Nous devons également nous assurer de savoir si elle était seule ou accompagnée.

Le Boss fixa son videur dans les yeux et hocha imperceptiblement la tête. Le colosse se dirigea vers une des deux armoires. Il l'ouvrit. À l'intérieur, sur trois étagères, des magnétos reliés en Wi-Fi aux différentes caméras. La seconde armoire fut ouverte. Sept écrans plats diffusaient en direct ce qui se passait au rez-de-chaussée et à l'extérieur de la boîte. Bernard siffla d'admiration. Il estima en connaisseur :

— Joli matériel. Félicitation.

— C'est tout à fait normal. Cela permet de décourager certains « trous-du-cul » de venir foutre le bordel chez moi. Nous avons trois gars comme Tony ici présent, pour faire régner la discipline. Ils sont là pour éviter à des homophobes de venir se faire des gouines ou des Pédés. Désolé d'être aussi cru, mais par le passé ma boîte a subi ce genre de perturbations. Depuis que je suis équipé et que je l'ai fait savoir par voie de presse, nous sommes tranquilles. Vous savez, les homosexuels, filles ou garçons sont continuellement stigmatisés. Cela en devient écœurant. S'ils ont ce penchant-là, ce n'est souvent pas de leur faute. C'est la nature qui décide. Sans compter que ce sont des gens charmants et respectueux des autres. Bon, revenons à nos moutons. Vous voulez visionner les entrées d'hier au soir, c'est bien cela ?

— Si c'est possible.

— Vous me dites qu'un de mes clients a eu des problèmes. Je vais donc faire le maximum pour vous aider dans vos recherches. Tony, tu peux caler le magnéto de l'entrée sur, disons, vingt-trois heures.

Tony s'exécuta. Bernard et Léon avaient orienté leurs fauteuils en direction de l'écran allumé. Les images qui défilaient étaient impressionnantes de netteté. Tony appuya plusieurs fois sur un bouton de la télécommande, ce qui eut pour effet de faire avancer la bande passante en accéléré. Il était quand même aisé de détailler les visages des personnes qui s'apprêtaient à entrer dans le dancing. Soudain, Léon s'écria :

— C'est lui. Là, avec ce gars dont le visage est hyper maquillé.

Tony appuya sur pause. Les deux hommes étaient bien visibles. Bernard demanda au directeur :

— Vous connaissez ces personnes ?

— Oui, cela me dit quelque chose. Ce sont des habitués. Tony, tu en dis quoi ?

— Comme vous, patron, je les connais de vue, sans plus. Je vois tellement de monde chaque semaine.

Le responsable décrocha son téléphone.

— Livio, monte au bureau.

Les deux gendarmes reconnurent immédiatement un des deux barmans.

— Livio jette un œil sur l'écran, tu connais ces deux personnes ?

— Ah oui et comment, c'est Louis et Dominique. De très bons clients. Très sympa, jamais d'embrouille.

— Bernard demanda : Dominique, comment ?

— Alors là, pas la moindre idée.

— Vous savez ce qu'il fait dans la vie ?

— Attendez voir, il me l'a dit, il faut que cela me revienne. Oui, il travaille dans le superbe hôtel à la sortie de la ville. Vous savez le palace, comment il s'appelle déjà ?

— Vous voulez parler de l'hôtel « Belle vue » ? demanda Léon.

— Voilà, celui-là.

— Bien monsieur Chevalier, ce fut un plaisir de vous rencontrer.

— Tout le plaisir est pour moi. Si vous souhaitez passer une bonne soirée, n'hésitez pas à venir chez moi. Vous et vos partenaires serez les bienvenus.

— Ce n'est pas tombé dans l'oreille d'un sourd.

Il était temps de rentrer se restaurer.

À quatorze heures, Bernard et Léon ne traînèrent pas dans la salle café. Après le petit noir avalé, ils prirent la direction de l'hôtel où devait travailler le prénommé Dominique. Ce bâtiment portait bien le nom de Palace. Une merveille architecturale. Devant l'établissement, il y avait un voiturier, chargé d'aller stationner les véhicules des clients dans le parking souterrain attenant. Deux grooms se chargeaient de véhiculer les innombrables valises et malles diverses qui accompagnaient immanquablement les personnes friquées. Lorsque vous pénétriez, l'immensité du hall d'accueil donnait le vertige. Sur deux côtés, de nombreux fauteuils en velours vert bouteille permettaient à ces messieurs-dames de patienter autrement que debout. Le comptoir de la réception était démesuré. Les clients étaient accueillis par trois jeunes femmes élégamment vêtues. Un homme en costume trois-pièces s'occupait de réaliser les clés magnétiques pour un couple d'un certain âge. Une fois qu'il eut remis en main propre lesdits passes, le loufiat tiqua en voyant s'avancer le couple Bernard et Léon. Il avait immédiatement remarqué que ces deux-là n'avaient pas la classe requise pour séjourner dans un lieu pareil. Il questionna d'un air dédaigneux :

— Madame, Monsieur, c'est pour quoi ?

Le major sortit sa carte professionnelle qu'il plaça sous le nez de ce malotru. Il annonça :

— Major Liodard, Adjudante Médius. Vous avez parmi le personnel quelqu'un qui se prénommerait Fernand ?

— C'est possible, pourquoi ?

— Alors, voyez-vous, monsieur, je ne sais pas comment, en général, c'est nous qui posons les questions. Alors, deux possibilités s'offrent à vous. Soit vous répondez correctement à la question que je vous ai posée et tout se passera bien, soit vous nous ressortez une vanne comme vous venez de le faire et là, je passe derrière le comptoir et vous embarque pour entrave à l'action de la justice. C'est clair dans votre tête, monsieur, je n'aime pas les gens normaux ?

— Oui, oui, pardon, c'est que je n'ai pas l'habitude d'avoir affaire à la police.

— En plus derrière vos grands airs, vous ne savez pas lire. Je vous remontre ma carte professionnelle. Vous lisez quoi inscrit en gros capital d'imprimerie ?

— Gendarmerie.

— Bien, nous avançons. J'attends votre réponse.

— Fernand c'est le responsable du salon de capilliculture.

— Parfait. Vous allez nous conduire jusqu'à lui.

— Suivez-moi s'il vous plaît.

Les deux enquêteurs suivirent le réceptionniste. Ce dernier désigna une porte. Ils la poussèrent et se retrouvèrent dans un véritable salon de coiffure. Une femme d'un certain âge, habillée très chic, les doigts et le cou couverts de bijoux rutilants, se faisait shampouiner par une jeune femme élégamment vêtue. Un homme d'une bonne trentaine d'années finissait de sécher les cheveux d'un jeune homme. Il devait s'agir du Dominique en question. Il était très stylé, habillé d'un pantalon en cuir très moulant, d'une veste de travail blanc immaculé floquée au logo de l'hôtel. Il lorgna en direction du trio qui faisait irruption dans la pièce. Il posa son appareil, enleva le tablier de protection de son client, s'empara d'un miroir pour lui montrer son travail. Satisfait, l'individu se leva, et tendit au coiffeur un billet de cent euros. Léon et Bernard se regardèrent. Bernard demanda :

— Vous vous appelez Dominique ?

— Oui, monsieur, mais pourquoi cette question, qui êtes-vous.

— Bernard sortit une nouvelle fois sa carte. Nous sommes sur une affaire délicate et avons besoin de vous entendre dans le cadre de cette enquête.

— Moi, mais pourquoi, je n'ai rien fait de répréhensible.

— Vous étiez bien en discothèque hier soir.

— Oui. Cela vous regarde en quoi ?

— Écoutez, le plus simple est de nous suivre jusque dans nos locaux. Nous vous expliquerons de quoi il retourne. Nul besoin de faire partager ce qui va suivre au public.

— Mais, c'est si important que cela ?

— Ça l'est. Vous prenez une pièce d'identité avec vous.

Dominique glissa quelques mots à l'oreille de l'employée et daigna suivre les enquêteurs. Une fois dans le bureau de Bernard, Léon ouvrit son ordinateur. Elle récupéra les papiers de Dominique qui s'appelait Maguerride, il avait 38 ans et demeurait 28 rue des trois lutins à Sellonge-sur-Mérac. Elle fit signe à Bernard qu'elle était prête à transcrire les déclarations du témoin. Bernard s'adressa à Fernand :

— Monsieur Maguerride, si nous vous avons sollicité comme témoin c'est parce que nous travaillons sur une enquête criminelle. La victime s'appelle Louis Fontenois.

Maguerride poussa un immense cri aigu.

— Quoi, Louis, mais non, ce n'est pas possible. Pas louis, oh, mon dieu.

— Vous étiez amis et même un peu plus, non ?

Dominique avait pâli. Les larmes lui étaient montées aux yeux en une fraction de seconde. Il était secoué de nombreux tremblements. Bernard sortit d'un de ses tiroirs une boîte de Kleenex. Il la présenta à cet homme complètement retourné.

Dominique s'empara de deux mouchoirs pour sécher ses larmes. Il reprit :

— Oui, monsieur, Louis était plus qu'un ami. Nous étions amants depuis plus de trois ans. Dites-moi comment il est mort, parce que vous avez dit qu'il s'agissait d'une affaire criminelle. Il aurait été tué, c'est cela ?

— Oui, il a été assassiné chez lui. L'enquête en cours ne nous permet pas d'en dire davantage.

— Ah, non, impossible. Louis était très peureux. Il fermait toujours sa porte à clé dès qu'il rentrait dans sa maison, je peux vous l'assurer. Mais, ce qui me fait le plus mal, c'est que nous nous sommes quittés en mauvais termes ce matin.

— Vous pouvez nous expliquer ?

— Oui, bien sûr de toute manière il n'est plus de ce monde alors, qu'est-ce que cela peut bien faire. Hier soir, nous sommes allés tous les deux dans une boîte de nuit qui s'appelle « HOMONYME ». Vous comprenez vu le nom qu'il s'agit d'un club fréquenté en priorité par des homosexuels des deux sexes. Il avait reçu un flyer qui proposait de venir faire la fête sur les musiques des années 80 à partir de 22 heures. Nous étions toujours partants pour ce genre de soirée. Tout se passait bien jusqu'à ce que je lui propose de venir s'installer définitivement chez moi. Je possède une grande maison, récente, qui plus est très bien meublée. J'en avais plus qu'assez d'aller chez lui. Sa petite bicoque me foutait le cafard. Enfin, quoi, nous nous entendions super bien tous les deux. Eh bien, figurez-vous que ce grand nigaud m'a envoyé balader. Il a refusé tout net. Il voulait continuer comme avant à nous fréquenter par épisodes. Moi je recherchais la stabilité. Vivre comme les couples hétéros, quoi. Ça m'a tellement foutu les boules que je l'ai laissé en plan. Je suis rentré chez moi, non sans lui avoir craché à la figure ses quatre vérités. Faut me comprendre quoi.

— Vous vous souvenez de l'heure à laquelle vous êtes parti ?

— Tout à fait, il était exactement zéro heure trente. J'en suis certain parce que lorsque j'ai récupéré mon vestiaire, la pendule au-dessus de l'accueil affichait cette heure-là. C'est important l'heure ?

— Ça l'est toujours. Chaque indice ou détail peut nous permettre de confondre le criminel. Autre chose, vous n'avez pas tenté de téléphoner à votre petit copain ce matin ?

— Sûrement pas, je n'ai pas le caractère à m'aplatir comme une carpette. Je suis homo, c'est vrai, mais j'ai ma dignité. C'est un gars qui était dans la boîte qui a fait le coup. C'est certain.

— Pourquoi dites-vous cela ?

— Mais parce qu'il n'aurait jamais ouvert en pleine nuit sa porte à quelqu'un d'autre que moi. Il a dû se faire draguer après mon départ par celui qui l'a flingué.

— Pourquoi Flingué ?

— Ben, vous m'avez bien dit que Louis avait été assassiné. C'est bien comme cela que l'on tue les gens non ?

Bernard ne s'étendit pas sur le sujet. Il continua son interrogatoire :

— Autre chose, savez-vous si Louis avait eu dernièrement des problèmes avec quelqu'un ?

— Jamais de la vie. Louis était tout le contraire de moi. Je suis impulsif, fonceur, râleur et très rancunier. Je ne me laisse jamais faire. Louis était plus posé, un mec tranquille. Il ne cherchait pas la bagarre. Je vais vous dire, une fois, il s'est fait bousculer par un papy dans un supermarché. C'est Louis qui s'est excusé. Moi, j'aurais engueulé le vieux.

— Vous savez s'il avait de la famille ?

— Louis était de l'assistance. Il était orphelin. Ne vous en faites pas, c'est moi qui vais m'occuper de ses funérailles. Je l'aimais profondément. Je lui dois bien cela.

— Monsieur Magueride, vous ne voyez rien de plus à nous dire qui pourrait nous permettre d'avancer sur ce dossier ?

— Non, que voulez-vous que je vous dise de plus ? En revanche, si vous pouviez me dire qui a fait le coup si vous l'arrêtez, cela me ferait plaisir.

— Je n'y manquerais pas. Vous allez relire votre déposition dès qu'elle sera imprimée. Vous la signerez si elle est conforme à vos dires.

Ce qu'il fit. Bernard raccompagna Dominique Magueride vers la sortie. Il réunit ensuite son personnel dans la salle de réunion. Il prit la parole :

— Bon, Magueride et Fontenois étaient ensemble hier soir dans la boîte de nuit « HOMO-NYME ». Ils se sont engueulés pour une histoire futile. Dominique voulait que Louis vienne habiter chez lui. C'est ballot mais c'est comme cela. Les homos ont eux aussi leurs humeurs. Bref d'après Dominique, Louis était très peureux à telle enseigne qu'il fermait systématiquement sa porte à clé dès qu'il rentrait chez lui. Il se pourrait bien qu'un gus ait tenté de draguer Louis après le départ de son petit copain Dominique. Cela expliquerait qu'il ne se soit pas méfié et qu'il l'ait ramené chez lui pour passer le restant de la nuit. Demain matin, Paulo et Gus, vous filez de nouveau chez Roland Chevalier, le patron de l'HOMO-NYME. Vous récupérez une copie des cédéroms portant sur la soirée des années 80. Ensuite, on s'y mettra tous pour les visionner. Il nous faut savoir si Louis est reparti seul ou accompagné.

Jeudi 20 mai 2010, Paulo et Gus filèrent remplir leur mission à « l'HOMO-NYME ». Le patron de la boîte de nuit ne fit aucune difficulté pour remettre aux gendarmes les enregistrements de la soirée des années 80.

Paulo et Gus arrivaient avec plusieurs cédéroms. Chacun s'isola dans son bureau pour commencer à visionner les images.

Une demi-heure plus tard, c'est Jojo qui avait quelque chose sur une vidéo. Il appela tout le monde. Chacun se réunit autour de lui. Une scène était figée sur l'écran de son PC. L'heure sur le moniteur indiquait 00 heure 45. On y voyait Louis Fontenois tout sourire en conversation avec un homme. Malheureusement, ce dernier était de dos. Il avait apparemment les cheveux châtain foncé et très longs. Ils étaient tous les deux assis à une table, un verre à la main. Jojo fit défiler la bande à vitesse accélérée. Dix minutes plus tard, Louis se levait pour aller chercher deux autres boissons. À 01 heure 30, Louis se leva pour s'en aller, suivi par l'inconnu. Ce dernier récupéra sur son siège une casquette à large visière. Il la vissa sur sa tête avant de se retourner. Il connaissait la présence des caméras, c'était évident. Impossible de voir ne serait-ce qu'une partie de son visage. Contrairement à Louis, l'inconnu ne s'arrêta pas au vestiaire. Léon expliqua :

— C'est moi qui ai sur mon PC la vidéo de la sortie du dancing. Je vais vérifier si nous voyons à qui nous avons à faire.

Hélas, Louis et son copain du moment étaient filmés de dos. On les voyait traverser la rue et disparaître sans jamais avoir tourné la tête en direction de la porte d'entrée de la boîte de nuit. Bernard décida de faire de nouveau le point des nouvelles informations dont ils disposaient. Il était visiblement dépité par le fait que ce dossier n'évoluait pas dans le bon sens.

Le portable de Bernard se mit à sonner. C'était Gilles qui cherchait à le joindre. Bernard décrocha :

— Bonjour, Gilles, tu as du nouveau ?

— Rien d'extraordinaire sur ce cadavre. Pas de traces de ligatures aux poignets et aux chevilles, rien sur la bouche. Aucun hématome sur l'ensemble du corps. En revanche, il a eu un rapport sexuel avant le décès. J'ai découvert, comme pour Serge Eymard, des traces de lubrifiant dans le conduit anal. Ce monsieur était visiblement adepte de cette pratique vu l'état de son anus. « Ça, c'est fait ». J'ai effectué un prélèvement autour de la blessure le long de la carotide qui est également formée par deux petits trous qui confirment la ponction du sang à cet endroit. J'attends les résultats des analyses, ils ne devraient plus tarder. Je te tiens au courant. Attends ! Mon assistant arrive avec. Ne quitte pas, j'en prends connaissance. Voyons voir, tu es toujours là ?

— Affirmatif, nous sommes tout ouïe.

— Alors toxicologie, drogues, anesthésiants : rien de tout cela. Tout est clean. Je suis désolé. En revanche, il y a bien des traces de salive humaine autour de la plaie. Un ADN a été isolé. Je l'envoie immédiatement à Victor pour qu'il le passe au fichier. Autre chose, l'heure de la mort a été estimée entre quatre et cinq heures du matin. Désolé qu'il y ait si peu d'avancée.

— T'en fait pas, on va faire avec. Bonne journée à toi.

Bernard et les autres attendirent patiemment les résultats du contrôle sur le fichier ad hoc. Le TIC arriva un quart d'heure plus tard. Il avait de nouveau une chemise cartonnée à la main. Il avait une nouvelle fois la tête des mauvais jours. Olive l'asticota :

— Salut Victor. Vu ta tronche, tu as passé une mauvaise nuit ?

— Ah ! Ah ! Très drôle. En attendant, ce que je vous amène ne va sûrement pas vous réjouir.

— Vas-y, balance, demanda Bernard.

— L'ADN envoyé par Gilles est enregistré dans le FNAED.

— On connaît son nom, c'est Micha, ironisa Jojo.

— Eh non, il s'agit de Benoît Martinet, né le 3 juin 1970 à Sellonge-sur-Mérac.

— Super, tu as son adresse ? demanda rapidement Olive.

— Oui, sans problème, il est enterré dans notre cimetière depuis le 15 octobre 2009. Il est connu pour avoir frappé en 2005, à plusieurs repris sa petite copine. Il est décédé d'un accident du travail. Il était couvreur et est tombé d'un toit le 11 octobre 2009.

— Nom de dieu, marmonna Bernard, il va encore falloir obtenir un permis d'exhumer pour nous assurer que le cercueil n'est pas vide.

— Pas la peine, poursuivit Victor, à l'époque, le parquet n'a pas voulu prendre de risques car le gars était tombé sur la tête, il ne portait pas de casque de protection. Il fallait écarter tout soupçon d'assassinat ou de meurtre. C'est Gilles qui l'a autopsié. Conclusion, votre gus est bien au cimetière.

Bernard remercia Victor pour son professionnalisme. Il venait de prendre un coup de bambou derrière la tête. Avec un vampire, l'affaire allait peut-être pouvoir évoluer avec le visionnage des cédéroms. Mais, là, avec un second suceur de sang, les cartes étaient rebattues. Qui était derrière ces assassinats. L'affaire se compliquait. Il réunit tout le monde dans la salle de réunion. Victor avait amené les photos de Louis Fontenois et de la chambre. Il les punaisa sur le tableau à côté des autres. Bernard prit la parole :

— À la vue de ces nouveaux clichés, force est de constater que les deux scènes de crimes sont identiques. La position des corps est la même. Les vêtements sont correctement pliés et déposés scrupuleusement à proximité du cadavre. Pas la moindre trace prélevée par toi Victor dans les deux chambres, c'est bien cela ?

— Malheureusement, oui. Cette affaire me saoule. Je ne sers à rien. À part prendre des photos, c'est tout ce que j'ai été capable de faire. On dirait que nous avons affaire à un fantôme. Une personne humaine laisse automatiquement quelques squames, des fibres ou autre. Là, rien de rien.

— T'en fais pas, le rassura Jojo, le tueur finira tôt ou tard par faire une boulette.

— Ce qui me chiffonne, poursuivit Bernard, c'est l'absence de mobile. Nos deux victimes étaient des personnes sans histoires.

Léon a vérifié, pas de casier judiciaire. La copine de Serge Eymard nous le décrit comme quelqu'un de pacifiste. Idem en ce qui concerne Louis Fontenois. Alors quoi, le tueur tape au hasard ?

— Ce serait bien la première fois, répondit Léon. Cela avancerait à quoi ?

Il demanda à Victor de rester et de se joindre à eux pour cette réunion de travail. Une fois, tout le personnel réunit, il demanda :

— Qui a une idée qui nous permettrait de voir un peu plus clair dans cette affaire. En ce qui me concerne, je suis désolé de vous dire que je n'ai toujours pas cerné le tueur. Je ne vois pas ce qui le motive au point de violer et tuer deux personnes sans histoire.

Léon leva la main comme à l'école pour donner son avis.

— Vas-y, Léon, nous t'écoutons, soupira Bernard.

— L'assassin est peut-être quelqu'un qui part en croisade contre les homosexuels, doublé d'un pervers.

— Possible, répliqua Paulo, mais ne perdons pas de vue que Serge Eymard n'était pas gay. Il avait une petite copine. Il était également très peureux et fermait automatiquement sa porte d'entrée à clé.

— Dans ce cas, comment le tueur a-t-il réussi à s'introduire chez Eymard, répondit Gus ? Ils devaient se connaître, non ?

— Nom d'une pipe en bois, s'écria Bernard, Eymard était coach en informatique pour des sociétés et si je ne me trompe pas, aussi pour des particuliers, me semble-t-il. Léon, tu vas regarder sur le PC de Eymard s'il tenait à jour la liste de ses clients. Je suis persuadé que notre assassin a pris le prétexte de suivre des cours chez lui pour l'approcher sans éveiller ses soupçons.

Léon alla chercher l'ordinateur de Serge Eymard et commença sa recherche. Bernard s'adressa au TIC :

— Victor, si je t'ai demandé de rester ici, c'est pour avoir ton avis sur les deux scènes de crime. Cela fait plusieurs années que nous travaillons ensemble. Je connais ton professionnalisme. Je t'ai vu à l'œuvre de nombreuses fois et je sais que tu ne négliges rien. Je te fais entièrement confiance. Nous avons tous été formés pour remplir sans faillir nos missions dans nos secteurs respectifs. Malgré tout, il faut de temps en temps sortir du canevas qui est le nôtre. Avoir un regard différent. Cela s'appelle l'intuition. Chez les deux victimes, tu n'as pas relevé le moindre indice. Cela n'est pas normal, tu en conviendras. Pourtant, j'ai vu en t'observant que tu avais une certaine idée de ce qui s'était passé sur les deux scènes de crime. Quelque chose t'a interpellé, sans que pour autant, tu m'en parles. Tu sais comment je travaille. Le moindre renseignement qui arrive à la BR est partagé entre tous. C'est ce qui fait notre force. Tu fais partie de mon équipe. Je souhaite que tu me donnes ton sentiment sur ce qui t'a interpellé chez les deux victimes.

Victor était surpris de voir en quelle estime le major le tenait. Il venait de lui faire comprendre qu'il faisait partie de sa bande. Il lui avait tendu la perche, il fallait qu'il participe totalement avec ces enquêteurs hors pair. Il se lança :

— C'est vrai que pour un technicien d'identification criminelle, repartir d'une scène de crime sans avoir de biscuits, c'est démoralisant. Cela peut laisser planer le doute sur la compétence de l'intéressé. En ce qui concerne l'affaire en cours, je me suis posé plein de questions. Il faut reconnaître qu'il est quasi impossible de ne pas laisser de traces derrière soi après avoir assassiné quelqu'un. Je n'ai pas trouvé une seule empreinte digitale appartenant au locataire. Rien sur les interrupteurs muraux comme sur ceux des lampes de chevet, idem en ce qui concerne les poignées des portes, des armoires. Sur le lit des deux victimes, pas le moindre squame, poil, cheveu ou pellicule. Pire, il n'y a pas la moindre poussière, le plus petit mouton sous les plumards. Cela m'a donné l'idée de regarder si ces deux personnes possédaient un aspirateur. C'est le cas. J'ai ouvert le capot de chacun d'eux, plus de sacs à poussières à l'intérieur. J'en ai conclu que le tueur aspire minutieusement les pièces où il a séjourné. Voilà pourquoi nous faisons chou blanc à chaque fois.

— Bernard apprécia : c'est un super boulot Victor. Nous savons désormais comment il fait pour ne laisser aucun indice de son passage. Vous savez pourquoi il ne tient pas à laisser de traces derrière lui ?

— Léon leva la tête de l'ordinateur de Eymard et répondit : parce qu'il figure dans nos fichiers.

— Exactement, poursuivit Bernard. J'espère simplement qu'il va commettre une petite erreur. On sera là pour le cueillir.

— Bon, continua Léon, il y a bien un fichier clients tenu par Eymard sur un tableur. Il a eu plusieurs rendez-vous chez lui le lundi 10 mai 2010 de 16 à 18 heures, mêmes horaires mardi et mercredi. Il a noté le nom de la personne : Félix Antonio. Il y a un numéro de téléphone : 06.45.38.22.89. Je le compose.

La sonnerie bien connue d'un numéro inexistant résonna dans la pièce. Les militaires y avaient cru l'espace d'un instant. Il fallait se rendre à l'évidence. Celui qu'il pourchassait était particulièrement méticuleux et rusé.

— Je regarde sur les réseaux sociaux et sur le net, si ce monsieur est connu, expliqua Léon. Rien non plus de ce côté-là.

— Nous avançons quand même, à petits pas, je vous l'accorde, mais je commence à cerner le personnage.

— Le gars que nous traquons, poursuivit Olive, connaît nos méthodes d'investigation. J'en mettrais ma main à couper.

— Vas-y, développe, demanda Jojo ?

— Je ne sais pas, mais même dans les films et séries policières, ils ne montrent qu'une partie de ce que nous sommes capables de réaliser. En particulier sur les scènes de crimes. C'est pour cela que je me dis que notre assassin connaît la musique. Qui irait passer l'aspirateur sur les draps du lit et en dessous de celui-ci. Qui ?

— Tu penses à un gars de chez nous ? demanda Gus.

— Pas forcément, quelqu'un qui a peut-être travaillé en gendarmerie ou dans la maison d'en face et qui ne fait plus partie des effectifs. Le gars a peut-être eu des problèmes avec des homosexuels. Il règle ses comptes, qu'en pensez-vous ?

— Tout cela reste des suppositions, expliqua Bernard. Ce qu'il nous faut, ce sont des certitudes, des faits avérés, des éléments indiscutables. Il y a un point bien particulier qui nous a échappé.

— Lequel ? demanda Paulo.

— L'histoire de la seconde salive retrouvée sur la plaie au niveau du cou de Louis Fontenois. Comment est-elle arrivée là ? L'ADN correspond à Benoît Martinet. Je vais commencer par appeler Gilles. Il nous faut savoir si ce monsieur est décédé à la suite de sa chute du toit ou s'il a été assassiné. Gilles décrocha rapidement :

— Oui, Bernard, je t'écoute.

— Je ne te dérange pas ?

— Non, vas-y, je suis dans la paperasse au bureau.

— J'ai besoin que tu fasses appel à ta mémoire. Tu as autopsié un certain Benoît Martinet, en octobre 2009. Un couvreur tombé d'un toit cela te dis quelque chose.

— Martinet, Martinet, oui, j'y suis, que veux-tu savoir à son sujet ?

— Juste si tu as attesté la cause de l'accident ?

— Attends, voir. Je regarde sur ma bécane. Ne quitte pas, je te dis cela tout de suite. Alors année 2009, octobre, je l'ai, je regarde mon rapport. Oui, c'est cela, cela me revient, la chute a été sans aucun doute la cause de la mort. Il n'avait pas de casque de protection et est tombé sur le dessus du crâne. De nombreux graviers étaient incrustés dans son cuir chevelu. Les vertèbres Atlas et Axis ont explosé sous la violence du choc, entraînant de ce fait la rupture de la moelle épinière. Mort instantanée. Il ne portait aucune trace qui aurait fait penser à une dispute.

— Il est donc bien mort, pas besoin de demander un permis d'exhumer au juge d'instruction ?

— Tu veux dire que c'est le résultat de l'ADN que j'ai envoyé à Victor. Vous avez donc deux vampires, c'est bien cela ?

— Affirmatif, déjà, un revenant suceur de sang, c'était du jamais vu mais alors deux, c'est le pompon.

— Bon, Bernard, te fais pas de bile, tu peux me faire confiance, je me suis occupé de lui, il a été ouvert comme les autres. En principe, ceux qui passent entre mes mains ne se relèvent pas.

— Merci Gilles. On se tient au courant.

— Voilà, poursuivit Bernard, les enfants, on est dans une merde noire. Il y a un schmilblick, c'est certain. Mais lequel ? Comment a fait cet enfoiré pour vider de leur sang deux gus sans les droguer, sans les ligoter et en laissant sur les cadavres deux ADN différents. Sans oublier de dire qu'ils appartiennent à deux personnes mortes et enterrées depuis plusieurs mois. Je donnerais cher pour avoir la solution à ce problème. Mais bon sang, nous avons deux victimes, qui ne sont pas connues de nos services, casier judiciaire vierge, travailleurs, des gens équilibrés, ne cherchant pas les histoires. Pourquoi eux, quel est le lien entre ces deux-là ?

Bernard jeta un œil à sa montre et décida qu'il était l'heure d'aller se restaurer. L'après-midi ne donna rien de plus. Les enquêteurs broyaient du noir. Bernard avait rendu compte de la situation à son commandant de compagnie. Il avait ensuite appelé le juge d'instruction Benedict pour l'informer de l'avancée de l'enquête. Ce dernier avait demandé :

— Vous me dites que la salive retrouvée autour de la morsure sur le cou de Louis Fontenois a été identifiée comme appartenant à un certain Benoît Martinet. Vous en êtes absolument certain ?

— Plus que cela, puisque c'est son ADN qui a été identifié par les laborantins.

— Cet individu est bien mort, vous avez vérifié ?

— Monsieur le juge, nous allons accorder nos violons tout de suite. Je respecte ce que vous représentez et votre travail. De votre côté, faites en sorte de respecter le mien. Il faut que vous sachiez que si je me permets de vous déranger, c'est pour vous donner des renseignements béton. J'ai l'habitude de vérifier deux fois plutôt qu'une mes infos et je mets un point d'honneur à m'assurer que ce que je vais vous livrer est carré. J'espère m'être bien fait comprendre. Vous débutez dans la magistrature et je vous pardonne pour cette fois, mais à l'avenir, ayez l'amabilité de me faire confiance.

— Oui, oui, excusez-moi mais mettez-vous à ma place. C'est ma première affaire criminelle, et elle est plutôt tordue si je puis dire. J'ai du mal à suivre son évolution. Nous parlons d'assassinats commis par des personnes décédées, c'est bien cela, je ne me trompe pas ?

— Ce n'est pas exactement cela, monsieur le juge. Nous avons affaire à un seul et même tueur. Il veut nous faire croire que ces crimes sont perpétrés par des morts-vivants. Le fait que les victimes n'ont pas été droguées ni ligotées nous déstabilise. Ce qui nous trouble encore plus, c'est la présence de ces deux salives différentes sur les plaies. Le problème, monsieur le juge c'est que nous n'avons rien de concret pour l'instant et surtout, pas de mobile.

— Je vois. Nous sommes partis pour quelques semaines difficiles, c'est bien cela ?

— Nous espérons une petite erreur de la part de notre tueur.

— Bon, et bien, je vous souhaite bonne chasse. Tenez-moi au courant. Je vous prie, major, une nouvelle fois de bien vouloir m'excuser. Désormais, je vais vous faire confiance.

— Merci Monsieur le Juge. Bonne soirée.

Le week-end était arrivé, il fallait se reposer, se vider la tête pour éviter de gâcher ces deux jours en famille.

Dimanche 23 mai 2010, les gendarmes se trouvaient dans la salle café. Léon demanda :

— On commence par quoi ce matin ?

— Si je le savais, répondit Bernard. J'espère que tout le monde est en forme. On doit avancer sur cette putain d'enquête. Vendredi soir avant de quitter le bureau, j'ai appelé le juge d'instruction pour lui rendre compte de la situation. Je lui ai expliqué ma façon de voir les choses car ce monsieur ne nous faisait toujours pas confiance. Désormais, nous n'aurons plus de problème avec lui.

Le téléphone intérieur venait de sonner dans le bureau du major. Il était 8 heures 15. Il alla décrocher. C'était le planton qui l'informait que M. Lucioles était à l'accueil et souhaitait être reçu. Bernard descendit chercher cette personne. Il était comme d'habitude extrêmement bien habillé. Il serra chaleureusement la main que lui tendait Bernard. Il le conduisit dans la salle de réunion. Son personnel avait anticipé et tous étaient présents et impatients d'entendre ce qu'avait le médium à leur révéler. Bernard désigna un siège à ce monsieur. Léon lui demanda s'il souhaitait boire un café. Ce dernier déclina l'offre. Bernard demanda :

— J'imagine que si vous êtes dans nos locaux c'est parce que vous avez des infos pour nous ?

— Oui, major. Votre tueur a encore frappé cette nuit. J'imagine que l'info ne vous est pas encore parvenue. Je me suis demandé s'il fallait que je vienne vous en parler ou non.

Les gendarmes étaient médusés par cette nouvelle information. Bernard reprit :

— Pour quelle raison avez-vous hésité, demanda-t-il, et qui est la nouvelle victime ?

— J'ai pesé le pour et le contre à cause du personnage qui a été assassiné. Il m'est apparu sur le coup des six heures du matin. Il a été saigné comme les deux autres. Si eux, je les ai eus en pitié, lui mériterait de pourrir sur place.

— Vous pouvez nous expliquer clairement de qui nous parlons ? demanda Bernard.

— Non, je préfère que vous découvriez vous-même qui était cet individu. Je ne veux pas vous influencer dans vos recherches. Je ne suis là que pour vous indiquer son adresse qui est : villa plein soleil, 37 avenue de Verdun à Sellonge-sur-Mérac. Je vous souhaite bien du courage avec cet énergumène.

— Merci de vous être déplacé, vous pouviez téléphoner.

— Non, je préfère avoir les gens en face de moi surtout lorsque je suis amené à faire ce genre d'annonce. Je vois d'ailleurs, major, que vous commencez à croire en moi.

— Pourquoi dites-vous cela ?

— Vous n'avez pas sourcillé lorsque je vous ai révélé que votre tueur avait fait une nouvelle victime.

— C'est vrai, je suis cartésien, mais vous m'avez prouvé que vous aviez le don de deviner à l'avance ce que nous ne découvrirons que bien plus tard. Je ne comprends toujours pas, et ne cherche pas d'explications rationnelles. C'est comme cela. Je vous fais confiance, c'est tout.

— Merci major, nous serons amenés à nous revoir prochainement.

— Expliquez-vous ! demanda Léon.

— Le tueur que vous traquez va encore faire parler de lui. Je le sens. Je vous assure que je ne sais pas qui commet ces crimes horribles. Si c'était le cas, je vous en informerais immédiatement. Il faut arrêter à tout prix ce fou furieux. Ce que je peux vous dire c'est qu'il est lié à la médecine.

— Merci monsieur Lucioles.

Bernard raccompagna l'intéressé. Paulo avait prévenu Victor et Gilles. Les gendarmes ne perdirent pas de temps. En moins d'un quart d'heure, ils étaient devant la villa en question. Une maison magnifique avec une grande véranda accolée. Les parterres de devant étaient fleuris. Pas un brin d'herbe, nulle part, tout était parfaitement propre et bien agencé. Ils étaient chez quelqu'un de méticuleux et soigné. Bernard sonna plusieurs fois. Personne ne se manifesta. Paulo fit jouer la poignée du portail. Il n'était pas fermé à clé. Ils avancèrent jusqu'à la porte d'entrée. Bernard frappa plusieurs coups à tout hasard. N'obtenant aucune réponse, il actionna le mécanisme. Il n'était pas verrouillé. Les gendarmes se séparèrent dans les diverses pièces. C'est dans la chambre à l'étage que se trouvait la victime. Allongée nue sur le lit comme les autres. Les bras le long du corps, la tête tournée du côté droit. Une blessure sur le cou côté gauche au niveau de la carotide. Pas d'écoulement sanguin sur les draps. Il s'agissait d'un homme âgé. Personne n'osa entrer. Les gendarmes redescendirent s'équiper. Ils attendirent patiemment Gilles et le TIC. Une fois ces derniers arrivés et équipés, chacun entra dans la maison pour y effectuer pour certains les recherches habituelles et pour d'autres les constatations sur la victime. Victor prit quelques instantanés d'ensemble puis il photographia en plans rapprochés le visage et la blessure. Gilles procéda ensuite à la visite post-mortem de la personne décédée. Il allait énumérer ses observations lorsqu'il s'écria :

— À ben, merde, Archibald. Si j'avais su que je te retrouverais ici.

— Tu le connais ? demanda Bernard.

— Et comment ? Tu as sous les yeux un des plus grands chirurgiens cardiaques de France et même plus. Doublé d'un enfoiré de première.

— Vas-y, explique.

— Ce salopard se serait servi de sa réputation et du respect qu'il imposait pour mettre dans son lit les étudiants en médecine qui l'intéressait. Et oui, monsieur était de la jaquette, un gros pédé, quoi. Ceux sur qui il jetait son dévolu n'avaient pas d'autre choix que de céder à ses avances s'ils voulaient pouvoir prétendre poursuivre leurs études.

— Tu en as fait partie ? demanda Bernard.

— Non, mon cher, mon physique ne correspondait pas à ses goûts. Mais crois-moi, j'ai dégusté. Un jour, je suis entré dans la salle de repos alors qu'il était en train de mettre la pression sur un jeune interne pour le placer en état d'infériorité. J'ai eu le malheur de m'interposer entre lui et cet étudiant qui venait tout juste de rejoindre notre équipe. Si tu veux, j'ai ni plus ni moins endossé la panoplie de l'avocat des pauvres. C'est à ce moment-là que je me suis aperçu de sa manière de faire avec les plus jeunes. Il ne m'a jamais pardonné d'avoir découvert son secret. J'ai serré les dents quelques semaines puis finalement, j'en ai eu assez et me suis dirigé vers la médecine légale. J'ai donc quitté cet établissement sans aucun regret. J'étais le seul à m'être aperçu de son petit manège. Il était particulièrement rusé, fourbe, et malin comme un singe. Il donnait l'impression de s'intéresser aux infirmières qui travaillaient avec lui. Elles minaudaient autour de lui. Pas une ne s'est rendu compte qu'il jouait un rôle et plus fort encore, qu'il était homo. Lorsque je lui ai annoncé que je quittais cet hosto, il m'a demandé : « vous avez parlé de ce que vous savez à quelqu'un ? » Je n'ai pas répondu afin qu'il continue à se faire du mouron. Je regrette infiniment de ne pas être allé parler de tout cela au directeur. Quoiqu'en y réfléchissant, cela aurait été sa parole contre la mienne. Je n'aurais pas fait le poids devant la réputation de ce médecin. Il n'empêche que cet après-midi, je t'assure que je vais prendre beaucoup de plaisir à ouvrir ce vieux salopard.

— Tu ne regrettes pas ?

— En aucun cas. J'adore ce que je fais. Je contribue à apporter ma petite pierre à vos enquêtes, trouver le petit truc qui va faire que vous allez partir dans la bonne direction. Bon, je reconnais que sur cette affaire, je ne suis pas d'une grande utilité.

— Ne te fais pas de reproches, nous ne sommes pas meilleurs. Je dirais même plus que nous n'avons jamais autant ramé.

— Revenons à notre cadavre. La rigidité cadavérique n'est pas encore installée. La mort remonte à quelques heures. Blessure identique au niveau de la veine carotide. Pas de lésions aux poignets ni aux chevilles. Aucune trace de coup sur ce côté-là. Victor, tu m'aides à le retourner. Là non plus, pas de traces de sévices. Les lividités cadavériques sont conformes à la position du corps. Il a bien été tué dans son lit. Bernard, tu me l'envoies à l'IML. Je m'en occupe cet après-midi avec grand plaisir.

Bernard téléphona aux pompes funèbres pour l'évacuation d'un corps. Il laissa la place à Victor. Il redescendit au rez-de-chaussée voir où en étaient les recherches. Léon lui affirma :

— Il s'agit bien d'Archibald Fromentin, né le 14 mars 1938 à Paris 16e, il avait 72 ans. Célibataire, professeur en chirurgie cardiaque, au centre hospitalier universitaire de Lyon. Il devait être de la vieille école, parce que pas de portable ni d'ordinateur. En revanche, il notait les numéros de téléphone sur un cet agenda. Tu ne seras pas étonné si je te dis qu'il y a en proportion une majorité de noms masculins répertoriés dessus.

Dans la pièce qui lui servait de bureau, il avait placardé au mur tous ses diplômes. C'était apparemment une sommité dans son domaine. Olive avait découvert dans un des tiroirs ses papiers personnels concernant sa carrière. Il expliqua à Bernard :

— Il a pris sa retraite en 1995. Cela lui faisait 57 ans, ce n'est pas un peu tôt pour un médecin ?

— Tu as raison, il y a un lézard là-dessous.

Dans le tiroir de la salle à manger, Paulo et jojo étaient tombés sur des revues pornos gay. Cela confirmait s'il en était besoin les dires de Gilles sur l'orientation sexuelle de ce monsieur. Léon appela tout le monde. Elle tenait dans sa main une chemise cartonnée. Sur la couverture, il y avait écrit : « Documents retraite ». Elle avait un large sourire et annonça :

— Gilles avait raison, ce gus était un pervers, je suis tombé sur une lettre émanant de monsieur George Martial, directeur de l'hôpital de Lyon adressée à Fromentin en date du 20 juin 1995, je vous la lis. Professeur, un jeune interne vient de porter à ma connaissance des faits très graves à votre encontre. Il vous accuse de viol sur sa personne. J'ai fait le maximum pour faire en sorte qu'il ne porte pas plainte contre vous. La réputation de notre hôpital s'en serait trouvée entachée. Vous comprendrez monsieur Fromentin que nous ne pouvons plus tolérer ce genre de comportement. Je vous rappelle qu'un autre signalement du même ordre m'a été signalé de vive voix il y a quelque temps par une infirmière travaillant dans votre service. Dans l'intérêt de tous, nous vous demandons expressément de faire séance tenante une demande de mise à la retraite anticipée. Vous voudrez bien me faire parvenir le justificatif des démarches entreprises dans ce sens le plus tôt possible. Il est hors de question de vous laisser maltraiter les jeunes internes dans un autre établissement. D'autre part, le conseil d'administration, qui s'est réuni en urgence à ma demande, vous suspend de vos fonctions à compter d'aujourd'hui 20 juin 1995 à 12 heures. Vous voudrez bien faire en sorte de récupérer toutes vos affaires et de me remettre votre badge d'accès. Vous devrez avoir quitté l'établissement ce jour avant 12 heures 30 et ne plus y revenir. Signé la direction.

— Quel enfoiré ! s'écria Paulo. Se servir de sa position dominante pour abuser de jeunes qui ne demandaient qu'à apprendre la médecine. Il est où le serment d'Hippocrate ? Ce n'est pas croyable que ce salopard soit passé durant toutes ces années à travers les gouttes. Cela nous donne un bon mobile, qu'en penses-tu, Bernard ?

— Cela nous éclaircit l'horizon. Luciols avait une fois de plus raison. Notre affaire a un lien avec la médecine. Il est incroyable ce type. Il faut éclaircir cette histoire de viol. Savoir d'une part qui en a été la victime, et vérifier qui d'autre en a fait les frais. Vous poursuivez ici et dans la chambre dès que Victor a terminé. Paulo, tu vois avec les croque-morts pour l'évacuation du corps à l'IML. Dès que c'est terminé, tu apposes les scellés et vous rentrez au bureau. On se retrouve là-bas. En attendant, Léon et moi allons de ce pas chez le juge d'instruction. Nous avons besoin de lui. Léon, tu prends cette lettre avec toi.

Les deux gendarmes patientèrent un bon quart d'heure avant que le magistrat puisse les recevoir. Dès leur entrée dans son bureau, il fit signe aux militaires de s'asseoir. Il demanda avec un large sourire :

— Alors cette enquête, quoi de neuf ?

— Nous avons une nouvelle victime. Il s'agit de M. Archibald Fromentin. Ancien chirurgien cardiaque et professeur au CHU de Lyon. Assassiné comme les deux premières victimes chez lui à Sellonge-sur-Mérac. En revanche, notre légiste Gilles Mavier a très bien connu cet éminent médecin lorsqu'il était interne dans son service. Il nous a appris qu'il profitait de sa position pour contraindre certains de ses internes à coucher avec lui. Jusqu'à ce qu'un de ces jeunes gens, littéralement violé par lui, menace de déposer plainte pour ce crime. George Martial, le directeur de cet établissement a jugé que la situation était grave et intolérable et a demandé à l'intéressé de prendre une retraite anticipée. Il a d'ailleurs été immédiatement mis à pied. Nous avons retrouvé à son domicile la lettre relatant cet épisode de sa vie. La voici.

Le juge lut intégralement la missive. Il hocha plusieurs fois la tête et demanda :

— Vous avez demandé à me voir simplement pour me présenter ce billet.

— Bien sûr que non, monsieur le juge. Nous souhaiterions obtenir de votre part une commission rogatoire nous permettant d'aller auditionner l'auteur de cette lettre.

— Mais dans ce cas, pourquoi une CR ?

— Pour obliger la personne en question à témoigner, nous livrer ce qu'il s'est passé réellement. Sans un ordre écrit et signé par un magistrat, vous pensez bien que ces messieurs de la santé vont se réfugier derrière leur sempiternel secret professionnel.

— Ah, oui, bien sûr, je n'avais pas envisagé la situation sous cet angle. Marie, voulez-vous rédiger la CR en ce sens s'il vous plaît ? C'est au CHU de Lyon, c'est bien cela ?

— Oui, Monsieur le Juge.

Après avoir signé le document, et l'avoir remis à Bernard, Claude Bénédict serra la main du gendarme. Il ajouta :

— Major, je vois que vous prenez les bonnes décisions. J'ai longuement discuté avec le juge Carmelot. Vous avez résolu plusieurs grosses affaires criminelles sous son autorité. Il vous tient en très grande estime. Il a ajouté que je devais vous faire confiance les yeux fermés. Je vous renouvelle mes excuses de vive voix pour mon attitude envers vous lors de notre dernière conversation. Comme mon confrère, désormais, vous avez toute ma confiance.

— Une fois dans la voiture, Léon murmura. « Ça, c'est fait ». Le petit juge ne te cassera plus les roupettes. C'est quand même mieux de travailler en bonne intelligence, tu ne crois pas ?

— C'est un soulagement. Il commençait sérieusement à me les briser. L'enquête est sous ses ordres, j'en conviens mais c'est nous qui sommes sur le terrain et qui sentons ce qu'il est important de faire. Pas lui qui reste cloîtré dans son bureau. Il va s'y faire.

Tout le monde était rentré au bureau. Bernard expliqua :

— On va casser la croûte. Cet après-midi, vous poursuivez à inventorier les documents ramenés de chez Archibald. Léon et moi, on mange sur le pouce et on file au CHU de Lyon. Nous avons une CR pour interroger le directeur de l'établissement. Nous allons sans aucun doute rentrer tard. Nous ferons le point dès demain matin. L'autopsie aura été faite, nous verrons ce qu'il en ressort. Allez, bon courage à tous.

Les deux militaires arrivèrent sur leur objectif vers quinze heures quinze. Ils mirent un certain temps à trouver le bureau du responsable de l'hôpital à travers tout ce dédale de couloirs et d'étages. La porte était ouverte. La chance était avec eux puisque la personne qu'ils souhaitaient entendre était présente. Il s'agissait d'un homme d'une cinquantaine d'années. Plus un cheveu sur le crâne mais une magnifique barbe poivre et sel lui mangeait le visage. Il était en bras de chemise tant il faisait chaud dans cette pièce. Il fut interloqué de voir débarquer ce couple qui n'avait visiblement pas rendez-vous. Bernard présenta sa carte professionnelle et se nomma ainsi que Léon. Il expliqua :

— Bonjour, monsieur le directeur, nous venons de parcourir plusieurs centaines de kilomètres pour vous voir. J'aurais peut-être dû vous prévenir auparavant de notre venue, mais l'urgence de l'affaire que nous traitons en ce moment ne m'en a pas laissé le temps.

— Vous êtes d'où ?

— Nous sommes de la BR de Sellonge-sur-Mérac, dans le sud-ouest.

— Très bien, asseyez-vous. Qu'est-ce qui vous amène ?

— Nous sommes sur une enquête criminelle dont l'une des victimes est le professeur Archibald Fromentin.

— Ah bon, Archibald est décédé, depuis quand, mais vous avez dit victime ?

— Effectivement, il a été assassiné, c'est très récent. Si nous sommes chez vous aujourd'hui, c'est parce que nous nous sommes aperçus que ce chirurgien usait de son autorité pour satisfaire ses envies sexuelles envers les jeunes internes.

— Ah, de quoi parlez-vous ?

— Monsieur le directeur, nous sommes des enquêteurs professionnels. Dans ce genre de dossier, notre but pour pouvoir démasquer le tueur est de découvrir le mobile.

— Le mobile, je ne vois pas.

— Par exemple, un étudiant en médecine qui va péter les plombs pour tuer celui qui l'aurait fait souffrir. Dans notre cas, le viol peut s'avérer un mobile suffisant pour passer à l'acte, vous ne croyez pas ?

— Je ne vous suis pas. Pourquoi me parlez-vous de viol ?

— Monsieur, quel est votre nom déjà ?

— Je ne me suis pas présenté.

— Il est temps de le faire, nous souhaitons savoir à qui nous nous adressons.

— J'y suis obligé ?

Bernard se tourna vers Léon. Il avait changé de couleur. Ce genre de personnage imbu de sa personne, sûr de lui et de sa position dominante lui sortait des yeux. Léon savait que la réponse de son supérieur allait être cinglante. Bernard fit un petit signe insignifiant envers sa collègue. Celle-ci s'empara de son sac porté en bandoulière et sortit de celui-ci son ordinateur extra-plat et sa mini imprimante. Elle repoussa sur le côté du bureau du directeur sans en avoir été invitée, plusieurs dossiers et divers papiers. Elle installa son matériel en affichant un magnifique sourire. Interloqué, stupéfait, le directeur la regarda faire. Il n'eut pas le temps de parler. Bernard le devança. Il lui expliqua d'une voix calme et posée en appuyant bien sur certains mots :

— Je vous conseille fortement, Monsieur, qui que vous soyez, de sortir prestement de votre portefeuille une pièce d'identité à votre nom. Je ne me suis pas tapé en compagnie de ma collègue trois heures et demie de route pour me retrouver devant un branleur de votre espèce. Votre position de directeur de CHU ne vous donne pas le droit de ne pas répondre aux questions de deux officiers de police judiciaire. Je vous donne exactement cinq secondes pour vous exécuter. Passé ce délai, avec ce téléphone portable, je vais appeler le juge d'instruction qui m'a chargé de vous entendre pour lui demander l'autorisation de vous mettre en garde à vue pour obstruction à une enquête criminelle. Je me suis bien fait comprendre, Machin !

Jamais personne n'avait osé s'adresser à lui en ces termes. Son visage avait viré au blanc cassé puis aussitôt au rouge cramoisi. Il fixa le major dans les yeux et avec une dextérité insoupçonnée, plongea la main dans la poche intérieure de sa veste qui était posée sur le dossier de son fauteuil. Les mains tremblantes, il sortit à grande peine son porte-monnaie. Il s'empara de la pièce demandée et la tendit à Léon. Elle appela sur l'écran de son PC l'imprimé spécialement prévu pour les auditions de témoin. Elle nota : Georges Martial, né le 29 janvier 1959, il avait 51. Elle posa les questions concernant sa filiation et autres renseignements indispensables avant de débuter l'audition. Elle fit signe à Bernard qu'elle était prête à taper ce qu'allait dire ce gus. Bernard reprit la parole :

— Monsieur Martial, avant que vous nous opposiez la sempiternelle phrase : « secret médical », je vous remets la commission rogatoire délivrée par le juge d'instruction Claude Benedict du tribunal de grande instance de Sellonge-sur-Mérac.

Martial s'empara du document et le parcourut rapidement. Il le jeta sur son bureau comme si ce bout de papier était porteur de virus. Il regarda de nouveau Bernard et murmura avec peine :

— Posez vos questions.

— Vous avez au sein de votre hôpital de futurs médecins ?

— Oui, nous avons des internes. Ce sont des praticiens en cours de formation spécialisée sous la responsabilité d'un médecin senior ou d'un professeur.

— Monsieur Martial, je préfère vous avertir, vu le peu d'entrain que vous montrez à aider la justice, si toutefois je m'apercevais que vous nous baladiez, je n'hésiterais pas à vous placer en garde à vue, vous passer les menottes dans le dos et vous faire traverser tout l'hôpital pour finalement vous ramener chez nous. C'est bien compris.

— Vous n'oseriez pas ?

— Pardon, cela se voit que vous ne me connaissez pas. Je prendrais un malin plaisir à le faire à cause de votre arrogance. Les gens comme vous se sentent au-dessus des lois. Vous pourriez tomber de haut avec moi, je vous l'assure.

— Bon, bon, je vous écoute.

— Je veux savoir quels sont les internes qui sont passés de gré ou de force dans le lit du professeur Fromentin ?

— Comment êtes-vous au courant de cette histoire ?

Bernard sortit ses menottes de leur étui. Il les posa sur le bureau et reprit :

— Monsieur Martial, nous n'allons pas y arriver. Nous sommes ici pour avoir des réponses aux questions que je vous pose. Pas le contraire. Qu'avez-vous à me dire à ce sujet ?

Le directeur avait le regard mauvais. Il pesait le pour et le contre. Le gendarme avait l'air coriace, mais que savait-il ?

— Écoutez, je veux bien coopérer, mais comprenez-moi, je ne sais pas quoi dire car en vérité, il n'y a eu que des rumeurs au sein de notre établissement. Elles ont peut-être été colportées par quelques internes ayant pris en grippe ce chirurgien. C'est vrai qu'il n'était pas tendre avec certains. Mais c'était pour leur bien. Archibald était un très bon pédagogue. Rien de ce que vous avancez n'est jamais arrivé jusqu'à mon bureau. Je vous le certifie.

Bernard fixa Georges Martial dans les yeux. Il lui sourit une fraction de seconde. Il s'empara de son portable et rechercha dans son répertoire le numéro de téléphone du juge. Martial, affolé, hurla :

— Que faites-vous ?

— Je vous ai laissé une chance de vous expliquer. Vous me prenez pour un con. Nous allons voir ce qu'en pense le juge ?

— Mais j'ai dit la vérité.

Bernard appuya sur la touche haut-parleur. Au bout de la troisième sonnerie, une voix de femme répondit :

— Bureau du juge Bénédict.

— Re-bonjour Marie, c'est le major Liodard. Nous sommes dans le bureau de monsieur Martial, directeur du CHU de Lyon. Ce monsieur refuse de coopérer. Je dirais même plus, il fait obstacle à notre enquête.

— Ne quittez pas, je vous passe le magistrat.

— Juge Bénédict.

— Monsieur le juge, major Liodard, j'ai un souci avec le responsable du CHU.

— Oui, j'ai entendu. Il fait sciemment obstruction à la justice, c'est bien cela ?

— Sans aucun doute.

— A-t-il pris connaissance de ma commission rogatoire ?

— Absolument, elle est sur son bureau.

— Ne quittez pas, je vérifie le calendrier des audiences. Voilà, vous lui notifierez à l'issue de son audition, sa convocation au tribunal correctionnel de Sellonge-sur-Mérac le 3 juin à 9 heures. Il rendra des comptes pour outrage à l'encontre d'un agent dépositaire de l'autorité publique : délit puni de 15 mille euros d'amende et d'un an d'emprisonnement. Si toutefois votre bonhomme continue à vous dissimuler la vérité, vous me rappelez. Je vous donnerais l'autorisation de le placer en garde à vue et de le ramener chez vous pour interrogatoire avec 24 heures renouvelables.

— Merci monsieur le juge.

Georges Martial s'était tassé sur son siège. Il murmura :

— C'est une blague, je vais passer en correctionnelle à cause de ce salopard d'Archibald. Même en retraite et décédé, il me cause encore des ennuis. Bon, vous voulez savoir quoi au juste ?

Bernard s'empara de la chemise cartonnée qu'il avait posée sur ses genoux. Il l'ouvrit et en sortit une feuille à l'en-tête de l'hôpital. Il la tendit à Martial qui s'en saisit.

Bernard et Léon attendaient une réaction de la part du directeur. Elle fut au-delà de leur espérance. Georges Martial, les yeux exorbités, fixait tantôt Léon, tantôt Bernard. Il articula :

— Comment êtes-vous entré en possession de ce document ? Et pourquoi ne m'avez-vous pas montré directement ce courrier ?

— Bernard répondit : cette lettre était dans les papiers de Fromentin. Ensuite, cela fait partie du métier de jauger d'abord la personne qui doit être auditionnée. Ne jamais dévoiler en premier ce que l'on sait de l'affaire à traiter. Cela permet de savoir si vous en l'occurrence alliez coopérer. Apparemment, ce n'est pas le cas. D'autre part, nous en savons beaucoup sur le compte de Fromentin. C'était un sale type, mais il est mort assassiné. Nous devons retrouver son meurtrier. Nous penchons pour une vengeance perpétrée par un de ses élèves dont il aurait abusé. D'où notre présence ici pour connaître les noms des victimes. Suis-je assez clair ?

— Parfaitement. Je vais coopérer. Tout d'abord, veuillez m'excuser pour mon comportement. J'ai craint que ce dossier me pète à la gueule. Il faut savoir qu'Archibald était quelqu'un de très respecté dans le milieu médical. Un chirurgien cardiaque reconnu jusqu'à l'étranger. Il avait néanmoins un talon d'Achille, son homosexualité. J'ai compris beaucoup trop tard qu'il était attiré par les jeunes hommes. Mais voyez-vous, c'était un roublard, il cachait bien son jeu. Jamais vous n'auriez découvert sa préférence sexuelle. Il paraissait viril, aucune attitude féminine comme certains d'entre eux. Il tournait même autour des infirmières, probablement pour donner le change. En revanche, lorsqu'il avait flashé sur un des internes, il se servait de sa position dominante pour faire en sorte qu'il finisse dans son lit. C'est cette histoire de viol qui m'a fait entrevoir ce qui se passait dans son service. Jamais aucun des internes n'avait évoqué devant moi cette situation. Je vous le jure.

— Vous n'avez rien fait pour mettre un terme à ces dérives ?

— L'affaire est bien plus compliquée qu'il n'y paraît. Figurez-vous que le professeur savait museler ces pauvres jeunes. Il pouvait les aider professionnellement, comme anéantir leur désir de devenir médecin. Il faisait la pluie et le beau temps. Finalement, il est passé durant de nombreuses années entre les gouttes. Il y avait bien des rumeurs comme je vous l'ai expliqué auparavant, mais rien de concret ne sortait au grand jour. Il faut savoir qu'Archibald était très dur avec ses élèves. Il faut également reconnaître qu'il savait produire de très grands médecins grâce à son enseignement quotidien. Il fallait être dans ses petits papiers pour émerger du groupe.

— Mais ce courrier, demanda Bernard, a bien vu le jour à cause d'un signalement ?

— Pas tout à fait, je vais vous expliquer la chronologie de cette histoire. Il faut que vous sachiez que j'ai pris mes fonctions de responsable de cette structure le 2 janvier 1995. L'affaire a éclaté en juin de la même année si mes souvenirs sont bons, le 20 juin, me semble-t-il. Ce jour-là, en arrivant au bureau, j'ai trouvé devant ma porte le jeune interne Justin Philibert. Il n'était chez nous que depuis quelques semaines, promotion 95. Il arrivait de Rodez, me semble-t-il. Archibald s'est intéressé tout de suite à lui. D'après ce que m'a raconté Justin, il l'a harcelé durant plusieurs jours sans qu'il arrive à ses fins. Le 19 juin 1995, dans la soirée, Archibald a offert un pot à son équipe et aux internes de son service à la suite de la réussite d'une opération chirurgicale cardiaque très compliquée. Justin en faisait partie. Au cours de la soirée, il a soudain ressenti une grande fatigue. Le professeur s'est rapproché et lui a dit de venir dans son bureau pour qu'il l'examine. Il s'est réveillé plusieurs heures plus tard, dans la pièce de repos contigu au bureau du professeur. Il était sur le canapé totalement nu allongé sur le dos, les bras le long du corps. Il avait mal à l'anus. Archibald était quant à lui assis dans son fauteuil, nu comme un ver. Il lui aurait dit « Désormais, nous sommes liés l'un à l'autre ». Justin n'a rien dit, il s'est rhabillé et a attendu le restant de la nuit devant mon bureau. Voici une copie de la lettre qu'il m'a remise le matin même : (Monsieur le directeur. Je porte à votre connaissance le fait que j'ai été hier soir violé par le professeur Fromentin. J'ai été probablement drogué car je ne me souviens de rien. Si ce n'est que je me suis réveillé dans la salle de repos du professeur totalement nu. J'ai ressenti immédiatement une violente douleur à l'anus. J'ai d'ailleurs perdu un peu de sang. Lorsque j'ai quitté cette pièce, le professeur Fromentin était à son bureau. Il m'a simplement dit en me voyant que désormais nous partagerions tout. Je souhaite déposer plainte à l'encontre de cette personne. Signé Justin Philibert) ». C'est le seul qui a osé défier Archibald. Il était décidé à aller déposer plainte à la gendarmerie. Je lui ai fait comprendre que la réputation de notre hôpital risquait d'être salement entachée. J'ai pris la décision de rédiger cette lettre de renvoi à l'encontre de Fromentin en mentionnant le conseil d'administration sans l'avoir réellement avisé. Il fallait que ce courrier ait du poids pour faire plier cet homme. Je ne pouvais pas mettre tous ces responsables dans la confidence. L'affaire aurait fini par s'ébruiter. Je les ai informées que Fromentin quittait l'hôpital pour s'engager dans une mission humanitaire à l'étranger. J'ai noyé le poisson afin d'éloigner les soupçons. J'en ai fait une copie que j'ai remise à Justin. Il était satisfait de ma décision de mettre un terme définitif à la carrière de Fromentin.

— Comment a réagi ce dernier ?

— Très mal, puisque son petit manège avait été découvert. Il n'a pourtant jamais baissé les yeux. Il s'est mis en colère en prétextant que c'était ce petit merdeux qui l'avait chauffé. J'ai coupé court à la conversation en lui demandant quelle était sa décision. Il a accepté le deal. Il ne pouvait pas faire autrement.

— Vous ne craigniez pas qu'il s'absente quelques jours pour revenir comme si de rien n'était ?

— J'avais pris mes précautions. J'avais préparé une lettre dans laquelle il reconnaissait être l'auteur de ce viol sur la personne de Justin Philibert. Je lui ai donné ma parole que ces aveux ne sortiraient jamais d'ici s'il prenait sa retraite anticipée. Il était coincé et n'avait plus le choix. S'il avait osé revenir, je n'aurais pas hésité à me porter partie civile pour l'hôpital et le traîner devant les tribunaux.

— D'après vous, qui d'autre a été agressé de la sorte ? je veux la stricte vérité.

— Rassurez-vous, c'est finalement une bonne chose que cette affaire refasse surface. Cela va me permettre de tourner la page. Depuis cette histoire, j'ai très souvent tremblé de peur que quelqu'un parle aux journalistes. Pour répondre à votre question, je vais vous communiquer les noms des personnes qui à l'époque avaient probablement fini dans le lit d'Archibald. Il s'agit des nommés :

— Gustave Perroni : il est désormais médecin dans le sud-ouest, pas très loin de chez vous, je crois. Attendez, je prends mon répertoire. Voilà, il exerce à Montauban. Son cabinet se trouve au 25 avenue Georges Pompidou.

— Valentin Choissard, il est également médecin généraliste en Bourgogne, 85 rue du Chanoine Félix Kir à Dijon.

— Emilien Vandelle, quant à lui, est parti dans la médecine légale. Il est légiste dans sa ville de Montpellier. L'IML se trouve 74 avenue Félix Faure.

— Il n'y a que trois victimes recensées ? demanda Bernard.

— À ma connaissance, oui. J'ai mené ma petite enquête en toute discrétion. J'ai eu ses renseignements par les infirmières et assistantes qui travaillaient au bloc opératoire avec Archibald. Les femmes sont beaucoup plus perspicaces dans ce domaine que nous les hommes. Elles voient tout mais ne disent rien. C'est un peu normal, si vous vous mêlez de ce genre de chose, sans preuve, vous risquez d'être mise à l'écart, voire plus.

— Vous ne m'avez pas parlé de Justin, qu'est-il devenu ?

— Il a poursuivi son cursus et a ouvert un cabinet en tant que médecin généraliste à Rodez. Il a finalement choisi d'exercer dans sa ville de naissance. Après, vous savez ce que c'est, une fois que vous êtes parti, on ne pense plus à vous.

— Vous auriez quand même dû faire éclater au grand jour les agissements de Archibald Fromentin, en parler à la presse, les gens avaient le droit de savoir ce que faisait cet homme aux jeunes internes, vous ne croyez pas ?

— J'avais donné ma parole d'honneur à cet homme.

— Avez-vous l'adresse du cabinet de Justin s'il vous plaît ?

— Non, je suis désolé.

— L'adresse de ses parents éventuellement.

— Oui, attendez, je vais regarder sur mon ordinateur. J'accède aux dossiers archivés. Voilà, celui de Justin. Ses parents, s'appellent Joëlle et Bertrand Philibert, 78 avenue des trois ruisseaux à Rodez. J'ai un numéro de téléphone. Je vous le note.

— Merci, vous ne voyez rien d'autre à nous dire, monsieur le directeur ?

— Non major, je me sens soulagé d'un poids. Cette affaire m'obsédait. Je m'étais rendu compte que je n'avais pas été capable d'éviter cette tragédie. J'aurais dû être plus vigilant. Vous savez, les histoires de fesses sont légion dans toutes les professions. Le médicale n'y échappe pas. Je regrette d'avoir été incorrect envers vous. Je vous présente mes excuses les plus sincères. J'espère que vous découvrirez celui qui a tué Archibald.

Bernard s'excusa et sortit dans le couloir. Il s'empara de son portable. Il téléphona de nouveau au juge Bénédict. Il lui demanda d'annuler si possible le renvoi de Georges Martial devant le tribunal correctionnel. Le responsable du CHU d'après lui, avait finalement coopéré pleinement après un début d'interrogatoire hésitant. L'intéressé se sentait suffisamment coupable de n'avoir pas pu éviter le drame qui s'était joué dans l'établissement dont il avait depuis peu la responsabilité. Ce n'était pas la peine d'en rajouter. Le magistrat avait abondé dans le sens du gendarme. Bernard retourna dans le bureau. Léon après avoir clôturé le procès-verbal avait imprimé celui-ci. Martial venait de le signer. Bernard tendit la main au directeur. Ce dernier la lui serra fermement. Le major ajouta :

— Merci Monsieur le Directeur pour votre coopération quelque peu chaotique, il faut bien le dire. Je viens d'avoir le juge Bénédict au téléphone. Il sursoit à votre convocation devant son tribunal. Dorénavant, si vous avez de nouveau affaire aux forces de l'ordre, soyez dès le début plus coopératif.

Georges Martial paraissait soulagé de ce nouveau poids. Il raccompagna les deux militaires jusqu'à la sortie. Bernard et Léon reprirent le chemin de leur résidence. En cours de route, il appela Christiane, sa compagne pour l'avertir que Léon dînerait avec eux et qu'ils ne seraient pas à la maison de bonne heure. Ils arrivèrent à la BR vers 19 heures trente. Le temps de ranger les armes et le matériel, ils étaient à l'apéro une demi-heure plus tard. Christiane avait préparé un coucous. Très bonne cuisinière, le repas fut apprécié grâce à un mélange d'épices soigneusement dosé. Les boulettes de viande au cumin, les merguez, la semoule et l'harissa complétaient le plat de belle manière. Un petit rosé du Lavandou bien frais accompagnait merveilleusement bien l'ensemble. Léon avait fait honneur au plat en reprenant une seconde assiette, si bien qu'elle n'avait plus de place pour le plateau de fromages. En revanche, elle se laissa tenter par le sorbet à la framboise en dessert. Les deux gendarmes n'abordèrent pas le dossier en cours. Ils savaient se déconnecter du travail pour faire en sorte de se vider la tête. Outre le fait que les enquêtes devaient rester secrètes, il n'était pas non plus question d'amener à la maison toutes les horreurs qu'ils rencontraient. La soirée se termina vers 23 heures. Léon remercia chaleureusement Christiane.

Lundi 24 mai 2010, Bernard réunit tout le monde dans la salle de réunion. Il fit le point sur l'entretien qu'ils avaient eu avec Georges Martial :

— Nous avons du nouveau et des éclaircissements concernant la fameuse lettre découverte chez Archibald Fromentin. Ce grand professeur a tout bonnement abusé d'un des internes. Parlons clair, M. Justin Philibert a été drogué probablement au GHB et violé dans la pièce de repos attenant au bureau de ce prédateur. Le jeune a contacté le directeur de l'établissement pour lui expliquer ce qu'il venait de subir et lui annoncer qu'il souhaitait aller déposer plainte à la gendarmerie. Georges Martial l'en a dissuadé pour éviter un scandale qui rejaillirait sur l'hôpital. En contrepartie, il a rédigé cette lettre, convoqué Archibald et l'a mis en demeure séance tenante de cesser définitivement son activité. Le viol de Justin est l'élément déclencheur qui va forcer Archibald à prendre sa retraite anticipée. En revanche, il est à noter qu'il y avait une rumeur laissant entendre que ce cardiologue avait un comportement inapproprié vis-à-vis des étudiants en médecine. Martial, quoiqu'on en dise a diligenté une enquête interne. Il s'est rapproché des infirmières, surtout celles qui travaillaient au bloc opératoire sous les ordres de Fromentin. C'est là qu'il a eu confirmation que quelque chose de moche existait réellement dont Archibald était la cause. Trois noms sont sortis du chapeau. Il s'agit des nommés : Gustave Perroni, il est médecin généraliste. Son cabinet se trouve au 25 avenue Georges Pompidou, à Montauban. : Valentin Choissard, il est également médecin généraliste en Bourgogne, 85 rue du Chanoine Félix Kir à Dijon et enfin Emilien Vandelle, il est légiste à Montpellier. L'IML se trouve 74 avenue Félix Faure. Il nous faut aller entendre toutes ces personnes. Pour cela, j'ai demandé à notre juge d'instruction les CR nous permettant de sortir de notre département. Il est ravi que nous ayons plusieurs pistes à exploiter. Il nous fait porter les CR, elles ne vont plus tarder. Je dois dire que ce jeune juge fait d'énormes progrès vis-à-vis de nous. Tant mieux, il a compris à qui il avait affaire. Nous allons nous partager les tâches. Paulo et toi Jojo, vous filez à Dijon. Olive et toi, Gus, vous vous rendez à Montpellier. Léon et moi allons à Montauban. Quant à Justin Philibert, il a disparu des radars. Il serait médecin dans sa ville natale. Il faudra absolument le retrouver. Nous avons l'adresse de ses parents. La première équipe qui rentre s'en occupe. Je laisse leurs coordonnées et le numéro de téléphone sur mon bureau. Joëlle et Bertrand Philibert, 78, avenue des trois ruisseaux à Rodez. Auparavant, chacun appelle les compagnies sur le territoire desquelles nous allons travailler. Il faut les aviser de notre intervention pour être dans les clous et pour qu'elles puissent détacher un OPJ territorialement compétent pour nous assister. (lors d'une intervention de ce type, si elle débouche sur une perquisition, il est bon d'avoir un OPJ du cru. Il arrive de nombreuses fois que soient découverts des objets ou produits illicites lors de ces interventions, n'ayant aucun lien avec l'affaire en cours. Il s'agit, dans ce cas-là, de saisies incidentes, donnant ouverture à une nouvelle enquête qui sera traitée par l'unité territorialement compétente.) J'ai prévenu le commandant de compagnie de ce qu'il n'y aura personne à la BR aujourd'hui. Allez, bonne chance à tous.

Les trois équipes prirent la route dans la foulée. Bernard et Léon étant les plus proches arrivèrent à la compagnie de gendarmerie de Montauban à 10 heures du matin. Le CBR (commandant de la brigade de recherches) Armand Olivera les attendait. C'était un vieux major. Il était proche de la retraite. Plus un cheveu sur le caillou, de grosses lunettes de vue, ce militaire avait l'allure sportive. Il avait un accent prononcé du sud-ouest. Il reçut gentiment les deux enquêteurs en leur offrant un café de bienvenue. Il expliqua :

— Ton Gustave Perroni n'est pas connu de nos services. Je me suis renseigné, c'est un bon médecin, je peux en témoigner puisqu'il suit mon épouse depuis des années. Il n'est pas marié, mais vit maritalement avec une femme. Il a une vie bien réglée. Comme je le connais bien, je lui ai demandé s'il pouvait nous recevoir. C'est lui qui se déplace. Il n'avait pas trop de rendez-vous ce matin. Tu verras, il est sympa. Il ne va pas tarder.

À peine avait-il fini sa phrase que son portable vibra. C'était le planton qui lui annonçait l'arrivée du docteur. Ce dernier était vêtu d'un costume gris clair. Un magnifique nœud papillon rose bonbon tranchait avec une barbe noire fournie, mais bien taillée. Il avait les cheveux peignés en brosse. Il avait avec lui sa sacoche de travail. Il serra la main de Armand et fit de même avec Bernard et Léon. Cette dernière s'était posée dans le bureau du major. Elle avait préparé son ordinateur et affiché sur l'écran l'imprimé d'audition de témoin. Elle fit signe à Bernard qu'elle était prête à noter les déclarations de Perroni. Chacun s'assied à proximité. Le major Olivera expliqua :

— Merci docteur de vous être déplacé jusque chez moi. Il y a ici, le major Bernard Liodard et l'adjudante Léonie Médius. Ils sont de la BR de Sellonge-sur-Mérac à moins de deux cents kilomètres de Montauban. Ils souhaitent vous entendre en tant que témoin dans une enquête. Bernard, à toi.

Liodard remercia Armand et s'adressa au médecin :

— Merci de nous consacrer un peu de votre temps qui doit être chargé. Nous allons faire le plus vite possible. Comme vient de le dire Armand, si nous sommes à Montauban aujourd'hui, c'est parce que votre nom apparaît dans notre dossier. Vous avez effectué votre internat au CHU de Lyon, c'est bien cela,

— absolument, vous êtes bien renseignés. Je suis curieux de savoir en quoi je suis témoin ?

— J'imagine que le nom d'Archibald Fromentin vous parle ?

— Évidemment, c'est un grand chirurgien cardiaque.

— À part cela, lorsque vous étiez là-bas, il était comment avec les étudiants ?

Gustave Perroni avait rougi instantanément. Il se dandina sur sa chaise. Il fixait Bernard dans les yeux. Ce dernier poursuivit :

— Docteur, nous sommes simplement là pour établir des faits sur le comportement, disons indélicat de ce grand médecin envers les internes placés sous son autorité. Nous voudrions avoir votre avis sur le sujet.

— Cela remonte à quelques années.

— Vous savez, docteur, je suis enquêteur depuis un certain temps. J'ai vite fait de me rendre compte si un témoin comme vous essaie de noyer le poisson. Je vous présente la Commission rogatoire signée du juge qui instruit cette affaire. Il serait donc souhaitable que nous obtenions de votre part les renseignements que nous sommes venus chercher. Dans le cas contraire, si vous persistez à ne pas nous livrer ce que vous savez sur les agissements de Fromentin, je n'aurais d'autre choix que d'en référer au magistrat instructeur. Connaissant ce dernier, il n'hésitera pas à me demander de vous placer en garde à vue et de vous ramener chez nous pour une période de vingt-quatre heures renouvelable une fois. La balle est dans votre camp.

— Que voulez-vous savoir ?

— Je vous l'ai dit, nous cherchons à savoir quels internes sont tombés sous la coupe de ce Fromentin. Peut-être que vous aussi avez été approché par cet individu ?

— Bon, je vais jouer cartes sur table. Le professeur Fromentin est un excellent chirurgien cardiaque. Il n'y a pas meilleur que lui. Il est homosexuel, c'est indéniable. Jusque-là, rien de répréhensible. En revanche, Archibald a un problème récurrent. Il aime particulièrement les jeunes hommes. Il a un vrai radar. Il détecte rien qu'en vous dévisageant en une fraction de seconde quel est votre penchant sexuel.

— Il a deviné le vôtre ?

— Comment, vous savez que je suis gay ? je ne suis pas maniéré.

— Je suis comme Fromentin, j'ai également un radar. Poursuivez, voulez-vous ?

— Il agissait toujours de la même manière. Il se débrouillait pour occuper les autres internes pour se retrouver seul avec celui qu'il voulait mettre dans son lit. Dans notre intérêt, il valait mieux céder que de lui tenir tête. Il pouvait d'un claquement de doigts vous permettre de passer vos cursus sans le moindre problème. À l'inverse, il pouvait vous rendre la vie impossible. De nombreux internes ont craqué avant la fin de la première année.

— Fromentin était intouchable, c'est bien ce que vous voulez dire ?

— Oui, non, mais arrêtez de l'appeler Fromentin, c'est professeur Fromentin.

— Pas pour moi, docteur Perroni, il a beau être une sommité dans son domaine, pour le reste, ce type n'est qu'un obsédé sexuel, un prédateur. Votre liaison avec ce monsieur a duré combien de temps ?

— Je ne comprends pas pourquoi vous lui en voulez à ce point. Il chassait, si je peux employer ce terme parmi les internes qui avaient des tendances de son bord. Finalement en ce qui me concerne, cela ne m'a jamais déplu de coucher avec lui. Pour répondre à votre question, nous sommes restés amants une dizaine de mois. Ensuite, il a jeté son dévolu sur un autre. Cela ne m'a pas ennuyé.

— Vous avez été témoin de refus de quelques internes ?

— Il est vrai que certains d'entre nous étaient impressionnés par le personnage. C'est probablement pour cette raison qu'ils refusaient ses avances.

— Il réagissait comment dans ce cas-là ?

— Il mettait la pression sur le gars jusqu'à ce qu'il accepte ou qu'il fasse ses valises. Il se passe quoi avec le professeur ? Il doit être à la retraite désormais, non ?

— Vous étiez étudiant à quelle époque ?

— De 1992 à début 1995 pourquoi cette question ?

— Vous avez connu un certain Justin Philibert ?

— Mais oui, un jeune interne plutôt intelligent. Il est arrivé avec la promotion de 1995. Je ne l'ai côtoyé que quelques semaines, j'étais sur le départ pour soutenir ma thèse.

— Archibald s'est intéressé à lui ?

— Attendez que je me souvienne. Non, il était à l'époque avec quelqu'un.

— Vous vous souvenez de son nom ?

— Oui, parfaitement. Il s'appelait Émilien Vandelle. Si je ne me trompe pas, il était de Montpellier. Je crois qu'il a bifurqué sur la médecine légale. Cela me fait drôle de parler de ces années-là. Mais il se passe quoi avec le professeur ? Il a des ennuis à cause de son penchant sexuel ?

— Il a été assassiné dernièrement.

Le médecin s'est affaissé sur son siège. Il a regardé Bernard. Les larmes lui sont montées aux yeux. Il murmura :

— Archibald mort. Mais c'est impossible. Que s'est-il passé ?

— Je ne peux pas répondre à cette question, l'enquête est en cours. Vous voyez autre chose à nous confier ?

— Non, je vous ai dit ce que je savais. Je suis sidéré. Il s'agit sans aucun doute d'une scène de ménage qui a mal tourné, c'est cela ?

— Je ne peux pas répondre.

Léon imprima la déclaration du médecin. Il la relut et parapha cette dernière sous la mention « la personne entendue ».

Les deux enquêteurs reprirent le chemin du bureau. En cours de route, Léon demanda :

— Tu en penses quoi de ce gonze ?

— C'est quelqu'un qui n'a aucune personnalité. Il n'a pas voulu voir ce qui lui crevait les yeux. J'y pense, pendant que je conduis, reprends la déclaration de Martial. Il nous a donné le numéro de téléphone des parents de Justin Philibert. Appelle-les pour avoir l'adresse de leur fils. Nous devons aller l'interroger.

Léon s'exécuta. Elle mit le haut-parleur. Une voix féminine répondit :

— Allo.

— Madame Philibert ?

— Oui, qui est à l'appareil ?

— C'est la gendarmerie, l'adjudante Médius de la BR de Sellonge-sur-Mérac. Nous souhaiterions avoir l'adresse de votre fils Justin ?

— Si c'est une blague, elle n'est pas drôle.

— Mais non, madame, nous sommes sur une enquête et souhaiterions simplement nous entretenir avec Justin.

— Il est au cimetière depuis deux années. Qu'est-ce que vous lui vouliez ?

— Que lui est-il arrivé, si ce n'est pas trop indiscret ?

— Il a été victime d'un accident de la circulation. Sa voiture s'est encastrée dans un platane à quelques kilomètres d'ici. Vous ne m'avez pas dit pourquoi vous souhaitiez le rencontrer ?

— Ce n'est pas important. Nous avons appris que votre fils avait étudié à l'hôpital de Lyon. L'affaire sur laquelle nous enquêtons s'est déroulée dans ce centre médical en 1995. Il aurait pu éventuellement nous aider. Votre mari se prénomme bien Bertrand ?

— Oui, c'est cela, mais il est décédé l'année dernière, pourquoi ?

— C'était une simple question. Je vous remercie d'avoir bien voulu répondre à mes questions. Une très bonne journée à vous.

— Bon, un suspect de moins, poursuivit Bernard.

Les deux gendarmes prirent le temps de se restaurer. À 15 heures, il était de nouveau au bureau. Le portable de Bernard sonna. C'était Gilles qui cherchait à le joindre.

— Bonjour, Gilles, du nouveau ?

— C'est la merde. Les analyses n'ont absolument rien révélé de suspect. Je suis désolé pour vous. En revanche, il y avait également de la salive autour de la plaie au niveau de la carotide. Un ADN a été isolé. Je l'ai envoyé à Victor il y a une dizaine de minutes. La mort est estimée entre 4 et 5 heures du matin comme les autres.

— Comme tu dis, c'est le caca. On n'avance pas d'un pouce dans cette affaire. Tu n'as pas la moindre idée de comment le tueur s'y prend pour faire tenir tranquilles ses victimes.

— Je n'ai jamais été confronté à ce genre de situation. Je ne te suis d'aucune utilité à ce niveau-là. J'ai pourtant examiné les trois macchabées au millimètre près, il n'y a aucune trace suspecte sur leur peau. Pas d'injection intraveineuse ou intramusculaire, je sèche totalement. J'attends avec impatience que tu arrêtes le taré qui se fait passer pour un vampire pour avoir enfin la solution à cette énigme.

— On garde le contact. Je te laisse, Victor vient d'arriver.

Il tenait une chemise cartonnée dans sa main. Il la déposa sur le bureau de Bernard. Il avait encore la tête des mauvais jours. Léon demanda :

— Apparemment, tu as encore une mauvaise nouvelle, je me trompe ?

— Tu as raison, j'ai passé l'ADN que m'a envoyé Gilles au FNAEG et j'ai un résultat. Il correspond à un certain Maxime Albertin, né le 28 juin 1978. Il est décédé d'un cancer du pancréas le 11 juillet 2009. Il était de Sellonge-sur-Mérac et a été enterré au cimetière le 20 juillet 2009. Il était connu chez nous pour plusieurs cambriolages. Un vampire de plus.

— C'est quoi ce bordel ? siffla Bernard. Comment est-ce possible ? Cela a donné quoi, les recherches au domicile du chirurgien, tu as quelque chose ?

— Rien, comme sur les autres scènes de crimes. J'ai trouvé l'aspirateur dans le placard de la cuisine. Le tueur s'en est de nouveau servi car il n'a plus son sac à poussières. Major, ce gus connaît notre façon de travailler. Il ne laisse rien au hasard.

— Bon, nous allons attendre le retour des deux autres équipes. Ils auront peut-être une piste. Dans le cas contraire, nous sommes mal.

— J'ai apporté les photos d'Archibald. Je vais les placer sur le tableau avec les autres.

— Merci Victor.

Bernard et Léon étaient déboussolés. Bernard, avec ses facultés d'analyses des dossiers qu'il traitait régulièrement, n'avait à ce stade de l'enquête toujours pas trouvé le mobile qui poussait l'assassin à agir de la sorte. En milieu d'après-midi, les deux autres équipes étaient de retour. Les membres de la BR se retrouvèrent dans la salle de réunion. Les deux tableaux supportant les éléments de l'enquête commençaient à se remplir.

Bernard était impatient de savoir ce que ramenaient ses hommes de leurs entretiens avec les deux médecins cités dans ce dossier.

— Paulo, Jojo, j'espère que vous avez du nouveau ?

— Hélas, Valentin Choissard a un alibi béton. Du 16 au 23 mai, il se trouvait à un congrès médical à Paris. Il n'est rentré qu'hier dans la journée. Il nous a fourni les justificatifs. Billets de train, facture d'hôtel, et fadettes des repas pris sur place. En revanche, il nous a avoué avoir été l'amant de Archibald Fromentin durant plusieurs mois. Il a connu Justin Philibert seulement quelques semaines, son internat était terminé. Il se rappelle que le professeur, malgré qu'il soit maqué avec un autre étudiant, avait déjà entamé une approche auprès de Justin. Ce dernier l'avait envoyé bouler.

— Bon et vous Olive et Gus ?

— Pas mieux. Emilien Vandelle est de la trempe de Gilles. Lorsque nous sommes arrivés, il était en pleine autopsie. En attendant qu'il termine et nous reçoive, nous avons discuté avec son adjoint. D'après lui, c'est un super légiste, perfectionniste au possible et très professionnel. Il ressemble un peu au nôtre, bien portant, l'air jovial, super sympa. Nous lui avons demandé s'il s'était absenté la journée du 23 mai et la matinée du 24. Il nous a répondu que cela ne risquait pas. Ils ont eu un incendie dans un squat en ville le 23 mai au petit matin. Il a eu cinq corps à autopsier et à identifier. Il a commencé son travail vers 13 heures lorsque les pompiers ont terminé d'éteindre l'incendie. Il a travaillé sans interruption jusqu'au lendemain 9 heures trente. Il a rédigé les rapports pour le parquet et ensuite est allé prendre une douche, casser la croûte et se coucher.

Vandelle nous a reçus dès qu'il en a eu terminé. Il a bien voulu répondre à nos questions sur son internat. Il confirme qu'il a été approché par Archibald Fromentin et qu'ils sont devenus amants un peu plus de six mois. Il a connu quelques semaines Justin

Philibert car il arrivait au bout de son internat. À l'époque, Archibald était maqué avec un gars. Il ne se souvient plus de son nom. Il reconnaît que ce professeur était très dur avec les internes. S'il avait projeté de coucher avec un des internes, il valait mieux qu'il cède. En cas de refus, la vie pouvait devenir très difficile. Il était capable d'user de son autorité pour faire craquer l'intéressé. Ensuite, nous en avons profité pour lui parler du problème que nous avons à résoudre. Notamment l'histoire de la passivité des victimes. Pour lui, dans ce cas de figure, il n'y a que l'absorption d'une drogue ou d'un somnifère qui peut permettre au tueur de saigner ses victimes sans qu'elles se rebellent. Lorsque nous lui avons affirmé que toutes les analyses de sang étaient revenues clean, il nous a répété que c'était impossible qu'il n'y ait qu'en état de sommeil profond qu'il est possible d'attenter à la vie d'une personne sans qu'elle s'en aperçoive. Voilà où nous en sommes.

— Nous sommes une nouvelle fois dans le brouillard repris Bernard. Si je résume l'affaire, nous savons quoi ? Trois hommes ont été assassinés d'une manière peu orthodoxe puisqu'ils ont été saignés jusqu'à en mourir. Les plaies relevées sur le cou des victimes au niveau de la veine carotide ressemblent à des morsures apparentées à des « vampires ». Nos constatations, j'englobe celles de Gilles et de Victor, font ressortir une part qu'il n'y a pas d'écoulement sanguin à proximité des corps, qu'il n'y a pas de traces de liens aux poignets ou aux chevilles mais qu'il y a la présence de salive appartenant à trois hommes morts et enterrés depuis plusieurs mois. Aucune trace papillaire, ADN, squames, poils, cheveux ou pellicules et encore moins de poussière sur les scènes de crimes. Victor s'est aperçu que le ou les tueurs sont tellement méticuleux qu'ils passent l'aspirateur pour être certains de n'avoir laissé aucun indice derrière eux. C'est confirmé par Victor qui a retrouvé dans chaque appartement l'aspirateur démuni de sac à poussières. J'observe que les assassinats ont tous été perpétrés entre 4 et 5 heures du matin. Pourquoi, je n'en sais rien. Les trois cadavres ne portent aucune trace de marques de défense. Le pompon dans cette histoire c'est que toutes les analyses diligentées par Gilles sont revenues exemptes de somnifères, drogues telles que le GHB, benzodiazépines, ou autres. C'est bien la première fois que nous sommes dans ce cas de figure. Nous n'avons pas le moindre commencement d'explication. Quel serait le mobile, pourquoi s'attaquer à un hétéro et à deux homos qui sont deux gars lambda et une sommité dans le médical. Il est clair que ce grand professeur terrorisait ses internes dans le but de les mettre dans son lit. Nous pensions avoir une piste avec un de ses futurs médecins Justin Philibert. Il a eu le courage de résister à ce cardiologue. Son action auprès du directeur du CHU a eu pour but de mettre un terme à la carrière de son violeur. Celui qui pouvait désirer le plus la mort de Fromentin c'est Philibert. Mais il n'est plus de ce monde. Nous pouvons oublier cette possibilité-là. Trois autres personnes devenues médecins entendues aujourd'hui sont définitivement écartées de cette même liste. Que nous reste-t-il pour avancer ? Pour ma part, là, tout de suite, je n'ai pas d'idée. Notre tueur brouille les pistes en faisant passer trois macchabées pour des vampires. Le premier, Guillaume Micha, 45 ans, né à Nanterre, est décédé en 2009 au cours d'un accident de la circulation et est enterré au cimetière de sa ville. Le second Benoît Martinet, 40 ans, né à Sellonge-sur-Mérac, est décédé en 2009 à la suite d'un accident du travail et le troisième Maxime Albertin, 32 ans, né également à Sellonge-sur-Mérac, est décédé d'un cancer du pancréas en 2009. Le premier vient des Hauts-de-Seine. Les deux autres sont nés et enterrés chez nous. Rien n'est cohérent dans ce dossier. Il nous faut résoudre une par une ces énigmes. Ce n'est qu'à ce prix que nous serons capables de coincer l'assassin. J'ai résumé la situation, si l'un d'entre vous à une idée, c'est le moment de nous la soumettre, elle sera la bienvenue.

Olive leva le doigt. Toujours aussi réservé, il était le cérébral de l'équipe. Toujours en train de cogiter, de réfléchir. Il n'aimait pas se mettre en avant. C'est un besogneux, ne comptant pas ses heures. Pointilleux et très précis dans la rédaction de ses procès-verbaux, il est très apprécié de Bernard. Olive confirma :

— Tu as parfaitement résumé cette affaire. Elle est totalement hors des schémas habituels. J'observe que nous sommes déstabilisés à cause de plusieurs facteurs. Premièrement, le tueur ne laisse aucune trace exploitable, cela ne nous est jamais arrivé. Secundo, les trois corps ne présentent aucune marque de défense, alors même que les analyses sont exemptes de produits censés plonger les victimes dans le cosmos. Là, il faut reconnaître qu'il y a un schmilblick pas piqué des hannetons. Enfin, il y a ce gros problème d'écoulement sanguin. Admettons que nous ayons affaire à un soi-disant vampire, et qu'il se mette à sucer le sang de ses victimes, à un moment donné, il va bien arriver à saturation. Je ne sais pas combien de sang peut ingurgiter ce genre de monstre, tôt ou tard, il sera repu. Dès lors, si la personne n'est pas encore morte, l'hémoglobine va continuer à s'écouler de la morsure, nous sommes bien d'accord. Force est de constater que ce n'est pas le cas pourquoi ?

— Très bonne réflexion, approuva Jojo. Mais, cela ne nous avance pas beaucoup, qu'en penses-tu Bernard ?

Bernard approuva :

— Tu as raison, Olive. Il faut que nous sachions en cas d'hémorragie à quel stade surviennent la perte de connaissance puis la mort. Je ne veux pas m'avancer mais je suis prêt à parier que Gilles peut nous renseigner sur ces deux problèmes. Je l'appelle.

— Bonjour, Bernard, quel bon vent t'amène ?

Bernard exposa sa demande. Gilles marqua une pause de quelques secondes le temps que ces questions fassent leur chemin jusqu'à son cerveau, puis il expliqua :

— Réponse à ta question, à partir d'une perte d'un tiers du volume sanguin soit environ 1 litre cinq la personne va tomber dans le coma et plonger dans un état irréversible qui va la conduire très rapidement à la mort. Au-delà de la perte d'un tiers de sang, c'est la mort assurée.

Je n'arrive pas à me faire à l'idée que je suis totalement inutile dans cette enquête. Je ne vous suis d'aucun secours. Cela me mine. J'ai quand même décidé de sortir de mon rôle de légiste pour vous aider. Car je suis comme vous, je n'ai pas la solution concernant la passivité des trois victimes. Je me dis sans trop y croire que nous avons peut-être affaire à de vrais vampires. Je me suis référé à la célèbre phrase de Sherlock-Holmes : « lorsque vous avez éliminé l'impossible, ce qui reste, si improbable soit-il est nécessairement la vérité ». J'ai donc contacté un vieil ami. Il est professeur à la Sorbonne. Il enseigne l'histoire médiévale mais ce qui est intéressant c'est qu'il s'intéresse à l'occultisme et à tout ce qui a trait aux monstres ancestraux. Il est en route et devrait être chez vous dans peu de temps. Il pourra certainement vous être de quelque utilité. Je vous souhaite de réussir. À plus.

Les enquêteurs s'étaient regardés. L'incrédulité se lisait dans leurs yeux. Gilles devait être sacrément dépité pour s'investir comme cela hors de ses compétences. Bernard s'exprima :

— Je suis impressionné. Nous avons la chance de pouvoir compter sur un légiste de cette trempe. Chapeau bas.

Moins de dix minutes plus tard, un homme, d'une soixantaine d'années, se présentait à la BR. Il était vêtu d'un costume noir, d'une chemise blanc immaculé, et d'un nœud papillon vert clair. Il portait une casquette prince de Galle. Il se présenta :

— Je suis le professeur Yvon Ulrich. J'ai été contacté par mon ami Gilles Mavier. Il m'a expliqué quel était votre problème, sans trop s'appesantir sur le sujet. Il m'a juste dit à demi-mots que des hommes avaient, semble-t-il, été victimes d'attaques de vampires, c'est bien cela ?

— Hélas, répondit Bernard. Le plus simple professeur serait de nous suivre dans la salle de réunion.

Yvon suivit les enquêteurs. Bernard désigna le tableau supportant les photos des trois victimes. Le professeur Florentain s'approcha. Il sortit de sa poche de veste un étui à lunettes. Il chaussa celles-ci. Il s'intéressa uniquement aux clichés qui représentaient en gros plan les morsures sur les différents cous. Il secoua plusieurs fois la tête et se retourna pour faire face aux militaires. Bernard désigna un siège. Il s'assied.

Le major demanda : qu'en pensez-vous ?

Yvon enleva sa casquette qu'il posa sur ses genoux. Il regarda un à un les gendarmes comme s'il était dans son amphithéâtre, se racla la gorge et se lança :

— Je pensais que Gilles avait un peu grossi le trait en me parlant d'attaque de vampires. Mais, à la vue de ces photographies, on peut se poser des questions. Les traces de morsures correspondent parfaitement à celles que laisserait un de ces monstres. Vous savez, le mythe du vampire est universel. Dans quasiment toutes les cultures du monde entier, on peut trouver des traces très anciennes de cette créature assoiffée de sang. Que faut-il en penser ? Eh bien, si nous réfléchissons, on peut se dire que pour que cette histoire se retrouve dans tous les pays, depuis si longtemps, c'est que cette chose a vraiment existé. Si ce n'était pas le cas, cette légende du suceur de sang ne se serait propagée qu'après que cette créature ait été révélée sur les écrans.

Une question particulière m'a été posée par Gilles. Je suis capable d'y répondre, car à l'heure où Hollywood fête le 85e anniversaire de la première apparition officielle du célèbre « Dacula » sur les écrans de cinéma, une idée reste toujours en suspens : combien de temps faudrait-il à un vampire pour vous vider de votre sang ? Eh bien, figurez-vous que des étudiants en physique de l'université de Leicester au Royaume-Uni, se sont référés à l'équation de Bernoulli et les principes de la dynamique des fluides pour nous fournir un début de réponse. En gros et pour schématiser, le principe de Bernoulli énonce que pour l'écoulement incompressible parfait et stationnaire d'un fluide homogène soumis uniquement aux forces de pression et de pesanteur, une augmentation de vitesse entraîne une diminution de la pression. Rapporté au corps humain, à nos artères, nos veines et vaisseaux sanguins, ces étudiants ont calculé l'équation de continuité. En clair, le débit volumétrique du sang avant d'en arriver à leur conclusion : Estimant que les canines de vampires percent des trous de quelques 0,5 millimètre de diamètre chacune, ils ont calculé ensuite que sur un corps humain disposant en moyenne d'une réserve de cinq litres de sang, il faudrait à un vampire 6,4 minutes pour en boire un volume de 30 % soit un litre et demi. Un point particulier mérite que l'on s'y arrête. 30 % sont le volume de sang qu'un vampire pourrait ingurgiter avant que vous perdiez connaissance puis décédiez. Or si le vampire ne se contentait pas de boire le sang mais se mettait à l'aspirer, la mort surviendrait deux fois plus vite.

— On est raccord avec ce que nous a expliqué Gilles concernant la quantité de sang que nous pouvons perdre avant de mourir.

— Le vampire, reprit le professeur, est un homme qui a perdu la vie et qui revient la nuit se nourrir du sang des humains. Or, un mort ne peut en aucun cas reprendre vie spontanément. C'est ce que nous font croire les cinéastes. Dans la réalité, il y a des peuplades reculées, anthropophages qui boivent le sang de personnes qui se seraient malencontreusement égarées sur leur territoire, avant de les faire cuire et les manger.

— Vous voulez dire qu'à l'heure actuelle, demanda Gus, les vampires n'existeraient pas ?

— Si bien sûr. Mais ce sont de petits animaux comme les Desmodontinae, races de chauves-souris appelées communément vampires car ils se nourrissent de sang de gros animaux. Je sens que cette enquête vous perturbe. Si je peux vous prodiguer un conseil, laissez de côté le mythe du vampire. Celui, qui est à l'origine de ces assassinats, est quelqu'un de bien vivant. Je puis vous l'assurer sans avoir le moindre doute.

— Et bien professeur, nous vous remercions pour votre analyse et les renseignements que vous nous avez apportés. Un grand merci d'avoir quitté la capitale pour venir jusque chez nous.

— Ce fut avec un grand plaisir, d'autant plus que Gilles m'a invité à passer la journée avec lui. C'est un ami de longue date. Je vous souhaite de réussir votre enquête et de coincer celui qui a agressé ces pauvres gens.

Une fois raccompagné, Olive reprenait le fil de ses pensées. Il prit la parole :

— Je reviens sur la question : « pourquoi nous n'avons pas de sang sur les draps » ? J'ai une hypothèse à ce sujet. Vous savez tous que je suis donneur de sang régulier. Les collectes sont organisées par l'établissement français du sang. La récolte est organisée tous les deux mois dans chaque grande ville. Cet organisme est très structuré puisqu'il se déplace avec un médecin, des infirmières, des personnels bénévoles et tout le matériel permettant de prélever en toute sécurité les quantités prescrites par le toubib. Pourquoi je parle de cela ? Tout simplement parce que l'hémoglobine est prélevée à l'aide d'une grosse aiguille qui est introduite dans une veine du bras. Elle est reliée à un tube dans lequel va circuler le liquide pour être recueilli dans des poches plastifiées. Lorsque cette dernière est pleine, pour que le récipient soit hermétiquement clos, les infirmières utilisent une Thermosoudeuse. Il n'y a jamais une seule goutte de sang qui s'échappe.

— Nom de dieu, s'écria Bernard, putain, c'est cela la solution. Bravo Olive. Le gars se sert de matériel médical pour pomper le sang de ses victimes. On est entouré de quatre grandes villes. Tulle, Aurillac, Périgueux et Montauban. On se met tous à la recherche des coordonnées des établissements français du sang qui sont rattachés à ces localités. On se renseigne pour savoir s'ils ont été victimes de vols de poches pour prélèvements sanguins. Olive, j'imagine que tu as le numéro de téléphone de ceux qui prélèvent ici. Renseigne-toi pour savoir si rien de spécial ne leur est arrivé. Je ne pense pas que le tueur ait été assez stupide pour cambrioler le local de sa propre ville.

En une demi-heure, ils avaient contacté les responsables de ces structures. Il ressortait que le 3 octobre 2009, à Tulle, avaient été dérobés huit kits de prélèvements de quatre cents millilitres et une Thermosoudeuse. Le onze décembre 2009, à Aurillac, vol de huit kits de prélèvements, autant à Périgueux le sept février 2010 et le même nombre le 20 mars 2010 à Montauban ainsi qu'une Thermosoudeuse. Toutes ces structures avaient déposé plainte pour les vols. Aucune n'avait à l'époque placé leur salle sous vidéo-surveillance. Si bien que les enquêtes n'avaient rien donné. Bernard avait repris du poil de la bête. Il avait retrouvé le sourire. Il réunit de nouveau tout le monde et précisa :

— Nous devons une fière chandelle à Olive. Nous avons grâce à lui fait un grand pas. Nous savons désormais que nous sommes à la poursuite d'un être humain. Le problème des écoulements sanguins est résolu. Cela veut donc dire que pour masquer le passage de l'aiguille dans la veine carotide, notre tueur pratique une seconde perforation laissant de ce fait supposer que nous avons affaire à un vampire. C'est super bien vu. Il nous reste à découvrir comment il s'y est pris pour avoir eu en sa possession les salives des trois personnes enterrées à Nanterre et ici. Nous devons également nous pencher sur la manière dont il s'y prend pour endormir ses futures victimes.

Les journées s'étirèrent, la fin de semaine arriva sans aucune avancée notable. Bernard décida de lancer un message d'alerte à toutes les unités de gendarmerie et de police au niveau national. Il avait clairement détaillé sur le document le modus operandi. Il souhaitait s'assurer que le débile qui trucidait ses semblables n'avait pas sévi dans d'autres départements. Le week-end était arrivé. Les gendarmes allaient profiter de ces deux journées pour décompresser.

Lundi 31 mai 2010, les personnels de la BR étaient comme d'habitude dans la salle café. Chacun avait passé un bon week-end en famille. Les batteries avaient été rechargées. Ils attaquaient la semaine avec un meilleur moral. Léon avait apporté des madeleines qu'elle avait cuisinées la veille. Chacun avait apprécié cette attention. Bernard allait prendre la parole lorsque son téléphone intérieur sonna. Il se rendit dans son bureau et décrocha :

— Major Liodard.

— Bonjour major, c'est le radio compagnie. Vous avez une réponse à votre message. Vous pouvez venir la chercher.

— Merci, j'arrive tout de suite.

La tension était montée d'un cran. Bernard grimpa en courant les quelques marches pour arriver à la station radio. Le maître des ondes l'attendait avec à la main l'imprimé en question. Il le remercia et redescendit rejoindre tout aussi vite son personnel. Il commença à lire :

— MESS : NMR : 1295/BR du 31/5/10 – 8 h 15 GMT : compagnie de gendarmerie de Saint-Étienne 42 Loire.

TO : BR St Etienne.

TXT : Réponse à votre message en date du 27/5/10 – 18 h 30 GMT.

Faits similaires détaillés dans votre fiche d'attention sur assassinat par exsanguination carotidienne constaté par la BR de Saint-Étienne le 19/05/2010 au matin.

Victime : Marcel Jacquelin, sexe masculin, né le 11 janvier 1938 à Paris 16e, 72 ans retraité, demeurant 29 rue des tournesols, 42 700 Firminy.

Renseignements auprès BR Saint-Étienne. 06.16.84.00.04.

Bernard poursuivit :

— J'appelle le CBR.

Une voix forte répondit :

— Adjudant/Chef Leblanc à l'appareil.

— Salut, major Liodard BR de Sellonge-sur-Mérac.

— Ah ! Salut à toi. Tu es à l'origine du message concernant les assassinats par exsanguinations, c'est bien cela ?

— Affirmatif. Que peux-tu me dire sur ce dossier ?

— Écoute, pas grand-chose. Je t'explique en deux mots. D'abord, le gars s'appelle Marcel Jacquelin. Ce gars a été retrouvé inanimé par sa femme de ménage. Il était allongé totalement nu sur son lit. Elle a tout de suite vu qu'il était décédé. Elle a bien réagi en appelant la brigade. Une patrouille est intervenue aussitôt sur place. Le gradé a flairé un truc pas très catholique et nous a saisis. C'est moi qui suis allé sur les lieux. J'ai fait venir le TIC et le légiste. Alors, lui, ce médecin à la con, je ne vais pas le regretter. Il est sur le départ en retraite. Il ne lui reste qu'une dizaine de jours à travailler. J'ai senti qu'il n'en avait plus rien à foutre. Il a dit, « vu son âge, il est mort d'épuisement ». Cela m'a un peu énervé et je lui ai répondu, « mais il a une sorte de blessure au niveau du cou, vous ne croyez pas qu'il faudrait faire une autopsie, on ne sait jamais ». Cet idiot m'a objecté : « vous voulez m'apprendre mon métier, j'ai plus de trente années de médecine légale derrière moi, vous voyez bien qu'il n'y a pas d'épanchement sanguin, vous voyez une hémorragie découlant de la carotide et qui serait la cause de la mort ? D'autre part, le corps ne présente aucune trace de sévices, pas plus que de marques de ligatures au niveau des poignets et des chevilles ». Bon, je n'ai pas insisté. Cela n'était pas la peine que j'appelle le parquet, il se serait rallié au diagnostic du médecin. Il a délivré le permis d'inhumer. On en est resté là. Mais lorsque j'ai vu passer ton message de mise en garde, je me suis dit que nous sommes sans doute passés à côté de quelque chose de pas clair du tout.

— Tu peux voir avec le substitut du procureur de la République s'il peut te délivrer un permis d'exhumer le corps et pratiquer ce qui aurait dû être fait, c'est-à-dire une autopsie ?

— Impossible, le corps a été incinéré.

— Nom d'une pipe, c'est la tuile. Que peux-tu me dire sur sa profession ?

— Alors, j'ai quand même un peu creusé, pour savoir à qui on avait affaire et si son passé pouvait avoir un lien quelconque avec un assassinat. Cela n'a rien donné, il était clean. Il a durant plus de quarante ans dirigé un CHU. Il a quitté son poste fin décembre 1994.

— Je parie qu'il était à Lyon ?

— Ben oui, comment le sais-tu ?

— Tout simplement parce que nous avons à ce jour trois victimes. Sexe masculin, toutes retrouvées à poils sur leur lit, deux petits trous au niveau de la carotide, pas de perte de sang visible sur le plumard. Pourtant, la cause de la mort est une perte abondante de sang. Nous savons qu'un des trois a été de nombreuses années un grand professeur cardiologue dans ce fameux CHU. Nous sommes en train de creuser dans cette direction.

— Nom de dieu, c'est quoi cette histoire, mais il y a un truc qui me chiffonne, j'imagine que tes gus ont été drogués avant d'être assassinés car notre cadavre ne présentait aucune trace de liens ou autre ? C'est d'ailleurs l'argument prépondérant avancé par cet idiot de légiste, qui a fait basculer la balance du côté de la mort naturelle.

— Figure-toi que non, les analyses sont tout ce qu'il y a de plus normales. Autre chose, il avait de la famille ?

— Oui, une fille. Elle réside à Paris. C'est elle qui s'est occupée des funérailles. Rien à dire de ce côté-là. Je suis désolé de ne pas pouvoir t'être d'une grande utilité.

— Détrompe-toi, le peu d'éléments, que tu viens de me fournir, me conforte dans l'idée que nous sommes partis dans la bonne direction.

— J'espère que tu vas boucler cette affaire. J'aimerais assez que tu me donnes le fin mot de l'histoire.

— Je n'y manquerais pas. À plus.

Bernard convia tout son personnel dans la salle de réunion.

— Finalement, j'ai bien fait de diffuser ce message au niveau national. L'adjudant/chef Leblanc a été réactif. Grâce à lui, nous avons confirmation que notre affaire prend naissance au CHU de Lyon. Le point de départ de toute cette histoire se trouve donc là-bas. Tout nous ramène au comportement déviant d'Archibald qui devait durer depuis de nombreuses années.

— Pourquoi ? demanda Jojo.

— Parce que l'ancien directeur Marcel Jacquelin a été tué par notre assassin. Vous avez entendu comme moi Leblanc. Si le légiste avait suivi le raisonnement de l'adjudant/Chef, il y aurait eu une autopsie. Nous aurions peut-être eu des résultats différents en termes d'analyses et pourquoi pas le nom d'un nouveau suceur de sang. Chez nous, nous avons la mort du professeur Fromentin. Cela fait deux personnes qui faisaient partie du personnel du CHU de Lyon. Ce n'est pas un hasard.

— Mais, martela Gus, tu oublies Serge Eymans et Louis Fontenois, les deux premières victimes du tueur. Ils n'ont rien à voir avec la médecine et encore moins avec le CHU de Lyon. Tu as une explication ?

Les regards étaient braqués sur le major.

— Parfaitement, avec ces deux assassinats sans aucun rapport avec le mobile, comme tu viens de le souligner Gus, le meurtrier nous a embrouillés délibérément.

— Je ne te suis pas, rajouta Paulo. C'est quoi le rapport ?

— Souvenez-vous, nous avons galéré pour trouver un semblant de lien entre les crimes. Justement parce qu'en tuant deux gars tout à fait ordinaires, puis un professeur réputé, nous pataugions sans pouvoir trouver un mobile à cette histoire. C'est très bien vu et très intelligent de la part de celui qui règle ses comptes. J'ajoute que pour faire bonne figure et nous égarer encore un peu plus, je ne serais pas étonné qu'il y ait encore au moins une ou deux victimes lambda pour nous compliquer encore un peu plus l'histoire et faire bonne mesure. Je suis également persuadé que celui qui est derrière tout cela ne sait pas que nous avons progressé en direction du CHU.

— Tu es certains de ce que tu avances, renchérit Jojo.

— Plutôt, je vais aller plus loin dans mon analyse, dis-moi dans ce cas pourquoi Georges Martial, l'actuel directeur du CHU de Lyon est encore en vie ?

— Je ne sais pas.

— Je vais te répondre, parce qu'il n'a pris ces fonctions qu'au tout début de l'année 1995 et que l'affaire Justin Philibert n'a éclaté qu'en juin de cette année. J'imagine que le tueur ne le tient pas responsable de ce qui s'est passé les années précédentes. D'autant qu'il est celui qui a mis un terme à la carrière de Fromentin. Tout s'imbrique. Le hic dans tout cela, c'est de trouver qui est en train de régler ses comptes. Je vous rappelle également que notre médium nous a affirmé que l'assassin avait probablement un rapport avec la médecine.

Chacun était admiratif. Bernard avait analysé la situation sans avoir à portée de main la moindre note se rapportant à l'affaire. C'est vrai qu'en 2004, Bernard avait bénéficié d'une formation de quatre semaines aux États-Unis et plus précisément à Cantico, au centre de formation du FBI. Ce stage portait sur la science du profilage, pour pouvoir devenir « analyste comportemental ». (voir Le massacreur.) La gendarmerie avait décidé de mailler tout le territoire d'enquêteurs capables de dresser un portrait psychologique des tueurs en série. Le major avait été le premier à profiter de l'expérience américaine. Auparavant, il avait déjà cette faculté innée de démêler les différentes pistes sur les dossiers complexes. Désormais, avec sa formidable mémoire et cette nouvelle qualification, il pouvait orienter les enquêtes dans la bonne direction. Aujourd'hui, il avait de nouveau prouvé qu'il était au top. Léon demanda :

— On part sur quoi ?

— C'est là que le bât blesse. Je n'en ai pas la moindre idée. Nous avons résolu le problème lié à l'absence d'écoulements sanguins. Nous savons désormais comment s'y prend le meurtrier pour ponctionner l'hémoglobine de ses victimes sans en renverser une goutte. Désormais, il nous faut nous atteler à son modus operandi lui permettant de faire tenir tranquille les personnes qu'il veut tuer. Il y a un truc, qui nous échappe, c'est évident. Ce qui me chagrine c'est que même Gilles n'a pas été capable de comprendre comment il s'y prend. Je suis certain qu'il cogite tous les jours que dieu fait pour trouver la solution. Je ne serais pas étonné qu'il se soit documenté sur les plantes ayant le pouvoir de vous placer en état second sans pouvoir être détectées par des analyses. Je demande juste un petit coup de pouce, un petit quelque chose qui pourrait nous permettre de nous diriger dans la bonne direction.

Sur ces belles paroles, le téléphone dans le bureau du major se mit à sonner. C'était le planton qui signifiait à Bernard que M. Henry Luciols souhaitait être reçu par lui. Bernard donna son accord. Henry Luciols était une fois de plus habillé élégamment. En revanche, il avait le visage grave. Il salua tout le monde. Bernard lui désigna un siège. Il s'y assit lourdement. Bernard demanda :

— À voir votre tête, vous ne nous apportez pas de bonnes nouvelles, je me trompe.

— Cela dépend de l'avancée de votre enquête.

— Mais encore ?

— Cette nuit, deux personnes décédées sont entrées en contact avec moi. Pas en même temps, bien sûr. La première, est un nommé Marcel Jacquelin. Il a été assassiné le 19 mai à son domicile par un homme entre deux âges. Il n'a pas pu être plus précis. Il ne connaît pas le tueur, il en est certain. Il ne s'est pas méfié de lui car il venait le voir de la part d'un ancien cardiologue. Il ne m'a pas dit lequel. Il a donc ouvert sa porte sans aucune crainte. Il m'a dit qu'il avait perdu la vie à la suite d'une grosse hémorragie. Avant qu'il perde connaissance, l'inconnu lui a murmuré à l'oreille qu'il allait se retrouver directement en enfer à cause de son laxisme dans la gestion de son hôpital. En tout cas, il avait envie de parler. Les autres ne sont pas aussi loquaces. Ah, oui, il a aussi ajouté que l'agresseur lui avait également dit, je cite : « j'ai retrouvé celui que tu as protégé durant de nombreuses années, il va mourir prochainement. Tu vas subir le même sort ».

— Vous n'avez pas pu poser de question plus précise ? demanda Paulo.

— Non, cela ne fonctionne pas comme dans les films. Le défunt me livre ce qu'il veut bien me dire. J'enregistre ce qu'il me donne mais ne peux en aucun cas dialoguer avec lui. C'est comme cela, je n'y peux rien.

— Quelle est l'autre personne qui vous a contacté cette nuit ? demanda Bernard.

— Alors je vous donne ce que j'ai cru comprendre. Il s'agit d'un certain Serge Baudoin, il résiderait 32 route des puits. Il aurait cinquante-neuf ans. Il m'a dit être au chômage. Il vit seul. Lui aussi m'a contacté car personne ne vient le voir. Il ne veut pas pourrir dans son lit. Il m'a dit ne pas comprendre pourquoi ce type l'a assassiné. Il ne l'a jamais vu de sa vie. Ah ! oui, le gars lui aurait dit avant qu'il perde connaissance : « désolé je n'ai rien contre toi, je suis obligé de faire d'autres victimes ». Voilà, c'est tout.

Les enquêteurs étaient médusés. Ce Luciols était quand même impressionnant. Personne n'avait jamais évoqué le nom de Marcel Jacquelin. Pas plus dans les journaux télévisés régionaux que dans la presse écrite locale. Le médium reprit la parole :

— J'espère que ces quelques informations vont vous aider. J'imagine que vous avez pris en compte ma réflexion sur le fait que cette affaire avait des ramifications dans le milieu médical ?

— Nous ne pouvons pas trop en dire, répondit Bernard, mais effectivement, notre enquête s'oriente vers cette mouvance. Nous allons de ce pas nous rendre chez Serge Baudoin. Je vous remercie de vous être déplacé jusque chez nous.

— Major, les personnes, qui ont perdu la vie, savent que je coopère avec mes modestes moyens à votre enquête. C'est pour cela qu'elles me livrent ces éléments pour que je vous les communique. Les garder pour moi n'aurait aucun sens.

— Bien, merci encore. Bonne journée à vous.

Le membres de la BR firent mouvement à l'adresse indiquée. Ils se retrouvèrent devant une petite villa de plain-pied. Elle était totalement isolée, sur une route qui descendait jusqu'à une rivière. Le terrain n'était pas clôturé. Les abords étaient envahis par les hautes herbes. Bernard appuya plusieurs fois sur la sonnette sans résultat. Le groupe s'avança jusqu'à la porte d'entrée. Plusieurs coups furent frappés sur l'huis sans qu'aucun bruit ne se fasse entendre à l'intérieur. Bernard tourna la poignée. La porte d'entrée n'était pas fermée à clé. Les gendarmes entrèrent l'un derrière l'autre. La pièce sur la gauche était une cuisine aménagée quelconque. En face, il y avait un salon meublé avec du mobilier d'un autre âge. Ils empruntèrent le couloir. Sur la gauche, des WC, puis en face une salle de bains. Un peu plus loin la salle à manger. Elle sentait la térébenthine et pour cause, celui qui demeurait en ce lieu était un artiste peintre. Plusieurs de ces œuvres étaient accrochées aux quatre murs. D'autres toiles non encore encadrées étaient appuyées le long d'un meuble. Un chevalet supportait une autre en cours de réalisation. Elle représentait une nature morte en hiver. Le coup de pinceau était précis et les réalisations étaient toutes de belle facture. Un peu plus loin se trouvait deux chambres de chaque côté. C'est dans celle de droite que se trouvait le cadavre d'un homme relativement âgé. Il était, comme les autres victimes, totalement nu. Les bras n'étaient pas totalement le long du corps. La tête fixait le plafond. Il fallait se pencher au-dessus de la dépouille pour pouvoir apercevoir la blessure sur le cou du côté gauche. Bernard et son personnel ressortirent pour aller s'équiper avant de débuter la perquisition. Le major appela le légiste, le TIC et les pompes funèbres pour le transport d'un corps. Il rendit compte ensuite à son commandant de compagnie. Puis il appela le juge Claude Bénédict :

— Monsieur le juge, le major Liodard à l'appareil.

— Bonjour major, vous avez du nouveau ?

— Plutôt nous avons une nouvelle victime. Nous venons d'arriver sur place. Nous allons investiguer la demeure pour savoir qui est cette personne.

Est-ce l'œuvre du tueur que nous pourchassons ?

— Sans aucun doute, monsieur le juge.

— Bon, vous me tenez au courant dès que vous avez l'identité de ce monsieur.

— Sans problème.

Sur ce, Bernard raccrocha et alla s'équiper. Les militaires se répartirent les recherches en excluant la chambre où gisait le résidant. Victor et Gilles arrivèrent au pas de course, ils s'habillèrent pour travailler. Bernard conduisit les deux hommes dans la chambre qui les intéressait. Victor immortalisa le cadavre sous divers angles et gros plans. Il céda ensuite sa place à Gilles. Celui-ci procéda aux premières constatations. Il annonça :

— Mobilité de la nuque, le décès remonte à quelques heures. Blessure au cou côté gauche. Pas de trace de bâillon sur la bouche, idem en ce qui concerne d'éventuels liens au niveau des poignets et des chevilles. Victor, tu m'aides à retourner le bonhomme. Rien de particulier de ce côté-là. Les lividités cadavériques correspondent à la position du corps, il a donc été tué dans son lit. C'est l'œuvre du même tueur. Bernard, tu me l'envoies à l'IML. Je m'en occuperais cet après-midi. Bon courage à vous.

Gilles s'en alla retrouver son sous-sol mortuaire. Bernard laissa la place au TIC. Il rejoignit son personnel. Jojo avait trouvé le portefeuille de l'intéressé. Il s'agissait bien du nommé Serge Baudoin, né le 2 février 1951 à Sellonge-sur-Mérac. Les divers papiers retrouvés attestaient que cet homme avait travaillé toute sa vie comme boulanger dans l'entreprise qui se trouvait 9 grande rue à Sellonge-sur-Mérac. Cette dernière avait fermé depuis plus d'une année. Il s'était retrouvé demandeur d'emploi. À 59 ans, il était plus que difficile de retrouver un emploi. Inscrit à pôle emploi, il n'avait plus qu'à attendre de percevoir sa retraite. Il était célibataire. Il avait un frère plus âgé dont l'adresse figurait sur un petit calepin près du téléphone fixe. Il s'agissait de Hubert Baudoin, demeurant 3 impasse Saint-Mathieu à Sellonge-sur-

Mérac. Léon nota l'adresse et le numéro de téléphone. Bernard donna ses ordres :

— Paulo, vous terminez ici. Vous prenez votre temps. À l'issue, tu mets les scellés sur la porte d'entrée. Léon et moi nous allons chez le frangin. On se retrouve au bureau.

Les deux militaires arrivèrent devant le domicile de Hubert Baudoin. Il s'agissait d'une maison spacieuse et lumineuse. Les parterres regorgeaient de fleurs en tous genres. Plusieurs jardinières de géraniums et de pétunias égayaient le balcon. Bernard actionna la sonnette. La porte s'ouvrit sur un homme d'un âge avancé. Il demanda d'une voix de baryton :

— C'est pourquoi ?

Bernard sortit sa carte tricolore et annonça :

— C'est la gendarmerie, monsieur Baudoin. Nous souhaitons vous parler.

— Mais de quoi, grand Dieu ?

Il descendit la dizaine de marches et s'avança jusqu'au portail pour déverrouiller ce dernier. Il était totalement chauve. Il portait de grosses lunettes de vue. Il était vêtu d'une côte de bleu couverte de taches de peintures de plusieurs couleurs. Il invita les visiteurs à le suivre jusqu'à l'intérieur et les installa dans un magnifique salon meublé avec goût. Une femme habillée élégamment vint les rejoindre. Hubert s'adressa à cette dernière :

— Hélène, ce sont des gendarmes.

Elle salua les deux militaires et prit place sur le canapé. Elle demanda :

— Quel est le but de votre visite ?

— Nous avons une mauvaise nouvelle à vous annoncer, expliqua Bernard. Votre frère, Serge a été retrouvé inanimé chez lui. Il est décédé.

— Ha ! Ben merde. Que lui est-il arrivé ?

— Nous ne savons pas encore. Une autopsie sera pratiquée cet après-midi pour connaître les causes de sa mort. Vous étiez proche ?

— Disons que nous nous rencontrions de temps en temps, sans plus. Vous savez, depuis qu'il était au chômage, il n'était plus le même. Toujours en train de râler et de critiquer, il était devenu aigri. Il a toujours été jaloux de notre réussite. Vous avez vu sa maison par rapport à la nôtre. Puis, il ne s'est jamais marié. Aucune femme ne pouvait le supporter. Il avait comme moi le virus de la peinture. Sauf que moi, je vends assez bien mes toiles. Je commence à être coté sur le marché de l'art. Il ne le supportait pas. Enfin, je vous raconte ma vie, ce n'est peut-être pas le lieu ni le moment. Je vais m'occuper de ses funérailles et de la maison. Il faudra bien la vendre cette bicoque.

— Monsieur Baudoin, vous avez encore une formalité à effectuer. Il va vous falloir aller jusqu'à l'institut médico-légal pour reconnaître le corps de votre frère. Ensuite, nous vous contacterons lorsque vous pourrez récupérer sa dépouille.

— Je vais y aller tout de suite, pour être tranquille. Merci de vous être déplacés.

Les gendarmes reprirent le chemin du bureau. Une fois dans la voiture, Léon pesta :

— Tu as ressenti l'atmosphère dans la maison. Pas une larme, aucun regret concernant la disparition du frère ou du beau-frère. Ils n'étaient pas du tout complices ces deux-là.

— Comme tu dis. Tu sais dans chaque famille, il y a toujours des histoires, des jalousies. C'est la nature humaine.

À la BR, les autres venaient juste de rentrer. Bernard décréta :

— Nous allons déjeuner. Nous ferons le point à 14 heures.

À l'heure dite, chacun des militaires, une tasse de café à la main, se retrouva dans la salle de réunion. Bernard souhaitait faire le point. Paulo prit la parole :

— Qui comprend ce qui se passe dans cette putain d'enquête. Je vous avoue que je suis complètement largué. Bernard, tu en penses quoi ?

— Je vais vous le dire. Quelqu'un veut nous faire croire que nous sommes confrontés à un tueur en série. Or, ce genre d'assassins s'en prennent toujours au même type de victime. Hors, nous avons à ce jour, les décès de personnes totalement différentes. Seul le mode de mise à mort est identique : « l'exsanguination ». Pour le reste, nous avons un coach en informatique âgé de 38 ans, un équipementier en mobile home de 37 ans, un chirurgien en cardiologie de 72 ans, un directeur d'hôpital de 84 ans et pour finir un boulanger de 59 ans. En revanche, deux victimes ont un point commun. Vous voyez lequel ?

— Le CHU de Lyon, répondit Léon.

— Exactement, analysons la situation du départ : nous avons appris de la bouche même de Gilles que le professeur Fromentin était un pervers narcissique doublé d'un prédateur sexuel redoutable. Notre légiste était bien placé pour confirmer cette déviance puisqu'il a fait son internat dans cet hôpital et dans son service. Il a eu le temps de le voir à l'œuvre. D'après Gilles, il profitait de son autorité pour imposer des rapports sexuels avec certains des jeunes internes qu'il avait sous ses ordres. Pire, il n'hésitait pas à droguer celui qui lui résistait pour abuser de lui afin d'assouvir ses fantasmes. En clair, il pouvait aller jusqu'au viol. Nous savons que ce manège durait depuis plusieurs années jusqu'à ce que le jeune interne Justin Philibert soit à son tour victime de ce taré et décide de le dénoncer au directeur de l'établissement à savoir Georges Martial. Cela se passait en juin 1995 si ma mémoire est bonne. Nous n'avons que cette piste-là à ce stade de l'enquête. Autant dire, pas grand-chose, puisque nous avons auditionné plusieurs internes violés par Fromentin. Ils ont tous un alibi indiscutable. Idem en ce qui concerne Justin Philibert puisque ce dernier est décédé lors d'un accident de la circulation depuis quelques mois. Là où cela devient intéressant, c'est à partir de la découverte d'un autre assassinat sur la personne de Marcel Jacquelin. Il n'est autre que l'ancien directeur du CHU de Lyon. Nous avons désormais de ce fait une piste que je qualifierai de sérieuse.

— Mais que fais-tu des trois autres morts ? demanda Gus.

— Ils sont là pour faire un écran de fumée.

— Un quoi ? demanda Jojo.

— Réfléchissez, si vous voulez éliminer quelqu'un par vengeance par exemple, si vous ne tuez que cette personne, que va-t-il se passer au niveau judiciaire ? Les enquêteurs ne vont se focaliser que sur cet assassinat. La piste à suivre sera clairement visible comme le nez au milieu de la figure, vous me suivez ?

— À moitié mais poursuis, demanda Olive.

— Dernièrement, nous avions trois cadavres sur notre secteur, nous sommes bien d'accord.

Chacun avait opiné du chef. Bernard poursuivit :

— Aucun point commun entre eux. Toujours d'accord.

Même assentiment de la tête.

— Pourquoi, ramons-nous comme jamais depuis le début de cette affaire ? C'est parce que nous avons quatre assassinats sur un même secteur qui n'ont aucun lien entre eux. Sauf que le tueur ne s'est jamais douté que nous découvririons et serions capables de relier le meurtre de Marcel Jacquelin qui a été perpétré à plusieurs centaines de kilomètres de chez nous. La tactique du meurtrier a été de commencer à tuer deux pauvres gars qui ne demandaient rien à personne pour nous égarer avant de trucider Fromentin. Les seules victimes ayant un intérêt pour le tueur sont le cardiologue et le directeur du CHU de Lyon. Pour faire bonne mesure, il vient de tuer un autre pauvre type pour brouiller encore un peu plus les cartes.

— Et les vampires, c'est quoi le délire ? demanda Olive.

— Là, je dois dire que c'est du grand art. J'ai près de trente années de gendarmerie et je n'ai jamais vu ou entendu parler de meurtres perpétrés par des vampires qui plus est sans laisser la moindre trace sur les lieux ou sur les corps. Vous vous rendez compte que nous sommes six enquêteurs chevronnés, spécialisés en enquêtes criminelles plus tordues les unes que les autres et sur ce dossier, nous n'avons pas avancé d'un pouce en ce qui concerne cette histoire de suceurs de sang. Qui peut, je vous le demande, être capable de récupérer de la salive sur un macchabée, la mettre de côté sans qu'elle s'altère et la déposer sur les cadavres pour nous faire croire que le meurtrier est un vampire ?

Olive leva le doigt bien haut. Bernard lui sourit et ajouta :

— Vas-y Olive, nous ne sommes pas à l'école, si tu as quelque chose à dire, ne te gênes pas.

— Cela pourrait être quelqu'un qui travaillerait dans le corps médical. Infirmier, aide-soignant, médecin, chirurgien, légiste, dentiste ou autre.

— Putain, dentiste, ça, c'est une bonne idée, s'écria Paulo. Cela me gonfle de ne pas l'avoir eue.

Bernard hocha la tête et reprit :

— C'est bien vu Olive, mais nous n'avons à ce stade de l'enquête aucune bille pour gratter de ce côté-là. Si l'assassin nous avait gratifiés d'un ADN, nous pourrions faire le tour de tous les membres du service médical de la commune. Il commence à se faire tard. Nous y verrons plus clair demain matin. Bonne soirée à tous.

Mardi 1 juin 2010, sept heures cinquante, les militaires sirotaient leur café dans la cuisine. Bernard décida :

— Les enfants, vous mettez la procédure en ordre. Ce sera toujours cela de fait. Léon et moi allons chez le juge d'instruction. Je l'ai appelé avant de venir au bureau. IL était déjà au palais et il nous attend. Il est bien ce jeune magistrat, il en veut, cela se voit. Je vais lui demander une nouvelle commission rogatoire pour aller fouiner au CHU de Lyon.

Le juge Bénédict était visiblement heureux de revoir les deux militaires. Il leur désigna les sièges. Les deux enquêteurs s'y assirent. Il demanda :

— Alors, cette enquête, si vous êtes chez moi c'est qu'il y a du nouveau ?

— Oui, monsieur le juge. Pour résumer, j'ai envoyé un message national portant sur le modus operandi de notre tueur pour nous assurer qu'il n'avait pas sévi ailleurs.

— Et ?

— Un certain Marcel Jacquelin, 72 ans résidant 29 rue des tournesols à Firmini dans la Loire, a été assassiné le 19 mai.

— Pas possible. Qu'a-t-il été faire là-bas, ce tueur ?

— C'est plutôt qui est ce monsieur qui est intéressant, insista Bernard.

— Et qui est-il ?

— Il a été directeur du CHU de Lyon jusqu'en décembre 1994.

— Oui, d'accord mais encore ?

— Le CHU de Lyon, monsieur le juge, martela Bernard, c'est dans cet hôpital qu'exerçait le professeur Fromentin.

— Ah ben, merde alors. Veuillez m'excuser, cela m'a échappé.

— Monsieur le juge, nous avons fait le point hier soir avec mon personnel. Tout nous ramène au CHU de Lyon. Le professeur Fromentin comme vous le savez profitait de son autorité pour abuser, voire violer de jeunes internes. C'est forcément une de ses victimes qui est en train de se venger. Je ne vois pas d'autre explication. Nous avons également un autre décès, un pauvre type de 59 ans, un certain Serge Baudoin demeurant 32 route des puits, assassiné dans les mêmes conditions.

— Mais les autres morts avaient des rapports avec ce CHU ?

— Non, monsieur le juge, il les a tués pour brouiller les pistes. Si nous n'avions pas eu le renseignement concernant l'assassinat de l'ancien directeur de cet hôpital, nous n'aurions jamais fait le lien.

— Vous voulez dire que votre criminel a délibérément tué trois personnes qui n'ont rien à voir avec lui, uniquement pour noyer le poisson.

— C'est bien cela.

— C'est machiavélique. Bon, j'imagine que vous souhaitez aller fouiner à Lyon ?

— C'est une piste qui me paraît sérieuse.

— Bon, Marie, vous voulez bien rédiger une CR dans ce sens.

— C'est déjà fait, monsieur le juge. Voilà, vous n'avez plus qu'à signer.

Bernard fit un clin d'œil à la greffière pour lui signifier qu'elle avait bien suivi l'affaire. Les deux gendarmes après avoir salué et remercié ce magistrat prirent le chemin du bureau. Bernard réunit tout le monde et décréta :

— Je viens d'avoir le commandant de compagnie. Je lui ai rendu compte que toute la BR se rendait à Lyon pour l'enquête. J'ai précisé peut-être pour plusieurs jours. J'ai pris attache avec l'escadron 1/5 de Sathonay-camp à Lyon pour les repas et des chambres de passage au cas où. Nous préparons un sac de voyage nous permettant de tenir quelque temps. Léon, Jojo, vous vous occupez du plein des véhicules, des cartes essence et des réquisitions d'autoroute. Il est neuf heures quinze, départ dans trente minutes.

Les enquêteurs arrivèrent peu avant midi à la caserne de la gendarmerie mobile. Bernard alla directement voir le gérant du mess afin de récupérer avec son ordre de mission dûment rempli les tickets pour les repas de midi et du soir. Il confirma également la réservation des chambres pour lui et son personnel. Bernard invita son équipe au bar de l'escadron. Une petite mousse allait leur permettre d'étancher leur soif. Les « moblots » (termes désignant les personnels militaires de la gendarmerie mobile spécialisés dans les missions de maintien de l'ordre) venaient de rentrer de leur entraînement journalier et en quelques secondes, le comptoir fut pris d'assaut. (Petite parenthèse, il faut savoir que ces unités, fortes d'environ cent trente hommes, par escadron, sont malheureusement très souvent confrontées à la violence lors de manifestations de toutes sortes. Il est important qu'il y ait une parfaite osmose entre tous. Le bar est là pour cela. L'ouverture de celui-ci est limitée à trente minutes le midi et le soir. Depuis bien longtemps, les escadrons ne comptent plus dans leurs rangs de piliers de bar et c'est tant mieux.)

Les enquêteurs prirent place ensuite dans le mess pour prendre leur repas. (le restaurant chez les militaires est désigné sous l'appellation de MESS.)

Le repas (menu unique changé chaque jour) très bien cuisiné et copieux fut apprécié par tous. Bernard profita de ce moment pour expliquer le rôle de chacun :

— Le but de notre venue ici est de récupérer un maximum de renseignements sur Fromentin et découvrir le nom de ses victimes. Pour ce faire, Léon et moi allons cuisiner de nouveau le directeur Georges Martial. De votre côté, vous allez travailler en binômes. Vous allez devoir interroger tous les employés de cet hôpital. Même un technicien de surface peut avoir vu ou entendu des choses pas catholiques. On se retrouve à l'accueil vers dix-sept heures.

Une fois le café avalé, la BR prit la direction du CHU de Lyon.

Georges Martial était dans son bureau, la porte de celui-ci toujours ouverte. Bernard, par politesse, frappa néanmoins avant d'entrer. Le directeur leva la tête et fut étonné de voir de nouveau les gendarmes. Un sourire s'afficha sur son visage. Signe qu'il n'avait pas gardé un si mauvais souvenir de l'entretien de la dernière fois.

— Bonjour, entrez, je vous en prie, asseyez-vous. Que me vaut cette nouvelle visite ?

Bernard expliqua :

— Bonjour monsieur le directeur. J'imagine que le nom de Marcel Jacquelin vous dit quelque chose ?

— Bien entendu, c'est l'ancien directeur de cet établissement. C'est moi qui l'ai remplacé. Mais je ne l'ai pas connu. Il était déjà parti lorsque j'ai pris mes fonctions. Pourquoi cette question ?

— Parce que, sans trahir l'instruction en cours, je peux vous dire que cet homme fait partie des victimes du tueur que nous pourchassons.

— Vous êtes sérieux ?

— Bien entendu, vous croyez que nous avons parcouru plus de deux cents kilomètres pour venir plaisanter ?

— Non, excusez-moi, je me suis mal exprimé. Je voulais dire que dans ce cas-là, moi aussi je suis en danger ?

— Pas du tout. L'assassin s'en prend à ceux qui lui ont fait du mal. Le professeur Fromentin parce qu'il l'a violé et Marcel Jacquelin parce qu'il n'est pas intervenu pour sanctionner le cardiologue et mettre un terme à ses agissements criminels. De votre côté, vous avez fait ce qu'il fallait pour régler le problème en limogeant ce Chirurgien.

— Dans ce cas, qu'attendez-vous de moi ?

— Nous souhaiterions interroger toutes les personnes qui travaillaient dans le service de ce détraqué.

Martial se leva et se positionna devant un immense tableau supportant plusieurs centaines de petites photographies. Ce trombinoscope était catégorisé par spécialités médicales. Il s'intéressa au service cardiologie du professeur Bernardet qui avait succédé à Fromentin. Il s'empara de six mini clichés, représentant quatre femmes et deux hommes. Il les déposa devant les enquêteurs et expliqua :

— Voilà celles et ceux qui travaillaient déjà dans ce service à l'époque où exerçait Archibald. Les autres sont partis au CHU de Bordeaux peu avant que je prenne mes fonctions. Il s'agit des nommés :

— Valérie Rameaux, Solange Prudence, Irène Marcellin, Marguerite Bénédicta, Donald Armandin, Norbert Germain.

— Travaillent-ils aujourd'hui ?

— Je me renseigne.

Georges Martial décrocha son téléphone. Une voix assez douce répondit :

— Service du professeur Bernardet, Solange à l'appareil.

— Bonjour, Solange, c'est le directeur.

— Bonjour, monsieur le directeur, que puis-je pour vous ?

— Est-ce que Bernardet est présent ?

— Non, il a terminé sa tournée des malades, il y a moins d'une heure. Il est rentré chez lui se reposer. Demain, nous avons plusieurs interventions chirurgicales programmées.

— Vous pouvez monter au bureau s'il vous plaît ?

— Tout de suite, j'arrive.

Une femme d'une cinquantaine d'années se présenta. Elle était vêtue de sa blouse de travail, d'une charlotte sur la tête. Elle avait le visage pâle, les yeux cernés probablement par des cadences infernales et des journées interminables dues au manque récurent de personnel. Le directeur demanda :

— Les soignants comme vous qui travaillaient sous la direction de Fromentins sont-ils encore présents dans l'établissement ?

— Oui, nous étions en salle de repos en train de prendre un café bien mérité. Nous avons eu beaucoup de travail ce matin.

— Bon, vous demandez seulement à ces gens-là de se rendre en salle de réunion à cet étage.

— Bien, monsieur le directeur.

S'adressant à Bernard :

— Je vous laisse diriger vos interrogatoires, je vous conduis jusqu'à la salle en question.

La pièce était monumentale. Plusieurs tables réunies n'en formaient plus qu'une. Une trentaine de chaises permettait de réunir un maximum de praticiens et d'infirmiers pour faire le point sur la bonne marche de cette institution. Les six personnes entrèrent dans la salle. Bernard leur désigna les sièges. Chacun prit place. Le major prit la parole :

— Bonjour à tous. Je suis le major Bernard Liodard et voici l'adjudante Léonie Médius. Nous appartenons à la brigade de recherches de Sellonge-sur-Mérac, ville moyenne du sud-ouest. Nous sommes chargés d'une enquête criminelle dont l'une des victimes est le professeur Archibald Fromentin.

Tous se sont regardés à tour de rôle. L'incrédulité se lisait dans leurs yeux. Bernard reprit :

— Si nous sommes dans votre CHU aujourd'hui, c'est parce que nous sommes convaincus que le nœud de l'affaire réside dans le comportement de ce chirurgien. Nous avons découvert que ce monsieur qui était homosexuel profitait de son statut dominant pour contraindre certains jeunes internes masculins à coucher avec lui. Nous sommes certains que le meurtrier qui a assassiné cette sommité de la médecine n'est autre qu'un de ces jeunes gens abusés par lui. Nous allons vous interroger chacun votre tour pour recueillir d'éventuels renseignements. Je vous demande simplement de faire appel à vos souvenirs de cette époque-là et surtout de ne rien nous cacher. Nous en savons déjà beaucoup. Nous avons simplement besoin de votre aide pour pouvoir progresser et interpeller l'auteur de ce meurtre. Celui ou celle qui veut commencer reste avec nous. Les autres ayez l'obligeance de bien vouloir attendre dans le couloir.

C'est Solange Prudence qui a décidé de passer en premier. Léon avait comme d'habitude préparé son ordinateur et son imprimante portative. Elle fit signe à Bernard qu'elle était prête. Elle remplit scrupuleusement les renseignements habituels avant de commencer à noter les déclarations du témoin. Bernard demanda :

— Quelle est votre fonction dans cet hôpital et combien de temps avez-vous travaillé avec le professeur Fromentin ?

— Je suis infirmière de bloc opératoire. J'ai côtoyé ce chirurgien durant quatre années.

— Avez-vous durant ce laps de temps surpris un comportement ambigu de la part de Fromentin ?

— Non, pas du tout. J'étais persuadé qu'il était hétéro. Lorsqu'il n'opérait pas, et qu'il faisait le tour de ses malades, il portait une alliance. Nous étions persuadés qu'il était marié. D'autant plus que lorsque nous étions en pause avec lui, il nous parlait régulièrement de sa femme.

— Avez-vous à un moment donné vu son épouse ? Lors de vos petites fêtes ou plus simplement venu faire un petit coucou à son mari ?

— Maintenant que vous le dites, c'est vrai que personne ne l'a jamais croisée ici.

— Vous n'avez jamais eu de doutes sur sa sexualité et son penchant homosexuel envers les jeunes internes ?

— Jamais je ne me serais douté de cela.

— Il n'y a jamais eu de rumeur à ce sujet.

— Non, pas que je sache. En revanche, un jeune interne, je crois qu'il s'appelait Ludovic, a été violé à son insu.

— Vous pouvez préciser ?

— Si je me souviens bien, nous étions tous en salle de pause. Ludovic, qui d'habitude était joyeux, tirait une tronche de quatre pieds de long. Donald, l'anesthésiste, lui a demandé ce qui se passait, s'il avait des ennuis. Ludovic s'est mis à pleurer. Irène l'a pris dans ses bras et a essayé de le réconforter. C'est là qu'il nous a révélé ce qui lui était arrivé la veille au soir. Il nous a expliqué qu'il s'est retrouvé nu comme un ver dans la buanderie, allongé au milieu d'une pile de draps. Ses chaussures, son pantalon et son slip avaient été retirés. Il avait l'anus douloureux. Il a tout de suite compris qu'il avait été victime d'un viol.

— Il en a référé au directeur ?

— Non, ce jour-là, il ne nous en a parlé qu'à nous en présence du professeur. C'est d'ailleurs lui qui l'a réconforté et expliqué ce qu'il convenait de faire.

— Et que lui a-t-il conseillé ?

— Ben, rien, justement. Il lui a expliqué qu'il ne valait pas mieux ébruiter l'affaire parce que la renommée de l'établissement s'en trouverait entachée. Il a ajouté que ce serait à nous d'ouvrir l'œil et d'être vigilants au quotidien. Bertrand avait repris des couleurs, le fait d'en parler l'avait soulagé. Il a accepté de garder le silence.

— Attendez, vous avez précisé que le problème était survenu en soirée, c'est bien cela ? Y avait-il eu une fête quelconque, avec plusieurs participants ?

— Alors là, cela date d'une bonne quinzaine d'années, je dirais fin 94 quelque chose comme cela. Là, tout de suite, je ne me rappelle pas à quelle occasion nous étions réunis.

— Vous avez le nom de cette personne ?

— Non, nous ne nous appelons que par nos prénoms. Il faudra demander aux autres.

— Justin Philibert, en juin 2005, cela vous dit quelque chose ?

— Non, à cette période-là, j'étais en stage de perfectionnement dans un autre établissement.

— Bien, je vous remercie. Vous allez relire votre déposition et la signer si elle est conforme à vos réponses. Ensuite, je vous demande de regagner votre étage sans communiquer avec les personnes que nous allons interroger après vous.

Bernard raccompagna Solange dans le couloir et fit entrer le second témoin. Il s'agissait de Valérie Rameau. Elle répondit aux questions d'état civil à Léon. Ensuite, c'est Bernard qui prit le relais.

— Quelle est votre qualification ?

— Je suis comme mes trois camarades, infirmière de bloc opératoire.

— Vous avez travaillé longtemps avec le professeur Fromentin ?

— Un peu plus de cinq années.

— Comme je vous l'ai laissé entendre tout à l'heure, nous cherchons à savoir quels sont les internes qui ont été abusés par cet homme. Avez-vous un témoignage à apporter sur le sujet ?

— Mais non, très franchement, je suis tombée des nues lorsque vous nous avez expliqué sur quelle enquête vous travailliez. Jamais je n'aurais cru que cet immense cardiologue était homosexuel.

— Ce n'est pas tant le penchant sexuel de ce monsieur qui pose problème, c'est plutôt le fait qu'il soit un prédateur se servant de son statut pour chasser dans son service. Je n'en reviens toujours pas. Je n'ai jamais eu le moindre doute. Si c'est la vérité, il cachait bien son jeu. Vous saviez qu'il était marié ?

— En êtes-vous certaine ?

— Mais, il portait une alliance et parlait très souvent de son épouse.

— Autre chose, que pouvez-vous me dire sur un certain Ludovic ?

— Ah, mais oui, vous avez raison, j'avais complètement oublié cette histoire. Nous avons célébré en décembre 1994, la réussite d'une opération à cœur ouvert particulièrement risquée sur un enfant de 11 ans. Le professeur a souhaité nous offrir un pot pour fêter cette réussite. Nous avons terminé un petit peu tard. Le lendemain matin, à la prise de service, Ludovic est arrivé totalement déboussolé. Nous l'avons pressé de questions pour savoir ce qu'il lui arrivait. Il nous a expliqué avoir été violé dans la buanderie et ne se souvenir de rien. Il ne savait pas quoi faire, devait-il aller déposer plainte ou en parler au directeur. C'est le professeur qui lui a expliqué que le mal avait été fait et que dévoiler au grand jour cette vilaine affaire risquait sans aucun doute de jeter l'opprobre sur l'hôpital. L'histoire n'alla pas plus loin.

— Vous souvenez-vous de son nom ?

— Michelot, oui, c'est cela, Ludovic Michelot, ses parents étaient de Bourgogne, de Digoin, me semble-t-il, dans le département de Saôneet-Loire.

— Justin Philibert, cela vous parle ?

— Oui, tout à fait. Attendez, c'est aussi une histoire de viol, c'est bien cela ?

— À vous de me le dire. Essayez de vous souvenir.

— C'est que c'est loin tout cela. Si je ne me trompe pas, cela devait être autour de fin juin 1995. Justin était un tout jeune interne si je me souviens bien. Oui, cela me revient. Nous avions fêté le départ d'un interne. Il avait quasiment terminé ses études. Il nous avait conviés à un super apéro. Le lendemain, Justin est arrivé très en retard au service et dans le même état qu'était Ludovic lorsqu'il a été agressé sexuellement. Il nous a confié avoir été victime d'un viol. Il était dévasté. Cela se comprend. Nous avons essayé de lui tirer les vers du nez, savoir ce qui s'était passé réellement. Il nous a dit qu'il sortait de chez le directeur et qu'il avait pris les choses en main. Il n'a pas voulu nous en dire plus. Quelques jours plus tard, l'affaire s'est tassée, personne n'en a plus parlé. Justin a repris son travail comme si de rien n'était.

— Vous n'avez pas fait le rapprochement avec le départ de Fromentin ?

— Ben non, il est parti du jour au lendemain pour travailler dans un pays défavorisé. Nous étions contents qu'il mette son talent au service d'enfants souffrant de maladie cardiaque sans pouvoir être soignés. Ce qui nous a choqués, c'est la soudaineté de sa décision. Après chacun fait ce qu'il veut de sa vie. Nous aurions quand même souhaité qu'il nous en parle auparavant. Surtout qu'il n'a pas voulu faire de pot de départ. La veille, il était là, le lendemain, il était parti. C'est comme cela. Mais oui, vous avez raison, il a quitté l'hôpital en début d'après-midi, le lendemain du pot de départ de cet interne.

— Cela n'a pas jasé dans le service. Personne n'a commenté cette façon de procéder ?

— Très franchement, nous sommes surchargés de travail, nous avons autre chose à faire que de cancaner. Mais dites-moi, le professeur a réellement violé ces jeunes internes ?

— J'en ai bien peur. Tenez, je vous laisse quelques minutes pour lire cette lettre remise au directeur actuel, Georges Martial. Elle a été écrite par Justin Philibert pour dénoncer son viol.

Cette dernière prit connaissance de la missive. Au fur et à mesure qu'elle lisait, son teint changeait de couleur. Elle avait les larmes aux yeux. Elle bredouilla :

— C'était donc vrai. Quelle horreur ! Archibald n'est jamais allé en Afrique soigner les enfants, c'est bien cela. Il a été foutu dehors comme un malpropre, je me trompe ?

— Non, vous avez raison, Fromentin a été obligé de prendre une retraite anticipée. Je vous demande de ne pas divulguer le contenu de cette missive autour de vous.

— Vous pouvez compter sur moi. Je suis abasourdie par ce que je viens d'apprendre. Archibald était quelqu'un de très dur, mais en même temps, un chirurgien extraordinaire.

— Bien, Madame Rameau, nous vous remercions pour ces renseignements et vous souhaitons bon courage pour la suite. Vous allez signer votre procès-verbal d'audition. Ensuite, je vous libère.

Les autres soignants ont été ensuite interrogés à tour de rôle. Les auditions de ces personnes étaient rigoureusement identiques. Pas d'autres informations n'avaient été recueillies. Il était pratiquement 16 heures trente. Bernard et Léon retournèrent chez le directeur. Ce dernier demanda :

— Les témoignages ont-ils été productifs ?

— Moyennement. En revanche, nous voudrions avoir les coordonnées des parents d'un certain Ludovic Michelot.

— Je vais me connecter au fichier informatisé des archives. Vous m'avez dit Ludovic Michelot. Voilà, je l'ai. Alors les parents, Marcel et Odile résident au 36 rue des alouettes à Digoin, téléphone 06.16.84.85.72.

— Merci encore, monsieur le directeur. Nous espérons ne plus avoir à vous importuner.

— Je vous en prie. Je vous souhaite de réussir votre enquête.

Bernard contacta ensuite ses deux équipes. Il fallait pouvoir se retrouver dans ce dédale de couloirs et d'étages. Il leur donna rendez-vous à l'accueil. Une fois réunis, Bernard décréta :

— Vu l'heure, si nous partions maintenant, nous arriverions à point d'heure chez nous. On passe la nuit ici. Nous allons prendre une douche dans nos chambres respectives, nous reposer un peu et ensuite aller casser la croûte au mess. On en profitera pour faire le point.

Vers 19 heures, les enquêteurs se mirent à table. Bernard demanda :

— Vous avez pu glaner quelque chose de concret auprès des personnes que vous avez croisées ?

— Quasiment rien. C'est l'omerta dans cette boutique. Il y a en plus un turnover important parmi les personnels dans les divers services. Et vous, de votre côté.

— Nous n'avons pas ressenti de blocage ni de rétentions d'informations. Il ressort de cela qu'un autre interne a été violé en décembre 1994. Il se nomme Ludovic Michelot. Il a été drogué probablement au GHB lors d'une soirée comme Justin. Le plus fort, c'est que personne n'a jamais soupçonné Fromentin d'être l'auteur de ce crime. C'est d'ailleurs lui qui a dissuadé la victime d'ébruiter l'affaire pour ne pas ternir l'image de l'hôpital. Le plus beau, je vous le donne en mille, ce grand professeur en dehors du bloc opératoire se baladait avec une alliance. Il a fait croire à tout le monde qu'il avait une épouse. Il a enfumé toutes les personnes qui travaillaient sous ses ordres. Balèze, le type.

— Un vrai prédateur reconnu Paulo. J'imagine que personne n'a jamais croisé sa fameuse compagne ?

— C'est le cas. C'est l'Arlésienne. Il faut dire que pour donner le change, il n'y avait pas mieux. Faire croire à tout le monde qu'il était hétéro. Nous mettons le réveil à 6 heures. Il faut que nous décollions vers les sept heures. Cela nous permettra d'être de retour à la caserne vers les dix heures. J'ai vu avec le gérant, il y a prévu quelqu'un pour que le café soit prêt à partir de 6 heures trente. Passez une bonne nuit.

Mercredi 2 juin 2010, les gendarmes arrivèrent à l'heure dite au bureau. Bernard convia tout son personnel dans la salle de réunion. Avant de faire le point sur l'avancée de l'enquête, il appela les époux Michelot. C'est le papa qui répondit.

— Monsieur Michelot, c'est la gendarmerie de Sellonge-sur-Mérac, le major Bernard Liodard au téléphone.

— La gendarmerie, dites-vous, et vous appelez pour quelle raison s'il vous plaît ?

— Vous avez un fils, prénommé Ludovic, il est médecin dans quelle ville, s'il vous plaît ?

— Médecin, à Chasse-sur-Rhône, que lui voulez-vous ?

— Avoir tout simplement son adresse. Nous avons quelques questions à lui poser.

— Cela sera plutôt compliqué, Ludovic est décédé en septembre 2006.

— Ah, je n'avais pas cette information. Je suis désolé, monsieur Michelot. Si ce n'est pas indiscret, quelle est la cause de la mort ?

— Je préfère ne pas en parler, c'est encore très douloureux, je pense que vous pouvez comprendre.

Odile Michelot s'empara du combiné et ajouta :

— Nous pensons que notre fils a eu une déception amoureuse et qu'il ne s'en est jamais remis. C'est en tout cas ce que j'ai ressenti. Depuis qu'il s'était installé comme médecin généraliste, nous ne lui avons jamais connu de petite amie. Cela nous a toujours étonnés. C'était pourtant un beau garçon. Il y a quelque chose que nous n'avons jamais compris avec mon mari.

— Merci d'avoir bien voulu répondre à mes questions. Je vous souhaite le meilleur.

Cette nouvelle piste s'arrêtait là. Les enquêteurs étaient circonspects. Quelque chose clochait dans cette histoire. Léon demanda :

— Bernard, tu nous fais un résumé dont tu as le secret sur ce que nous avons sur ce dossier pour pouvoir continuer ?

— OK, je me lance. Vous suivez. Si j'oublie quelque chose, vous n'hésitez pas à intervenir.

L'affaire prend naissance après la visite d'un médium s'appelant Henri Luciols. C'est ce monsieur qui nous a indiqué après avoir eu un échange avec l'esprit de Serge Eymard que ce dernier avait été assassiné à son domicile. Le renseignement s'était avéré exact. L'intéressé avait succombé à une exsanguination. Points particuliers :

— Individu découvert totalement nu sur son lit, les bras le long du corps.

— Deux perforations au niveau de la carotide côté gauche du cou.

— Pas d'écoulement sanguin partant de la blessure.

— Aucune marque de ligatures au niveau des poignets et des chevilles.

— Pas d'hématomes sur l'ensemble du corps.

— Pas de résidus de colle autour de la bouche laissant penser que la victime avait été bâillonnée.

— Aucune trace papillaire, ADN, squame, poils, cheveux sur la scène de crime.

— La victime a eu un rapport anal ante-mortem.

— La porte d'entrée n'était pas verrouillée à notre arrivée et ne semblait pas avoir été forcée.

— Analyses négatives concernant l'utilisation d'une drogue permettant de faire tenir tranquille la victime.

— En revanche, d'après Gilles, la forme de la blessure pourrait s'apparenter à une morsure de Vampire.

Cette hypothèse est corroborée par la découverte de salive autour de la plaie renfermant un ADN, correspondant après recherches dans le FNAED à un certain Guillaume Micha décédé le 11/05/2009.

Les pistes habituelles, assassinat par un proche, à savoir son ami Fernand Beaupain ou sa fiancée Hélène Baudoin n'ont rien donné.

Il en est de même pour la seconde victime en la personne de Louis Fontenois. C'est le même modus operandi. Les constations sont identiques et nous ramènent à une nouvelle attaque de vampire puisqu'un nouvel ADN correspond à un certain Benoît Martinet décédé le 11/10/2009 a été prélevé sur le cadavre. Les investigations pour découvrir le criminel ont toutes été négatives.

Le troisième assassinat a été perpétré sur Archibald Fromentin, Professeur en chirurgie cardiaque au CHU de Lyon en retraite depuis 1995. Constatations identiques que sur les deux premières victimes. L'ADN retrouvé sur le cou correspond à un certain Benoît Martinet décédé le 11/10/2009.

Il faut bien reconnaître qu'à première vue, nous pouvions nous contenter de l'hypothèse de Gilles. Nous serions en présence d'une attaque de vampires à Sellonge-sur-Mérac. Sauf que nous sommes tous cartésiens et qui plus est des enquêteurs chevronnés. Nous devions garder la tête froide et découvrir qui pouvait se cacher derrière ses crimes odieux. Nous avons donc travaillé comme nous savons le faire c'est-à-dire à qui profite les crimes.

Nous n'avons pourtant trouvé aucun mobile expliquant les deux premiers assassinats. En revanche, en ce qui concerne Fromentin, nous avons bénéficié de l'aide de Gilles. Ce dernier a côtoyé la victime. D'après notre légiste derrière cet immense chirurgien se cachait ce qu'il convient d'appeler un prédateur sexuel. Il se servait de son statut pour imposer des relations sexuelles avec de jeunes internes masculins. D'après nos derniers renseignements recueillis auprès des quelques membres de son équipe toujours présents au CHU, deux viols ont été perpétrés en 1994 et 1995 dans l'établissement sans qu'en soit découvert l'auteur. Il est clair que ces délits ont été perpétrés par ce Fromentin. Aujourd'hui, nous sommes partis sur l'hypothèse que le tueur pouvait être l'une des deux personnes abusées, à savoir Justin Philibert ou Ludovic Michelot. Malheureusement, ces deux hommes sont décédés depuis plusieurs mois.

Nous sommes convaincus que cette affaire prend naissance dans ce CHU. J'en veux pour preuve, le quatrième assassinat concernant un certain Marcel Jacquelin, qui n'est autre que le premier directeur du CHU de Lyon.

— Cela ferait beaucoup de coïncidences, d'autant que notre médium nous a laissé entendre, il y a quelque temps, que cette affaire serait probablement liée au milieu médical.

La cinquième victime, Serge Baudoin a été assassiné avec le même modus operandi que les autres victimes. En revanche, comme les deux premiers meurtres, elle n'a rien à voir avec Fromentin et Jacquelin. Si nous réfléchissons bien, en ne tuant que Fromentin, l'enquête se serait tout de suite dirigée vers le milieu hospitalier, à moins d'être aveugle. Pour moi, le tueur a tué des innocents pour éviter que nous ne nous intéressions de trop près au cardiologue. Je vous rappelle que Jacquelin a été assassiné à plus de trois cents kilomètres de chez nous. Si nous n'avions pas eu connaissance de ce meurtre, nous n'aurions jamais fait le rapprochement avec le milieu médical. Regardons ce qui se passe strictement au niveau local. Nous avons trois morts lambda si je puis dire ainsi qu'un grand ponte de la chirurgie. Nous n'avons donc aucun lien entre ces quatre morts.

Je suis persuadé que le tueur ne se doute pas que nous avons découvert l'assassinat de l'ancien directeur du CHU.

Maintenant, si l'on se focalise sur les éléments dont nous disposons pour tenter de comprendre le fonctionnement de celui que nous traquons, nous avons découvert :

Qu'il se sert de poche de prélèvements sanguins pour retirer un maximum de sang de ses victimes jusqu'à ce qu'elles décèdent. Nous en sommes certains puisque nous avons découvert les vols de ces matériels dans les centres de collectes non loin de chez nous.

Qu'il est capable de prélever et de conserver de la salive de personnes décédées depuis plusieurs mois. Nous avons probablement affaire soit à un personnel soignant, « médecin, infirmier ou une infirmière, un dentiste, voir un oto-rhino, pourquoi pas un légiste ».

Il a eu un rapport sexuel avec les deux premières victimes.

Il arrive à immobiliser ses futures victimes sans utiliser la moindre drogue. Là, je sèche totalement. Voilà, je crois avoir fait le tour du dossier.

Chacun avait bu les paroles de Bernard. Ils étaient à chaque fois impressionnés par l'exposé qu'il faisait du dossier en cours sans aucune note sous les yeux. Paulo demanda :

— C'est bien beau mais on part sur quoi ?

— Pour l'instant, nous bloquons sur la façon qu'a le tueur d'immobiliser ses victimes. Nous n'avons pas avancé sur la façon qu'a le tueur d'immobiliser ses futures proies. Le plus urgent est de mettre la procédure en ordre. Nous avons une pléthore de procès-verbaux en tous genres. Il faut tout relire et corriger les fautes d'orthographe, répertorier ensuite toutes ces pièces, et les inscrire sur le bordereau d'envoi. Ce sera toujours cela de fait. Léon et moi allons appeler les parents de Justin et de Ludovic.

Nous savons qu'ils sont décédés tous les deux mais étaient-ils fils uniques ? C'est une question que nous ne nous sommes jamais posée. Il faut vérifier tout cela. Allez hauts cœurs.

Léon et Bernard appelèrent les personnes en question. Justin était le seul enfant du couple Philibert. En revanche, Ludovic avait un frère plus âgé que lui. Il s'appelait Nicolas et exerçait la profession de dentiste. Son cabinet se trouvait 235 boulevard du midi à Cahors. Fort de ce renseignement, Bernard décida d'aller entendre directement cette personne sur son lieu de travail. Ils avaient tout au plus une bonne heure et demie de trajet. Il appela le juge Bénédict pour qu'il les reçoive. Le magistrat les reçut très rapidement. Ce dernier, après avoir serré les mains des deux enquêteurs, leur désigna les sièges.

— Alors, demanda le juge, quelles nouvelles ?

— Nous progressons, monsieur le juge, à petits pas mais nous avançons. Nous sommes allés entendre les anciens collaborateurs du professeur Fromentin, au CHU de Lyon. Il ressort de cela que sous l'étiquette de grand chirurgien se cachait un prédateur sexuel redoutable puisqu'il avait fait croire à tous les personnels qu'il était marié. Étant de ce fait hétéro, il éloignait les soupçons sur lui concernant d'éventuels ragots. Nous avons quand même découvert qu'un autre jeune interne avait été violé en décembre 1994. Il s'agit de Ludovic Michelot. Le lendemain de son agression, il s'en est ouvert dans la salle de repos du service. Tous les soignants étaient présents ainsi que Fromentin. Ce dernier a dissuadé Ludovic d'en parler au directeur ou de déposer plainte pour éviter de salir la réputation du CHU. La piste d'une vengeance par la victime tombe à l'eau. Ludovic Michelot étant décédé depuis plusieurs mois. En revanche, il avait un frère un peu plus âgé que lui. Il est dentiste à Cahors. Nous souhaiterions aller l'interroger sur son emploi du temps des derniers jours.

— Très bonne idée. Marie, vous tapez une CR pour auditionner le nommé Nicolas Michelot, c'est bien cela, major.

— Affirmatif. L'adresse est 235 boulevard du midi à Cahors.

Le juge signa le document et le remit à Bernard. Il ajouta :

— Bon courage, vous me tenez au courant.

— Comptez sur moi.

Bernard appela Paulo :

— Paulo, je te laisse la boutique. Tu rends compte au commandant des dernières avancées de l'enquête et tu le mets au courant de notre déplacement sur Cahors. On se voit en fin d'après-midi si tout va bien.

Le trajet fut finalement assez court. Ils arrivèrent à l'adresse du cabinet dentaire un peu avant onze heures. Celui-ci était installé dans un bâtiment cossu, datant du début du siècle. La porte d'entrée était visiblement d'époque. Elle était en bois massif et sculptée de bas-reliefs. Sur le côté, plusieurs noms avec sonnettes. Une plaque en cuivre portait le nom et la profession de Nicolas Michelot. Bernard appuya sur le bouton correspondant. Un grésillement indiqua que l'huis était déverrouillé. Le dentiste était installé au second étage. Il fallait de nouveau sonner avant de pouvoir pénétrer. Une jeune femme vêtue d'une blouse blanche, d'une charlotte sur la tête et d'un masque chirurgical leur ouvrit. Elle paraissait surprise de voir ces deux personnes devant elle.

— Vous n'avez pas rendez-vous, me semble-t-il.

Bernard sortit sa carte professionnelle et expliqua :

— Nous sommes mandatés par le juge d'instruction Bénédict du tribunal de grande instance de Sellonge-sur-Mérac pour entendre Nicolas Michelot.

— Entendre ?

— C'est madame, un terme juridique qui signifie, si vous préférez, auditionner.

— Mais c'est que le docteur est surchargé de travail, je ne sais pas si…

— Madame, comment dire, soit votre dentiste nous reçoit dès qu'il en a terminé avec son patient soit nous le plaçons en garde à vue et l'embarquons avec nous. À vous de choisir.

— Bon, bon, je vais lui dire que vous êtes là et qu'il doit absolument vous accorder un peu de temps.

L'infirmière entra dans la salle d'attente. Elle s'adressa à la personne qui attendait patiemment son tour pour lui signifier qu'il y aura un peu d'attente.

Dix minutes plus tard, un homme d'un certain âge sortait du cabinet suivi par le praticien. Ce dernier, un homme d'une quarantaine d'années, habillé d'une blouse bleue, coiffé d'une charlotte et d'un masque chirurgical qu'il avait laissé pendre sous son menton, se présenta devant les gendarmes. Bernard le salua et présenta sa carte professionnelle et remit en main propre la commission rogatoire. Le praticien la parcourut et demanda :

— J'ai beaucoup de travail ce matin, y en a-t-il pour longtemps, et d'abord que me voulez-vous ?

— Tout dépend de vos réponses, il faudrait que nous puissions nous poser quelque part. Nous allons vous expliquer le but de notre présence ici.

Le dentiste pria ces visiteurs de le suivre dans une pièce contiguë. Elle était meublée d'une table et de chaises, une cafetière et un réfrigérateur. Il y avait également plusieurs appareils ressemblant étrangement à des micro-ondes. Devant l'incrédulité des gendarmes, il expliqua :

— Ce sont mes appareils de stérilisation des instruments que j'utilise au quotidien.

Léon prit place et sortit de son éternelle sacoche son portable extrafin et sa petite imprimante portative. Elle se dépêcha d'inscrire les renseignements d'identité du témoin et fit signe à

Bernard qu'elle était prête à transcrire les réponses de Nicolas. Bernard expliqua :

— Monsieur Michelot, vous aviez un frère prénommé Ludovic, c'est bien cela ?

— Tout à fait, mais pourquoi cette question ? Mon frère est décédé depuis quelques mois.

— Nous sommes au courant.

— Je ne vois toujours pas ce que vous me voulez.

— Nous souhaitons juste avoir votre emploi du temps de ces derniers jours. Disons depuis le lundi 15 mai ?

— Je peux savoir pourquoi ?

— Monsieur Michelot, gardez à l'esprit que c'est moi qui pose les questions. Si vous voulez reprendre votre travail rapidement, je vous invite à répondre de manière précise.

— Bon, et bien, ce n'est pas compliqué, j'étais en stage à Paris pour une formation sur le laser. J'ai pris le train dimanche 14 et suis rentré hier dans la soirée. C'est d'ailleurs pour cela que j'ai autant de travail. Je dois rattraper mes jours d'absence.

— Vous vous servez de laser pour soigner les dents ?

— Écoutez, je n'ai pas trop le temps de vous donner un cours sur le sujet mais oui, l'évolution de la dentisterie fait que l'utilisation du laser dans la décontamination des poches parodontales dans le traitement des gencives est un plus qui évite dans bien des cas des chirurgies classiques et désagréables. Cela ne me dit toujours pas quel est le rapport avec mon défunt frère.

— Nous sommes sur une enquête criminelle dont votre frère a été une victime.

— C'est quoi cette histoire, vous pouvez m'en dire un peu plus.

— D'abord, avez-vous gardé vos titres de transport ?

— Oui, je les ai dans ma sacoche. Attendez une minute.

Il se leva et fouilla dans son sac. Il en sortit plusieurs billets de train. Bernard vérifia les dates. Il n'y avait aucun doute, Nicolas n'avait rien à voir avec cette histoire. Bernard reprit :

— Monsieur Michelot, nous ne pouvons pas divulguer les éléments de cette affaire. Mais ce que je peux vous dire c'est que votre frère Ludovic a été agressé lors de son internat au CHU de Lyon.

— Agressé comment et pourquoi il ne nous a rien dit. Mais alors, son décès c'est à cause de cela ?

— Je n'ai pas la réponse à cette question et ne peux vous en dire plus. En revanche, si vous le souhaitez, je peux éventuellement vous dévoiler ce que nous savons lorsque nous aurons clôturé notre enquête.

— Je vous en serais très reconnaissant.

Bernard prit note sur son calepin. Léon clôtura le procès-verbal. Elle fit relire et signer le dentiste. Les enquêteurs reprirent le chemin de la caserne. Encore de la fatigue pour rien. Malgré tout, dans une enquête, il est indispensable de fermer un nombre incalculable de portes qui s'ouvrent. Ne pas s'assurer de la fiabilité d'une piste, de l'implication d'une personne ou ne pas se déplacer pour recueillir un témoignage à cause d'une distance kilométrique trop grande serait une faute qui pourrait faire capoter une enquête.

Les deux enquêteurs prirent le temps de se poser dans un petit restaurant avant de repartir. Ils arrivèrent au bureau en fin de soirée. La procédure avait été mise à jour. Le personnel attendait le résultat de l'audition de Nicolas Michelot. Bernard expliqua que cette piste s'arrêtait là. Il était temps de rentrer chacun chez soi.

Christiane, la compagne de Bernard, avait cuisiné une belle choucroute.

— Nous pourrions inviter Gilles, qu'en penses-tu, Bernard ?

— Bonne idée, je l'appelle.

Gilles était enchanté par l'idée de passer cette soirée en compagnie de ses amis. Il avait cependant indiqué qu'il ne serait pas libre avant vingt heures. Il lui restait à terminer un rapport d'autopsie pour le parquet. Ce dernier devait partir demain sans faute. Cela ne dérangeait nullement Christiane et Bernard. Gilles termina son travail plus tôt qu'il ne l'espérait. Il rentra chez lui vers dix-neuf heures, pour prendre une douche et se changer. En arrivant, il sortit du frigidaire sa bouteille de « sodaStream ». Il adorait se faire des boissons gazeuses à différents parfums. Ses préférées étaient « mojito » « agrumes » « cola ». Il s'en servit un grand verre. Il alla ensuite dans la salle de bains. Il se déshabilla, mit ses vêtements sales dans la corbeille à linge et passa sous la douche. Il se passa un petit coup de rasoir électrique. Une petite friction d'après-rasage. Il passa ensuite dans sa chambre. Il ouvrit l'armoire et déposa sur son lit un pantalon noir, une chemise blanche et une veste assortie. Il s'approcha de sa commode, tira le tiroir du haut et se pencha pour récupérer un caleçon et des chaussettes. Il ressentit comme un effet de tangage. Sa tête était devenue lourde. Il s'assied sur son plumard. La pièce tout entière semblait tourner sur elle-même. Il se demanda ce qu'il se passait. Il essaya de se lever et retomba lourdement. Deux minutes plus tard, il avait perdu connaissance.

Bernard s'était douché et changé. Il rejoignit sa compagne dans la cuisine. Elle lui demanda de couper de très fines tranches de jambon de montagne et de saucisson pour l'apéritif. Ce qu'il fit avec un grand plaisir. Une bouteille de Gewurztraminer avait été mise au frais pour accompagner la charcuterie, ainsi qu'une de Riesling à servir avec le plat de résistance. Il fallait rester en Alsace, la région d'origine de la fameuse choucroute. Vingt heures quinze, puis trente, puis quarante-cinq et toujours pas de Gilles. Christiane trouvait curieux que leur ami ne soit toujours pas arrivé. Elle en parla à son homme :

— Ce n'est pas normal que Gilles ne soit pas arrivé, tu n'es pas de mon avis, il est très en retard. D'habitude, il téléphone pour ne pas nous inquiéter, qu'en penses-tu ?

— Je ne sais pas, il avait un travail à terminer. Il m'a dit qu'il ne serait pas chez nous avant vingt heures.

— Sauf qu'il est neuf heures moins le quart. Gilles est quelqu'un de poli et respectueux, il aurait dû appeler pour nous avertir.

— Je vais essayer de le joindre.

Bernard composa le numéro de son ami. Après quatre sonneries, il tomba sur la messagerie. Il se rabattit sur le téléphone fixe et obtint le même résultat.

— Soit il est déjà parti et il a oublié son portable, soit il y a une embrouille. J'attends cinq minutes, s'il n'est pas là, je file chez lui.

Le délai passé, Bernard alla chercher son arme dans le coffre mural. Il fit la bise à Christiane, récupéra les clés de sa voiture et partit au pas de course. Il arriva chez son ami en moins de dix minutes. Il habitait une maison de plain-pied à la sortie de la ville en bordure de forêt au 185, route de Montpellier. C'était la seule villa sur des kilomètres. Il n'y avait pas de clôture, un petit chemin herbeux faisait le tour de la demeure. Bernard remarqua tout de suite la présence du véhicule de Gilles stationné sur le bas-côté. Une sorte de pressentiment, voire de malaise, l'envahit immédiatement. Il descendit précipitamment de son auto. Il grimpa les quatre marches qui conduisent à la porte d'entrée. Il l'ouvrit et sentit tout de suite une sorte de courant d'air qui provenait du fond du couloir, où se trouvait la chambre de Gilles. Dans le même temps, il entendit très nettement provenant de l'arrière de la maison, le bruit d'une grosse moto qui démarrait. Il se retourna, recula sur les marches et vit déboucher le gros cube du chemin de terre, s'engager sur le bitume et mettre les gaz. Bernard se précipita dans la chambre et resta pétrifié par la vision de son ami étendu nu sur son lit, les yeux ouverts, une seringue plantée dans la carotide, reliée à une poche de sang. La fenêtre était grande ouverte. Le tueur s'était échappé par là.

La première chose qu'il fit c'est de s'emparer de la Thermosoudeuse qui était sur le lit et scella le tube qui alimentait la poche de sang pour mettre fin à l'écoulement sanguin. Il s'assura que Gilles malgré son état comateux était toujours en vie. C'était le cas. Il s'empara de son portable et appela immédiatement le 112. Une voix assurée répondit :

— SAMU de Sellonge-sur-Mérac quel est votre problème ?

— Bonjour, major Liodard de la gendarmerie de Sellonge-sur-Mérac, une grosse hémorragie niveau carotide, perte abondante de sang, villa « Brisecagnotte » 185 route de Montpellier, c'est la dernière maison à la sortie de la ville, cela urge.

— Je vois où cela se situe, une équipe vient de partir, elle sera vers vous dans moins de dix minutes.

— Merci.

Il se rua ensuite dans la salle de bains, ouvrit l'armoire à pharmacie. Heureusement que Gilles était médecin, il y avait de quoi soigner une partie de la ville. Il s'empara de plusieurs sachets de compresses, d'un rouleau de sparadrap et d'une paire de ciseaux. Il revint vers son copain.

Bernard ne savait pas s'il devait retirer l'aiguille qui était fichée dans le cou de Gilles. Le fait d'avoir scellé le tube avait arrêté l'écoulement dans la poche. Il réagit aussitôt en enquêteur. Il lui fallait du renfort. Il appela Léon :

— Léon, tu es chez toi ?

— Oui pourquoi, un souci ?

— Un gros, habille-toi rapidement et rejoins-moi chez Gilles, tu sais où il crèche ?

— Oui, sur la départementale, mais il se passe quoi avec Gilles ?

— Pas le temps, fonce.

Puis le TIC :

— Victor, c'est Bernard, tu es libre ?

— Affirmatif, tu as besoin de moi ?

— Oui, c'est urgent, viens à la sortie de la ville sur la départementale, direction Montpellier, c'est la dernière villa.

— Mais c'est celle de Gilles.

— Oui, dépêche-toi, je t'attends.

Léon et le TIC arrivèrent en moins de dix minutes juste avant l'arrivée du SAMU. Léon se présenta dans l'encadrement de la porte. Elle cria : « Nooon ». Bernard la rassura :

— Il est vivant, je suis arrivé à temps.

Victor se précipita, il pesta :

— Putain Gilles, ne me dis pas ?

— Non, il est encore en vie. Prends vite quelques clichés avant que les urgentistes ne s'occupent de lui.

Victor prit une dizaine de photos à toute vitesse. Bernard expliqua :

— On se met sur le côté pour laisser la place au médecin.

Ce dernier, un homme d'une cinquantaine d'années, habillé tout en blanc, se présenta. Il marqua un temps d'arrêt devant le spectacle et demanda :

— C'est quoi ce cirque ?

Bernard pesta :

— Occupez-vous de lui, je vous explique en même temps.

— Le toubib déposa son lourd sac d'intervention à terre, il jaugea ce qu'il convenait de faire.

— Lorsque je suis arrivé, reprit Bernard, le sang coulait dans la poche qui est ici. Je me suis servi de la Thermosoudeuse pour arrêter l'hémorragie. Je n'ai pas osé enlever l'aiguille.

— Vous avez bien fait reconnu l'homme en blanc.

Le médecin était d'un calme absolu. Il réagissait vite. Il plaça un saturomètre au bout de l'index. Il s'empara d'une compresse épaisse, la positionna sur l'entrée de l'aiguille, retira celle-ci tout en appuyant fermement pour permettre aux plaquettes de refermer le minuscule trou pratiqué dans la veine. Il plaça un morceau de sparadrap pour tenir le tout. Il s'empara d'un masque à oxygène qu'il plaça au niveau du nez. Il regarda Bernard et expliqua :

— Le bout des doigts est violacé comme les lèvres, signe d'un manque d'oxygénation du sang qu'il lui reste. Vous le connaissez ?

— C'est notre ami et il est accessoirement médecin légiste. Nous sommes aux trousses d'un détraqué qui assassine les gens en leur soutirant un maximum de sang. Il venait faire une nouvelle victime. J'espère être arrivé à temps, qu'en pensez-vous ?

— Nous allons le placer en réanimation à l'hôpital. Je ne vais pas prendre de risques à me prononcer. Il est visiblement dans le coma. Nous en saurons plus d'ici vingt-quatre à quarante-huit heures.

Il appela un des ambulanciers qui attendait dans le couloir avec leur brancard.

— Je vais commencer par lui réinjecter son sang. Tout au moins celui qui vient d'être soutiré. Vous allez me tenir la poche le plus haut possible dès que je vous le dirais.

Le médecin s'empara d'une poche vierge qu'il trimballait dans sa caisse d'intervention. Il sectionna une partie du tuyau qui comportait une aiguille au bout de celui-ci. Il bidouilla un truc avec pour qu'il puisse être fixé au tube qui était relié à la poche emplie du sang à transfuser. Il tapota ensuite l'intérieur du bras droit de Gilles afin de faire gonfler une veine. Il enfonça l'aiguille à l'intérieur. En quelques secondes, le liquide poisseux était réinjecté dans le corps de Gilles. Le médecin fit signe aux brancardiers qu'ils pouvaient désormais installer le corps de Gilles sur le brancard. Une fois dans l'ambulance, le matériel médical chargé, le camion s'ébranla dans un vacarme de sirènes afin de s'ouvrir la route.

Léon demanda :

— Bernard, tu peux nous expliquer ce qui vient de se passer ici ?

— Ce n'est pas compliqué. Gilles devait venir manger chez moi ce soir. Ne le voyant pas arriver, je suis venu voir ce qui se passait. Le tueur était là. Il a probablement entendu ma voiture s'arrêter devant la villa et ma porte claquer. Lorsque je suis entré, j'ai senti un courant d'air qui venait du fond du couloir. Puis j'ai entendu une grosse moto démarrer. J'ai juste eu le temps de l'apercevoir filer en direction de la ville.

— Tu as reconnu le modèle ?

— Au bruit, c'est une « Kawasaki » sans aucun doute. Elle est de couleur rouge. La plaque arrière est trop petite pour que j'aie eu le temps d'enregistrer le numéro. Le gars à un casque intégral noir. Victor, tu passes la pièce au peigne fin. Je te fais confiance. Nous te laissons la place.

Bernard et Léon commencèrent à faire le tour de l'appartement. Dans la chambre en face de celle de Gilles, un aspirateur avait été déposé, branché à une prise de courant, prêt à l'emploi. Dans la cuisine, sur le plan de travail, il y avait une bouteille de « sodastream » et un verre. Bernard dévissa le bouchon. Le gaz chuinta et des milliers de bulles remontèrent. Les deux enquêteurs se regardèrent. Léon lança une hypothèse :

— Gilles a visiblement bu un verre de cette boisson. Il a peut-être été drogué avec ce liquide. Qu'en penses-tu ?

— Possible. Nous allons la porter à analyser à l'IML. L'assistant de Gilles se chargera de récupérer et de nous transmettre les résultats. Quand je pense que j'étais à deux doigts de neutraliser l'assassin. Quand ça veut pas, ça veut pas. Bon, nous allons attendre que Victor termine son travail. On jettera un coup d'œil à la chambre ensuite mais je doute que nous trouvions quelque chose. Allons voir où il en est.

Victor avait un grand sourire. Cela changeait de le voir faire la gueule sur les dernières scènes de crime.

— Oh là, dit Bernard, tu as quelque chose, je me trompe ?

— Regardez cela, cette belle petite boîte multi-usage en plastique rigide. Elle était glissée sous le lit. Elle contient plusieurs paires de gants en caoutchouc, des masques chirurgicaux, des poches à sang, une lampe torche, une autre Thermosoudeuse et du petit matériel, pinces, tournevis plat et cruciforme. Il y a aussi ce sac à bandoulière en toile de jute. Il devait la transporter là-dedans.

— Si tu as ce magnifique sourire, c'est que tu as prélevé des empreintes digitales, non ?

— Alors, rien de rien sur le contenant et le contenu. Le gars est carré, il ne doit tripatouiller son matos qu'avec des gants. En revanche, il s'est fait baisé, il a laissé deux jolis pouces et la trace d'un index vous savez où ?

— Comme d'habitude, répondit Bernard, pour les armes à feu, on ne retrouve rien sur l'arme proprement dite parce qu'elles sont manipulées avec des gants, sauf pour mettre les cartouches. C'est là que le bât blesse. J'imagine qu'en voyant la lampe démontée, tu as trouvé ce que tu cherchais sur les piles ?

— Bravo major. Je vais rentrer au bureau les passer au FNAEG dans la foulée.

— Non, nous allons faire mieux que cela. On place tout le matos sous scellé. À trois, nous n'en avons pas pour longtemps. Ensuite, on referme tout ici. Les empreintes peuvent attendre demain. Une choucroute cela vous dit ?

— Ho putain que oui, lança Victor, la dernière que j'ai mangée remonte à quelques années.

— J'adore, renchérit Léon, on va manger cela où ?

— Chez moi, j'appelle Christiane. Nous devions la manger avec Gilles.

Bernard appela sa compagne pour d'une part lui relater brièvement le déroulé de ce qui s'était passé chez Gilles et pour lui dire qu'ils seraient quatre pour s'occuper de son plat. Il appela ensuite l'hôpital pour avoir des nouvelles de son ami. Le médecin réanimateur lui expliqua qu'il était confiant quant à la récupération du légiste. Il avait bien réagi à la transfusion de son sang. Cela demandera probablement plusieurs jours avant qu'il quitte l'hôpital.

La choucroute était délicieuse, Christiane n'avait pas son pareil pour cuisiner ce plat sans qu'il n'y ait la moindre acidité. Les vins étaient à température et particulièrement charpentés. Bernard ne parlait jamais de ses enquêtes à la maison, Christiane le savait, néanmoins elle osa demander :

— Je sais que vous ne devez pas dévoiler la teneur de votre travail, mais j'aimerais bien savoir ce qui s'est passé chez Gilles. Il est aussi mon ami et je m'inquiète pour lui.

— Disons, poursuivit Bernard, que le tueur que nous traquons depuis plusieurs jours s'en est pris à lui. Sans trop en dire, nous avons quelqu'un qui se venge de sévices qu'il aurait subis. Cela se passe dans le milieu médical. Gilles fait partie du wagon. Il n'empêche que si notre ami est encore vivant ce soir, c'est grâce à toi, ma chérie.

— Pourquoi, je n'ai rien à voir là-dedans.

— Oh que si, c'est à cause de ta choucroute. Tu sais qu'il adore ce plat. Tu n'as pas résisté à l'envie de l'inviter à partager notre dîner. Si tu ne l'avais pas fait, Gilles aurait comme d'habitude passé sa soirée seul. Ce n'est que demain matin que nous nous serions aperçus de son absence. Cela aurait été pour de bon. J'espère seulement qu'il va se remettre sans trop de séquelles. Nous allons changer de sujet pour pouvoir passer une bonne soirée. Avant cela, je tenais à vous remercier tous les deux Léon et toi Victor pour votre disponibilité et votre réactivité. Vous m'avez été d'un grand secours.

La soirée s'éternisa jusqu'à pas loin de minuit. Ils avaient besoin d'être ensemble pour évacuer le trop-plein de stress emmagasiné lors de l'affreuse vision de leur ami aux portes de la mort.

Jeudi 3 juin 2010, 8 heures du matin, les gendarmes étaient réunis dans la salle de réunion avec une tasse de café à la main. Victor vint les rejoindre. Il apportait les photos prises la veille au soir. Bernard lui désigna un siège et alla jusqu'à la cuisine pour lui rapporter un petit noir. Ensuite, il se leva et expliqua :

— Vous êtes tous bien assis, tant mieux. Hier au soir, notre ami Gilles Mavier a été victime du tueur que nous traquons.

Les vociférations et les visages graves en dirent long sur les rapports d'amitiés que chacun avait liés avec le légiste. Bernard calma tout le monde en poursuivant :

— Rassurez-vous, le fait que Gilles devait dîner chez moi a fait que je sois arrivé juste à temps. Je l'ai trouvé à poils sur son lit, une grosse aiguille reliée à une poche de sang, plantée dans la carotide. J'ai réussi à arrêter l'écoulement en me servant d'une Thermosoudeuse. Il a été pris en charge par le SAMU et est hospitalisé. Je ne vous cache pas qu'il est passé très près de vie à trépas. Pour vous résumer de manière concise l'affaire, ne voyant pas arriver Gilles à la maison, je suis allé voir ce qui se passait chez lui. Le tueur était là. Il m'a sans aucun doute entendu arriver. Il a sauté par la fenêtre et s'est enfui à moto. Au bruit du moteur, j'ai reconnu une Kawasaki. Le bolide est de couleur rouge, le casque noir. Il n'a pas eu le temps de ramasser son matériel. Victor a relevé plusieurs empreintes digitales. Autre chose, une bouteille de « sodastream » était sur le plan de travail avec un verre. Il est possible que cette boisson ait été trafiquée par notre tueur. Léon et Victor m'ont été d'un grand secours. Je lui laisse la parole.

— Merci major. Ce matin de bonne heure, j'ai mis à tourner les empreintes dans le FNAED. Pendant ce temps-là, je suis allé jusqu'à l'IML. L'assistant de Gilles venait d'arriver. Je lui ai expliqué la situation. Il était bouleversé. Je lui ai remis la bouteille de soda. Il est allé immédiatement la porter à analyser. Il m'enverra les résultats dès qu'il les aura. De retour, au bureau, j'ai vérifié ce que m'a craché le fichier. Réponse négative, le gars n'est pas connu. Autre chose, j'ai pris soin de placer les piles de la lampe sur lesquelles j'ai prélevé les traces palmaires sous scellés. Je les ai envoyées au labo pour qu'ils puissent éventuellement sortir un ADN. Cela pourrait nous aider si nous arrêtons un suspect. Je vous ai apporté le matériel abandonné par le tueur. Il n'y a plus qu'à remplir les cartons de scellés. Je vais afficher les photos que j'ai prises hier soir.

Tous se sont précipités pour voir les clichés représentant leur ami, en gros plans, les yeux dans le vague, une aiguille plantée dans la carotide. On pouvait lire de la colère sur les visages de ces gendarmes. Le tueur s'en était pris à leur pote. Ils allaient cravacher d'autant plus pour le mettre hors d'état de nuire. Paulo demanda :

— Je ne comprends pas, pourquoi il s'en est pris à Gilles ?

— Parce que Gilles était interne au CHU de Lyon. Il avait découvert que Fromentin était un prédateur sexuel. Il savait qu'au moins un des jeunes médecins avait été violé par ce professeur. J'imagine que le tueur ne lui a pas pardonné son silence. Il lui reproche sans aucun doute de ne pas avoir dénoncé les agissements du cardiologue auprès du directeur de l'établissement. Gilles a laissé faire en toute connaissance de cause, ne se sentant pas assez fort pour affronter Fromentin. Nous revoilà une nouvelle fois avec cette histoire de violences sexuelles au CHU de Lyon. C'est donc que celui que nous traquons est certainement une victime que nous n'avons pas encore identifiée.

Le portable de Victor venait de vibrer. Il ouvrit le message qui s'affichait à l'écran. C'était l'analyse du soda. Elle était négative. Aucun produit sédatif, drogue ou autre n'avaient été détectés dans le liquide. Bernard s'énerva :

— Mais nom d'une pipe, qu'est-ce qui nous échappe ? Gilles n'est pas une mauviette. Comment son agresseur s'y est-il pris pour le faire tenir tranquille ? C'est quoi son truc ? Nous étions les trois présents lorsque le médecin du SAMU et les infirmiers ont positionné Gilles sur le brancard. Il n'avait aucune trace, pas d'ecchymoses laissant penser que notre ami s'est rebellé. Quelqu'un a une idée ?

Personne n'avait compris comment cet assassin arrivait à neutraliser ses victimes sans les assommer chimiquement. Il y avait peut-être une plante ayant des propriétés soporifiques indétectables aux analyses. C'était aux yeux des enquêteurs la seule explication plausible. Bernard était parti dans ses pensées. Il était stoïque, le regard dans le vague, les mains posées à plat sur la table. Léon qui travaillait en binôme avec lui depuis plus de cinq années osa l'interrompre dans sa réflexion :

— Bernard, tu es parti où ?

Ses yeux retrouvèrent leur éclat, il regarda chacun de ses collègues de travail et murmura :

— J'ai merdé !

— Pardon, répondit Jojo, merdé où ?

— Je viens de me rendre compte que je m'y suis pris comme un manche.

— Pourquoi, demanda Olive, je ne vois pas où nous aurions merdouillé ?

— C'est de ma faute, je n'ai pas percuté. Nous sommes allés entendre celles et ceux qui travaillaient avec Fromentin, nous sommes d'accord ?

— Ben oui, répondit Paulo, et alors où est le blême ?

— Il est que nous aurions également dû entendre tous celles et ceux qui ont quitté ce service.

— Merde alors, cela ne m'a pas effleuré, insista Gus. Tu crois que nous aurions eu d'autres renseignements que ceux révélés par les personnels de Lyon.

— Pourquoi pas, il suffit d'une personne un peu plus proche du boss ou quelqu'un qui, comme Gilles, ait surpris Fromentin dans ces œuvres sans avoir le courage d'en parler. Cela ne coûte rien de tenter le coup.

— Tu veux que nous nous rendions une nouvelle fois là-bas ?

— Non, je vais appeler le directeur. Il m'a donné son numéro de portable.

Bernard s'exécuta. George Martial le reçut cordialement au téléphone. Il répondit :

— Bonjour Major, que puis-je pour vous ?

— Vous pourriez rechercher dans vos archives quels sont les soignants qui ont quitté le service du cardiologue et pour quelle destination ?

— Vous avez une adresse électronique, major ?

— Affirmatif, je vous la donne.

Ce qu'il fit.

— Bon, reprit Martial, je recherche tout cela et je vous transmets ces renseignements par internet. J'imagine que c'est urgent ?

— Ça l'est.

— Très bien, je fais le plus vite possible.

— Un grand merci à vous, monsieur le directeur.

En moins de vingt minutes, ils avaient la réponse. Bernard imprima celle-ci pour y voir plus clair. Il y avait trois infirmières et un anesthésiste. Toutes ces personnes avaient été recrutées par le CHU de Bordeaux. Leurs noms : Colette Mamers, Clotilde Amandin, Marina Sanson et Thierry Honorin.

Bernard appela le juge Bénédict. Ce dernier pouvait le recevoir dans la demi-heure. À l'heure dite, Léon et Bernard se retrouvèrent dans le bureau du magistrat.

— Alors major, où en est-on de cette affaire de vampires ?

— J'ai une très mauvaise nouvelle à vous apprendre, j'ai préféré vous l'annoncer de vive voix plutôt que par téléphone.

— Allez-y, je m'attends à tout.

— Gilles Mavier, notre légiste a été agressé hier soir par le tueur. Les circonstances de la soirée ont fait que je suis arrivé à temps. L'assassin était sur place en train de vider Gilles de son sang. Il a pris la fuite à bord d'une grosse moto en m'entendant arriver. Gilles est actuellement en réanimation. Ses jours ne sont plus en danger. Nous avons quand même grâce à notre TIC Victor Tramblay progressé. Il a réussi à prélever des empreintes digitales qui malheureusement ne sont pas répertoriées dans le fichier national et peut-être un ADN. Pour ce dernier, nous attendons le résultat du labo.

— C'est pas possible. J'espère qu'il se remettra vite. Quelque chose d'autre ?

— Oui, monsieur le juge, il nous faudrait une commission rogatoire pour aller entendre à Bordeaux au CHU les quatre personnels qui faisaient partie de l'équipe qui travaillait avec Fromentin.

— C'est quoi le lien avec l'affaire ?

— Nous sommes certains que ce qui motive le tueur est la vengeance. Notre certitude s'est renforcée depuis l'agression sur notre légiste. C'est la celle explication possible. L'assassin est probablement une victime du professeur que nous ne connaissons pas encore. Les personnels que nous avons entendus au CHU de Lyon nous ont appris que deux étudiants avaient été violés en 1994 et début 1995. Nous n'avons rien pu tirer d'autre de ces témoins. J'ai contacté ce matin George Martial, le directeur du

CHU de Lyon, il m'a envoyé les noms des quatre personnes ayant été mutées à Bordeaux. Imaginons qu'une d'entre elles ait été témoin d'un ou de plusieurs autres viols, ce serait idiot de passer à côté.

— Vous voulez donc aller les entendre sur place ?

— Je ne sais pas ce que vous en pensez mais ce serait judicieux.

— Marie, vous établissez la CR.

— C'est déjà fait, monsieur le juge. Voilà, vous n'avez plus qu'à la signer.

— Merci Marie. Major, je reconnais que vous avez avec votre personnel effectué un bien joli travail. Je vous en remercie. Je reconnais que pour ma première instruction criminelle, elle est plutôt gratinée. Je vous souhaite bonne chasse.

Les deux enquêteurs regagnèrent leur bureau. Bernard expliqua la manœuvre à son personnel :

— Je vais appeler le CHU de bordeaux. Je veux être certain que les personnes que nous devons entendre seront présentes demain matin. Il n'est pas question que nous fassions près de deux heures de route pour rien. Je vous tiens au courant.

Bernard eut rapidement le directeur de cet établissement. Il eut affaire à un homme très à l'écoute. Ce dernier lui demanda son numéro de portable. Il allait se renseigner sur la présence des quatre soignants pour le lendemain matin. Il rappela moins de dix minutes plus tard. La réponse était positive. Chaque personnel avait été prévenu de la venue des enquêteurs. Ils seront à sa disposition. L'affaire paraissait bien engagée. Bernard réunit ses hommes et expliqua :

— Bon, tout est OK pour demain. Il me faut deux gars pour aller faire le plein des véhicules. Un autre s'occupe des réquisitions autoroute. Léon, tu t'occupes des cartes carburant. Je monte rendre compte de la situation au Boss. Ensuite, chacun rentre chez lui prendre un peu de repos. Cet après-midi, quartier libre. On décolle demain matin à six heures pétantes. Nous devons être là-bas avant neuf heures. Aller à demain.

Vendredi 4 juin, l'équipe de la BR au complet arriva à l'heure dite au CHU de Bordeaux. Bernard se présenta à l'accueil et expliqua qu'ils étaient attendus par le directeur de l'établissement. La responsable s'empressa de le prévenir que les membres de la BR de Sellonge-sur-Mérac étaient arrivés. Quelques minutes plus tard se présentait un homme d'une bonne quarantaine d'années. Il était vêtu d'un costume cravate anthracite. Il avait les cheveux châtain coupés court. Il portait des lunettes dont la monture était quasi invisible. Cela lui donnait un air de professeur de français. Il tendit une main manucurée à Bernard, un large sourire illuminait son visage. Il salua les autres gendarmes et demanda :

— Vous avez fait bonne route ?

— Sans problème, répondit le major.

— Voudriez-vous prendre un café avant de commencer vos interrogatoires ?

— Volontiers, monsieur le directeur.

Il conduisit le petit groupe jusqu'à la cafétéria. Tout le monde s'installa autour d'une table. Il passa commande et ajouta :

— Il est nettement meilleur ici qu'à la machine dans le hall. Vous êtes sur une enquête plutôt sérieuse pour vous déplacer en si grand nombre, je me trompe ?

— Disons, répondit Bernard, que nous ne pouvons pas parler de l'affaire tant qu'elle n'est pas close. Ensuite, si nous sommes si nombreux, c'est pour pouvoir interroger plus de personnes d'un seul coup pour éviter de déstabiliser la bonne marche de l'hôpital. Il nous faudrait si possible trois pièces différentes puisque nous auditionnerons trois témoins à la fois.

— Aucun souci. Nous avons une salle de détente et deux de repos par étage.

Après avoir avalé leur café, chaque groupe de gendarmes fut guidé dans une salle de repos. Léon sortit de son éternel sac d'intervention son ordinateur et son imprimante portative. Elle afficha l'imprimé destiné aux auditions de témoins. Une femme d'environ cinquante ans se présenta. Elle portait encore sur sa tête une charlotte et de grosses lunettes dorées. Elle n'était pas maquillée. Elle portait accrochée à sa poche de poitrine de sa veste, une petite montre et plusieurs stylos de couleurs variées. Elle salua les deux gendarmes et tendit à Léon sans qu'elle lui demande, une pièce d'identité. Il s'agissait de Colette Mamers, infirmière en bloc opératoire. Léon inscrivit les renseignements indispensables d'état civil. Ensuite, elle fit un petit signe à Bernard pour lui signifier qu'elle était prête à transcrire les réponses du témoin. Bernard expliqua :

— Madame Mamers, nous sommes ici dans le cadre d'une enquête pour homicide sur plusieurs personnes. Je vais faire appel à vos souvenirs. Si nos renseignements sont exacts, et je ne doute pas qu'ils ne le soient pas, vous avez exercé plusieurs années en arrière, votre travail au CHU de Lyon, c'est bien cela ?

— Oui, tout à fait.

— Vous étiez bien dans le service du professeur Fromentin ?

— Oui, c'est exact.

— Le directeur à cette époque était Marcel Jacquelin ?

— Oui, c'est cela.

— Nous souhaiterions savoir quel était le comportement de ce grand chirurgien envers les jeunes internes masculin.

Colette Mamers ouvrit de grands yeux. Elle ne s'attendait pas du tout à ce genre de question. Elle répondit :

— Mais pourquoi cette question ?

— D'habitude, c'est moi qui pose les questions. Je vais néanmoins éclairer votre lanterne. Messieurs Fromentin et Jacquelin font partie des victimes. Autrement dit, ils ont été sauvagement assassinés. Vous savez, madame Mamers, nous sommes des enquêteurs chevronnés. Nous avons auparavant entendu vos anciens collègues au CHU de Lyon. Nous avons plusieurs noms de jeunes hommes abusés ou plutôt appelons un chat un chat, violés par ce pervers narcissique qu'était Fromentin. J'imagine que vous avez sans aucun doute aperçu après toutes ces années passées là-bas que ce médecin profitait de sa réputation pour obliger ces internes à coucher avec lui ? Nous voulons que vous coopériez avec nous pour coincer le meurtrier que nous traquons. Il nous faut les noms de ceux qui ont souffert par la faute de Fromentin.

— Je ne m'attendais pas à cela. Effectivement, j'ai vu certaines choses innommables. Le professeur était couvert par le directeur qui était en poste à cette époque-là. Je ne sais pas comment il le tenait pour que ces agissements ne soient jamais sanctionnés. C'en était écœurant. Au début, je ne me suis pas méfiée de lui. Il faut dire que sa compétence dans la chirurgie cardiaque dépassait largement nos frontières. Il dégageait une aura qui faisait que nous le regardions comme le messie. Il faut dire qu'il savait s'y prendre avec les femmes. Figurez-vous qu'il portait une alliance lorsqu'il n'était pas au bloc. Il nous parlait régulièrement de sa femme. J'ai mis beaucoup de temps à m'apercevoir qu'en fait il était gay. Ce qu'il faut savoir c'est qu'il y a eu en 1993 le viol d'un interne.

— Vous êtes certaine de la date, ce n'était pas plutôt en 1994 ?

— Non, c'était en 1993, j'en suis certaine. Le problème, c'est que ce garçon ne l'avait pas crié sur les toits. Ce n'est pas facile de confier ce genre d'agression à quiconque. En revanche, il s'en était ouvert à Clotilde pour lui demander conseil. Il avait confiance en elle et tous deux s'entendaient super bien. Elle a gardé le secret sur cette histoire à la demande de l'intéressé, jusqu'en 1994, lorsqu'un deuxième interne s'est aussi fait violer.

— À ce moment-là, vous ne vous doutiez toujours pas que c'était l'œuvre de Fromentin ?

— Ah ! mais pas du tout. Il était clean, droit dans ses bottes. Insoupçonnable, le professeur. Même lorsqu'il y a eu un troisième viol en 1995, personne n'a jamais réellement cru que le violeur était Fromentin.

— Pourquoi dites-vous « réellement cru » ?

— Ben parce qu'il y avait à l'époque un interne probablement plus malin que les autres qui avait pressenti que le professeur était gay et qu'il abusait de son autorité envers les jeunes futurs médecins. Il avait été clairvoyant. Il a tenté de nous en parler. Quand je dis nous, je veux dire les titulaires. Nous ne l'avons pas cru et il a été mis en quarantaine. Nous aurions dû l'écouter. Jamais, nous aurions pensé que le violeur était notre patron.

— Vous vous souvenez de son nom ?

— Attendez, je l'ai sur le bout de la langue, ah, flûte, il ne me revient pas, c'est ballot.

— Son prénom ne serait-il pas Gilles ?

— Oui, c'est cela, Gilles Mavier. Je crois qu'il a changé de service à cause de ce que le professeur l'avait dans le nez. Il me semble qu'il a ensuite poursuivi ses études dans la médecine légale.

— Vous ne vous trompez pas, Gilles en plus d'être notre légiste, est un très grand ami.

— C'est pas possible, vous travaillez avec lui ? Vous lui passerez le bonjour de ma part s'il se souvient de moi.

— Je n'y manquerais pas. Poursuivons, si vous voulez bien, vous vous souvenez des noms des trois victimes de Fromentin ?

— Oh, que oui, attendez, le premier en 1993 a été Marc Barnabé, un petit gars qui est né aux Antilles et qui a passé sa jeunesse à Brive-la-Gaillarde. Le deuxième en 1994, c'est, je crois, Ludovic Michelot, il était de Digoin, il me semble et le troisième était si je me souviens bien Justin Philibert. Lui, il était de Cahors. J'ai même entendu dire que Valentin Choissard et Emilien Vandelle couchaient avec le professeur. Je ne peux pas être affirmative. C'est tout ce que je peux vous dire. Vous savez, je suis partie en même temps que mes trois autres collègues en juillet 1995, pour Bordeaux, après la dernière histoire de viol. Nous ne pouvions plus rester travailler dans cet hôpital, même si le professeur Fromentin venait de quitter l'établissement.

Léon clôtura l'audition, l'imprima et la fit relire. Colette la signa et retourna travailler. Les deux autres équipes s'occupèrent d'entendre Clotilde Amandain et Marina Sanson. Bernard alla chercher Thierry Honorin pour le questionner.

L'homme d'une cinquantaine d'années était relativement petit. Il avait l'air impressionné d'être devant les deux officiers de police judiciaire. Il était vêtu d'une blouse vert bouteille dont les deux boutons du haut n'étaient pas fermés et laissaient entrevoir un tee-shirt bleu lavande. Sur sa poche de poitrine était agrafé un badge sur lequel on pouvait lire Anesthésiste réanimateur. Il avait le cheveu rare et les yeux vert très clair qui bougeaient dans tous les sens tant sa nervosité était grande. Léon lui posa les questions habituelles sur son état civil. Elle fit signe à Bernard qu'elle était prête à noter les déclarations de l'intéressé. Le major attaqua :

— Monsieur Honorin, vous avez travaillé assez longtemps sous les ordres du professeur Fromentin, me semble-t-il ?

— C'est exact, environ cinq années, pourquoi cette question ?

— Parce que nous sommes sur une enquête criminelle dont les victimes sont Fromentin et Marcel Jacquelin.

— Comment, ils sont morts tous les deux, c'est ce que vous voulez dire ?

— Affirmatif. Ils ont été assassinés.

— Mais pour quelles raisons ?

— Vous n'avez pas une petite idée ?

— Ben non, comment je saurais ?

— Monsieur Honorin, vous êtes entendus par deux officiers de police judiciaire à la demande du juge d'instruction Bénédict du tribunal de grande instance de Sellonge-sur-Mérac. Vos déclarations vont être lues par ce magistrat. Je vais bien entendu donner mon avis sur le fait que vous ne nous avez pas répondu franchement aux questions que nous vous avons posées. En clair, vous nous avez baladés avec des réponses en quelque sorte à la mort moi le nœud. Or, voyez-vous, dans ce pays, les faux témoignages ou la rétention d'informations sont sévèrement punis par la loi. Moralité, continuez comme cela et je n'aurais d'autre alternative que d'appeler le juge en question qui, le connaissant, me donnera l'ordre de vous mettre en garde à vue et de vous mettre en examen pour ces délits. Je me suis bien fait comprendre ? La balle est dans votre camp. J'ajoute que vos camarades féminins ont collaboré sans la moindre hésitation.

— Oui, bon, c'est la première fois que je suis devant les gendarmes. J'ai un peu la trouille.

— Monsieur Honorin. Nous ne sommes là que pour recueillir des informations qui nous permettront probablement d'arrêter l'auteur de ces crimes.

— Bon, j'ai compris, que voulez-vous savoir ?

— Tout sur le comportement déviant de ce pervers qu'était le professeur Fromentin.

— C'était un gars plutôt avenant. Il était cependant, comment dire, très fier de son statut de grand ponte de la chirurgie cardiaque. Il en imposait quoi, vous voyez. Il était bienveillant envers les femmes de son service, sans toutefois les draguer à outrance. Cela m'a un peu surpris surtout que nous avions à l'époque deux ou trois infirmières plutôt bien roulées. J'ai mis cela sur le fait qu'il était marié, puisqu'il portait une alliance. Mais, un jour en 1993, je l'ai surpris dans la salle de repos en grande conversation avec un jeune interne masculin. Il s'agissait de Marc Barnabé. Il venait d'arriver au CHU. Je n'ai entendu que la fin d'une phrase. Il lui disait : « si tu veux que ton internat se passe au mieux, passe me voir ce soir dans mon bureau et soit gentil avec moi ». Sur le coup, je n'ai pas très bien saisi où il voulait en venir. Les jours ont passé. Je me suis aperçu que ce jeune en question était devenu taciturne, pas bien dans sa peau. J'ai mis cela sur le compte de la fatigue. Le travail au bloc opératoire est épuisant. Je ne me suis pas douté tout de suite de ce qui se passait réellement. Quelques jours plus tard, j'ai appris que ce garçon avait demandé à étudier dans un autre l'hôpital. Nous n'avons plus eu de nouvelles de lui.

Je me suis mis à regarder différemment le professeur. C'est là que je me suis rendu compte qu'il tournait autour des internes. J'en ai parlé à Colette qui était dans le service depuis plus longtemps que moi. Elle m'a assuré que je me faisais des idées. Quelques mois plus tard, Colette me demande de la suivre dans la salle de repos. Elle m'avoue : « tu avais raison, Archibald s'est enfermé dans son bureau avec le nouveau stagiaire. Ils sont restés un bon quart d'heure ensemble avant que le jeune ressorte. Il était tout rouge. Il s'est passé quelque chose de pas catholique là-dedans ». Puis il y a eu en 1994 un viol dont la victime était Ludovic Michelot. Il n'a pas souhaité déposer plainte pour ne pas nuire à l'établissement. Il a peiné à se remettre au travail. Je me suis rendu compte qu'il fuyait le professeur. Cela m'a intrigué. Puis, il y a eu une autre agression en 1995 sur Justin Philibert. D'après les bruits de couloir, lui est allé se plaindre au nouveau directeur. Là non plus, il n'y a pas eu dépôt de suites toujours pour la même raison, la réputation de l'établissement. Mais chose curieuse, à la suite de cette nouvelle agression, les langues se sont déliées et nous avons appris qu'il y avait déjà eu un interne violé quelque temps auparavant sur la personne de Marc Barnabé. Cela expliquait son changement de comportement. Enfin, il y a eu le départ précipité de Fromentin pour l'Afrique. Il est parti faire du bénévolat pour mettre ses compétences au profit des peuples défavorisés. En tout cas, c'est ce qui nous a été servi. Après toutes ces affaires sordides, j'ai préféré changer d'établissement avec trois de mes camarades.

— Vous ne voyez rien de plus à ajouter.

— Très franchement, non. Vous savez, ce professeur a sauvé énormément de gens, jeunes ou moins jeunes, grâce à son talent de chirurgien. Ce qui l'a perdu c'est son homosexualité maladive tournée particulièrement envers les jeunes hommes. Il s'est servi de son statut dominant pour assouvir ses fantasmes allant jusqu'à dépasser certaines bornes, je veux parler des viols. Finalement en vérité, je me doute qu'il a été renvoyé de l'hôpital par le directeur Martial, comme un vulgaire criminel, c'est bien cela.

Bernard ne releva pas. Léon clôtura la déclaration, l'imprima, la fit relire à Thierry Honorin qui la signa.

Bernard remercia l'intéressé pour son témoignage. Il fila en compagnie de Léon jusqu'au bureau du directeur. Il le remercia chaleureusement pour sa collaboration. Ce dernier proposa :

— Dites-moi major, il est presque l'heure de déjeuner, que diriez-vous de vous restaurer en bas au self. La nourriture est très correcte car préparée par de vrais cuisiniers, avec des produits faisant appel au circuit court. Toute la marchandise provient de chez des maraîchers travaillant en bio. De même que la viande et le poisson. Vous êtes mes invités.

Bernard accepta volontiers. Bernard appela ses deux équipes pour qu'ils se retrouvent au restaurant au sous-sol dès qu'ils auront terminé leurs auditions. Une demi-heure plus tard, les gendarmes faisaient le point dans un coin du self-service. Les renseignements recueillis convergeaient vers une seule et même nouvelle victime en la personne de Marc Barnabé. Quelques minutes plus tard, le directeur vint se joindre aux gendarmes. Il ne posa aucune question sur les éventuels renseignements qu'ils auraient pu recueillir auprès des quatre soignants. Le repas était finalement très bon, d'autant plus que ce genre d'établissement propose plusieurs entrées, plats et desserts. Chacun put dès lors trouver le menu à sa convenance. Les militaires reprirent le chemin de la caserne non sans avoir une fois de plus remercié ce chef d'établissement.

Les gendarmes arrivèrent en fin d'après-midi au bureau. Bernard rendit compte des dernières avancées de l'enquête au commandant de compagnie. Il appela une nouvelle fois George Martial. Le directeur le reçut cordialement au téléphone. Il lui demanda ce qu'il pouvait faire pour lui être agréable. Bernard posa sa question, à savoir s'il pouvait retrouver l'adresse des parents de Marc Barnabé. Quelques minutes plus tard, il recevait sur son portable le SMS suivant :

— Adresse parents de Marc Barnabé : 8 rue des jonquilles 19100 Brive-la-Gaillarde. Tel : 06.17.28.83.37.

Bernard appela immédiatement au numéro indiqué. Une voix d'homme répondit :

— Allo, qui est à l'appareil ?

— Bonjour, Monsieur, vous êtes bien monsieur Barnabé ?

— Oui, mais que me voulez-vous et qui êtes-vous, ce n'est pas encore un démarcheur, parce qu'il y en a marre.

— Non, rassurez-vous, je suis le Major Liodard de la brigade de recherche de Sellonge-sur-Mérac. Je souhaiterais avoir le numéro de téléphone et l'adresse de votre fils Marc.

— Vous êtes qui déjà ?

— La gendarmerie de Sellonge-sur-Mérac.

— Et pourquoi vous voulez l'adresse de Marc ?

— Écoutez, nous sommes sur une enquête délicate. Votre garçon a bien été interne au CHU de Lyon en 1993.

— Oui, tout à fait et que lui voulez-vous ?

— Simplement le contacter. Il peut en tant que témoin nous aider dans notre travail.

— Vous aidez, mais pourquoi ?

— Écoutez, monsieur Barnabé, nous voulons juste pouvoir parler à votre fils. Nous avons quelques questions à lui poser, c'est tout.

— Bon, bon, il est médecin à Saint-Étienne dans la Loire, son cabinet est 85 rue du col de la République et son domicile est 123 avenue Charles De-Gaulle, vous voulez aussi son téléphone ?

— Oui, s'il vous plaît.

— Alors c'est le 06.17.56.42.21.

— Merci, Monsieur Barnabé, désolé de vous avoir dérangé.

Bernard appela le juge Bénédict.

— Bureau du juge Bénédict.

— Bonjour Marie, le major Liodard au téléphone.

— Ne quittez pas, je vous passe monsieur le juge.

— Alors quelles nouvelles cette fois ?

— Nous avons bien fait de nous transporter sur place. Il y a eu un troisième viol. Il a eu lieu en 1993 sur le jeune interne Marc Barnabé. Je viens d'avoir son adresse par l'intermédiaire de son papa. Il est médecin et a son cabinet et son domicile, tenez-vous bien, à Saint-Étienne.

— Ah, très intéressant, ça. Voilà une belle avancée, vous ne croyez pas ?

— Monsieur le juge, nous ne devons pas nous enflammer. C'est une piste sérieuse, je vous l'accorde mais j'ai tellement vu dans ma carrière des évidences qui finalement ne menaient nulle part.

— Bon, j'ai compris, vous souhaitez une CR pour aller l'entendre sur place ?

— Tout à fait.

— Bon, envoyez quelqu'un la chercher, elle sera prête dans cinq minutes. On peut dire que cette enquête vous aura fait courir. Comment se porte Gilles Mavier, vous avez des nouvelles ?

— Non, monsieur le juge. Je rentre juste de Bordeaux et compte faire un saut tout de suite à l'hôpital.

— Encore une fois major, je vous souhaite bon courage.

— Merci monsieur le juge.

Léon se dévoua pour aller jusqu'au palais récupérer la CR en question. Bernard donna ses ordres :

— Les enfants, on ferme le bureau pour aujourd'hui. Demain, je pars entendre Barnabé à Saint-Étienne. Vous continuez à gratter et inclure les nouveaux procès-verbaux à la procédure. J'attends le retour de Léon et nous allons voir ou en est Gilles. J'espère qu'il a récupéré. Allez, bonne soirée.

Léon et Bernard se présentèrent à l'accueil de l'hôpital. Ils demandèrent si Gilles Mavier était sorti de réanimation. La réceptionniste consulta son ordinateur. Elle annonça, il est dans la chambre 404 au quatrième étage.

Les deux gendarmes furent soulagés par ces paroles. Ils se présentèrent devant la porte de la chambre en question. Bernard toqua à la porte. Une voix féminine répondit : « entrez ». Les deux militaires se regardèrent interloqués et après ce petit moment de flottement pénétrèrent dans la pièce. Gilles était allongé sur son lit. Son bras droit était relié à un goutte à goutte qui distillait un liquide transparent. Il tourna la tête en direction de la porte. Un franc sourire illumina son visage d'une pâleur d'anémie. Un énorme pansement du côté gauche masquait une partie de son cou.

À son chevet se trouvait une femme d'une petite cinquantaine d'années. Elle avait une certaine classe. Elle était habillée d'un pantalon pied-de-poule et d'un corsage pêche. Ses cheveux châtain clair étaient retenus en queue de cheval par un magnifique foulard bleu turquoise. Elle portait une élégante paire de lunettes et était légèrement maquillée. Ses mains aux doigts fins étaient terminées par des ongles vernis rouge foncé. Elle lança un regard interrogatif envers les deux personnes qui venaient de pénétrer.

Gilles articula avec peine :

— Léon, Bernard, quel plaisir de vous voir !

Les deux gendarmes saluèrent cette femme. Gilles reprit :

— Je vous présente Hélène, mon ancienne épouse.

— Bernard répondit : enchanté de faire votre connaissance, madame, même si l'endroit n'est pas approprié. Gilles m'a tellement parlé de vous.

— Et vous qui êtes-vous ? demanda-t-elle.

— Major Bernard Liodar et adjudante Léonie Médius. Nous travaillons depuis plus de cinq années avec Gilles. Nous sommes également très liés.

— Tu peux m'expliquer ce qui m'est arrivé, demanda Gilles. Je ne sais pas ce que je fais ici. Je ne me souviens que d'une chose : je suis entré chez moi et plus rien. Personne n'a pu me renseigner sur ce qui m'est arrivé.

— Tu ne te souviens de rien ?

— C'est le trou noir. Il me semble que je suis rentré à la maison pour prendre une douche. Si je me souviens bien, je devais dîner chez toi avec Christiane. Ah, oui, cela me revient, la choucroute, putain, j'ai manqué la choucroute de Christiane. Je suis dégoûté, Bernard.

— Ne dis pas cela. S'il n'y avait pas eu cette histoire de soirée à la maison, tu serais chez toi à la morgue, mais sur un de tes chariots en inox, et dans un de tes frigos.

— Pourquoi tu dis cela, je ne pige pas.

— Je te raconte en gros ce qui s'est passé. Le soir en question, je suis rentré chez moi. Christiane qui connaît tes goûts culinaires m'a suggéré de t'inviter à partager notre repas. Tu avais du boulot en retard. Tu m'as dit que tu arriverais vers vingt heures. À vingt heures trente, ne te voyant pas arriver, j'ai tenté de t'appeler sur ton portable et sur ton fixe. Comme tu ne répondais pas, je suis allé chez toi pour voir ce qui clochait. Le tueur était en train de s'occuper de toi, comme les autres. C'est pour cela que tu as ce pansement au cou.

— Nom de dieu, mais comment c'est possible. Vas-y, continue.

— Il a dû m'entendre arriver si bien que lorsque je suis entré il a sauté par la fenêtre. Je ne te dis pas ce que cela m'a fait quand je t'ai vu en train de perdre ton sang. Enfin, j'ai stoppé l'écoulement, le SAMU est arrivé très vite et s'est occupé de toi. Tu as une bonne étoile, Gilles.

— Je te dois la vie si je comprends bien.

— Penses-tu ? C'est juste un concours de circonstances. Le tout c'est que tu te remettes le plus vite possible. Comment te sens-tu ?

— Je suis complètement schlass. Je n'ai plus de force dans les jambes, encore moins dans les bras. Je suis épuisé. Le toubib m'a expliqué que c'est le contre coup de l'hémorragie. Autrement, tout baigne. Et vous où en êtes-vous, il y a du nouveau ?

Voyant l'hésitation sur le visage de Bernard, Hélène se leva et expliqua :

— Je vous laisse discuter un peu, je vais me dégourdir les jambes dans le couloir.

Une fois sortie, Bernard reprit :

— Nous sommes partis sur une histoire de vengeance. Le principal fautif c'est cet Archibald. Nous avons exploré plusieurs pistes. Pendant que j'y pense, tu as le bonjour de Colette Mamers, cela te parle ?

— C'est pas vrai, Colette, une chouette infirmière. Elle est toujours à Lyon ?

— Non, elle est partie à Bordeaux. Pour revenir à l'enquête, nous avons une piste qui paraît intéressante à Saint-Étienne. C'est juste à côté de cette grande ville où résidait Marcel Jacquelin, tu vois qui c'est ?

— Jacquelin, oui, c'est le directeur du CHU de Lyon. Pourquoi tu dis résidait ?

— Parce qu'il fait partie des victimes, assassinées par notre tueur.

— Ah ben, merde alors. Finalement, toute l'affaire est liée au comportement de ce con de Fromentin, c'est cela ?

— Affirmatif. Ce taré a violé au moins quatre étudiants. Les deux premiers ne sont plus de ce monde. Lui est toujours vivant, nous allons dès demain matin entendre ce qu'il a à nous dire.

— Mais pourquoi moi, je n'ai jamais agressé personne sexuellement, et encore moins des garçons ?

— Je pense que le tueur veut te faire payer le fait que tu savais ce que faisait Fromentin aux jeunes internes. Il doit te reprocher de ne pas être intervenu ou de ne pas avoir dénoncé ces agissements.

— Putain, mais je ne pouvais pas me pointer chez le dirlo et lui déballer ce que je croyais qu'il se passait avec ce taré de Fromentin. Je n'avais aucune preuve. Et même si j'en avais eu, quel poids j'aurais eu face à ce mastodonte de la chirurgie cardiaque. Je n'étais qu'un interne en fin de cycle. C'est d'ailleurs pour cela que j'ai bifurqué sur la médecine légale. Je n'en pouvais plus de l'ambiance délétère qui s'était installée depuis quelques semaines. Il faut me comprendre.

— Bon, nous allons te laisser te reposer. C'est super la présence de ta femme à tes côtés.

— Oui, je suis très content qu'elle ait répondu à mon appel. J'avais besoin de sa présence. Je t'aurais appelé dès qu'elle serait partie. Je vous remercie tous les deux pour votre amitié. Cela compte énormément pour moi.

— Bon, écoute, reste au maximum dans cette chambre. Cela nous permet de savoir que tu es en sécurité. Nous allons faire le maximum pour coincer le furieux qui dessoude tout le monde. Allez, repose-toi bien.

Les gendarmes rentrèrent chez eux, soulagés de voir que leur ami était sorti d'affaire. Bernard fixa le départ demain matin à quatre heures trente.

Vendredi 4 juin 2010, les deux militaires arrivèrent à sept heures trente devant la porte du cabinet du docteur Barnabé. Ils stationnèrent leur véhicule le long du trottoir d'en face. Ils allaient patienter jusqu'à l'arrivée du médecin pour pouvoir l'entendre avant qu'il commence ses consultations. Dix minutes plus tard, ils virent arriver à pied un homme d'une bonne quarantaine d'années. Il était élégamment vêtu d'un costume anthracite, d'une chemise blanche et d'un nœud papillon. Il portait une grosse sacoche en cuir. Il fit face à la porte en question, sortit un trousseau de clés et déverrouilla la serrure.

Bernard et Léon se précipitèrent. L'individu en entendant des pas dans son dos sursauta. Bernard expliqua immédiatement en sortant sa carte professionnelle :

— N'ayez pas peur, docteur, c'est la gendarmerie.

— Ah bon, vous m'avez fait peur.

— Vous êtes le docteur Barnabé, demanda Bernard ?

— Oui, et vous, qui êtes-vous ?

— Major Liodard et l'adjudante Médius. Nous souhaiterions vous poser quelques questions.

— Mais c'est que j'ai des rendez-vous, je ne suis pas libre.

— Voici, docteur, une commission rogatoire émanant du juge d'instruction Bénédict du TGI de Sellonge-sur-Mérac. Nous allons donc accomplir la mission qui nous conduit devant vous, à la demande de ce magistrat, à savoir vous entendre dans le cadre d'une enquête criminelle.

— Quoi, mais je n'ai tué personne, je soigne les gens, je ne les assassine pas.

— Docteur, il serait peut-être plus judicieux de rentrer pour pouvoir commencer votre audition. J'imagine que votre premier patient n'est pas attendu avant huit heures.

— Oui, effectivement.

— Donc plus tôt on s'y met, plus tôt vous êtes débarrassé de nous.

— Bon, suivez-moi.

Ils pénétrèrent dans une grande pièce meublée d'un grand bureau, avec d'un côté deux chaises pour les patients et de l'autre un magnifique fauteuil pour le médecin. Une autre pièce contiguë était équipée d'un lit brancard permettant aux malades de se faire ausculter. Les deux gendarmes prirent place. Léon sortit de son sac d'intervention son ordinateur et son imprimante portative.

Elle demanda une pièce d'identité et commença à remplir les renseignements d'état civil et de domicile. Une fois prête, Bernard attaqua :

— Monsieur Barnabé, j'imagine que votre papa vous a prévenu qu'un gendarme cherchait à vous joindre ?

— Oui, c'est vrai, il m'a appelé hier en fin de soirée. Je ne comprenais pas ce qu'il me disait. Vous êtes donc ici pour quelle raison ?

— J'y viens, docteur. Nous voudrions savoir ou vous étiez depuis le lundi 16 mai de cette année.

— Ah, elle est bien bonne, celle-là, où voulez-vous que je sois. Ici, bien entendu, avec la raréfaction des médecins dans les villes de moyenne importance, nous avons un travail démentiel. Tenez, voilà mon agenda du mois en question, vous pouvez vérifier. Si j'avais besoin d'un alibi, vous avez toutes ces personnes à appeler. Elles confirmeront que j'étais bien présent à mon cabinet. Vous souhaitez aborder un autre sujet ou c'est tout ?

— Non, ce n'est pas tout. Nous avons besoin d'une réponse à une question, disons délicate.

— Allez-y, je n'ai rien à cacher.

— Dans ce cas, tant mieux. Voilà, vous avez été interne au CHU de Lyon en 1993, c'est bien cela ?

— Oui, vous êtes bien renseignés, mais je ne vois pas où vous voulez en venir.

— J'y viens justement. Nous sommes convaincus, témoignages à l'appui, que vous avez été victime d'un viol de la part du professeur Fromentin. Vous pouvez nous expliquer ce qui s'est passé ?

Le médecin avait pâli d'un seul coup. Ses épaules s'affaissèrent, sa respiration devint saccadée, ses yeux s'embuèrent de larmes. Les deux gendarmes se regardèrent. Ils redoutèrent que le témoin ne tombe en syncope. Bernard demanda :

— Docteur, cela va aller ?

— Oui, ne vous en faites pas pour moi. C'est l'évocation de cette période de ma vie qui m'a perturbé. Comment êtes-vous arrivé à dénicher cette vieille histoire ? Quelqu'un a porté plainte contre le professeur ?

— Non, pas que nous sachions. En revanche, lui et l'ancien directeur, monsieur Jacquelin, ont été assassinés il y a quelques jours.

— Cela me fait presque plaisir de savoir que ce pédéraste de la pire espèce et cette espèce de dégonflé de directeur sont décédés de mort violente.

— Vous pouvez nous expliquer comment est-ce arrivé.

— Je ne sais pas trop. Je me souviens que tout le service était réuni pour fêter quelque chose. Quoi, je l'ai oublié. À un moment, je me suis senti mal. J'avais des vertiges, je ne tenais presque plus sur mes jambes. Le professeur Fromentin s'est approché de moi et m'a demandé ce que j'avais. Je lui ai fait part de mes symptômes. Il m'a répondu, ne restez pas là, il fait trop chaud, allons dans mon bureau pour que je vous examine. Je l'ai suivi sans me méfier une seule seconde. Il m'a fait passer dans la petite salle attenante à son bureau. Elle est équipée d'une télévision, d'un canapé et de deux fauteuils ainsi que d'une table basse. Il y a aussi une petite salle de bain avec douche italienne. Bref, je me souviens juste qu'il m'a installé sur le divan et puis plus rien. Je me suis réveillé complètement nu. Mes affaires avaient été balancées sur le fauteuil. J'ai repris mes esprits. J'ai essayé de me lever. C'est là que j'ai ressenti une douleur au niveau de l'anus. Je peux vous dire que j'ai eu mal pendant plusieurs jours. Lui, il était assis à son bureau, également à poils. Il m'a dit : « cela va mieux ». Je lui ai demandé : « qu'est-ce que vous m'avez fait, professeur ? » « oh, ne fait pas ta mijaurée, tu sais très bien ce qui vient de se passer. Nous sommes désormais liés toi et moi ». Je lui ai répondu : « non mais ça ne va pas, vous croyez que vous allez vous en tirer comme cela. Je vais aller me plaindre au directeur et aller à la gendarmerie ». Il a rigolé et m'a expliqué : « Tu vas aller dire quoi hein, que tu as été violé par moi, hein, mais qui va te croire ? Sûrement pas le directeur et encore moins les gendarmes. Je suis quelqu'un de respectable et mondialement connu. J'aurais beau affirmer soit que ce n'est que pure calomnie pour me nuire, au pire, que l'acte était consenti par nous deux ». Qu'auriez-vous fait à ma place ? Je suis sorti du bureau en le menaçant. « recommencez avec moi et je vous tue, vous entendez, espèce de malade, ne vous approchez plus de moi, c'est compris ». Je devais être hors de moi car Fromentin ne m'a plus jamais embêté. Il n'en a pas eu l'occasion car j'ai demandé expressément au directeur d'aller étudier dans un autre établissement.

— Vous avez des frères et sœurs ?

— Non, je suis fils unique.

— Vous avez parlé de ce qui vous est arrivé à vos parents.

— Non, bien évidemment. Comment parler de ce genre d'agression à son papa ou sa maman ? En revanche, il fallait que je me libère de ce poids en confiant cet épisode de ma vie à quelqu'un. Je me suis confié à Clotilde. C'est une infirmière de bloc opératoire avec qui je me sentais bien. Je lui avais fait jurer de n'en parler à personne tant que je serais au CHU. Elle a tenu parole.

— Bon, monsieur Barnabé, vous allez relire votre déclaration et la signer si elle est conforme à vos dires.

Ce qu'il fit. Bernard remercia le praticien. En partant, ils croisèrent la secrétaire et le premier patient qui arrivaient.

Direction la caserne. Dans la voiture, Léon pesta :

— Une piste en moins, j'y croyais vraiment. De la fatigue en plus. Nous avons un dossier qui enfle de jour en jour sans que nous avancions d'un pouce.

— Tu vois le mauvais côté des choses, répondit Bernard. Nous avons fermé une quantité incroyable de portes. L'étau se resserre autour du tueur. Nous allons finir par le coincer. T'en fais pas. Une fois rentrés, nous allons faire le point sur ce que nous avons et voir les différentes options qui s'ouvrent à nous. Calme et sang-froid, me disait un vieux gendarme avec qui j'ai travaillé à mes débuts. Il avait raison, je te l'assure.

Ils arrivèrent en fin de matinée au bureau. Bernard appela immédiatement le juge Bénédict :

— Monsieur le juge, le major Liodard à l'appareil.

— Ah, j'attendais votre appel. Qu'est-ce que cela a donné avec Barnabé ?

— Un coup d'épée dans l'eau, monsieur le juge. Le praticien a été présent à son cabinet chaque jour depuis des mois. Il n'a rien à voir avec notre meurtrier.

— Vous voyez la suite comment ? parce qu'à mon humble avis nous sommes dans un brouillard pas possible. Pour ma première instruction criminelle, je suis gâté. Je ne suis pas mécontent que ce soit vous qui soyez à la manœuvre.

— Je ne vais pas vous mentir, je vais réfléchir avec mon personnel pour savoir quelles options il nous reste. Je vous tiens au courant d'une éventuelle avancée.

— Merci major, bon courage.

Bernard décida qu'il valait mieux réfléchir à la situation actuelle, le ventre plein. Tous rentrèrent chez eux se restaurer. À 14 heures, ils se retrouvèrent dans la salle de réunion, une tasse de café à la main. Ils s'installèrent à leurs places habituelles. Chaque gendarme n'avait pu éviter de jeter un coup d'œil sur le tableau supportant les photographies des victimes et en particulier sur celles de Gilles. Chacun avait l'air grave. Le tueur s'en était pris à leur ami, cela ne restera pas impuni.

Bernard expliqua :

— Il faut que nous mettions de l'ordre dans nos idées, sinon nous n'arriverons à rien de concret. Nous sommes bien d'accord que cette histoire est liée au comportement déviant du professeur Fromentin du CHU de Lyon. Ce qui conforte cette hypothèse c'est que lui et l'ancien directeur de ce CHU sont au nombre des victimes. Le premier pour avoir violé plusieurs internes, le second d'après moi, parce qu'il n'a pas eu le courage de sanctionner son cardiologue. Partant de cela, vous conviendrez, comme moi, que ce qui motive le tueur est la vengeance. La tentative de meurtre sur Gilles vient renforcer le fait que nous sommes dans le vrai. Le tueur avait sans aucun doute découvert que Gilles était au courant des agressions perpétrées par Fromentin. Il a voulu le punir de n'avoir rien tenté pour mettre fin à ces agissements criminels. Si notre légiste n'avait pas été invité à dîner chez moi, il serait actuellement dans un frigo à la morgue. Pour résumer, nous avons pris le dossier par le bon bout en soupçonnant ceux qui ont été agressés par ce malade. Nous avons recensé trois victimes. Marc Barnabé, Ludovic Michelot et Justin Philibert. Vandelle et Perroni, quant à eux, avaient une relation consentie avec Fromentin. Nous pensions que l'un d'entre eux pouvait être le meurtrier. Résultat : Barnabé a été entendu ce matin et est mis hors de cause. Les deux autres sont décédées depuis un petit moment.

— Il ne reste plus personne dans ce cas-là, répondit Paulo, tout se casse la figure.

— Je ne crois pas. Je suis persuadé que nous nous sommes peut-être fait baiser comme des bleus.

— Je ne vois pas où tu veux en venir, pesta Jojo ?

— Je suis certain que celui qui est en train de se venger est l'un de ces deux gugus. J'en mettrais ma main à couper.

— Mais ils sont morts, c'est confirmé par les parents.

— Je ne suis pas convaincu de cela, poursuivit Bernard. L'assassin est quelqu'un de rusé et de très intelligent. Je le vois très bien mettre en scène son décès. Le gros problème est de trouver celui qui nous a enfumés.

— Pourquoi bloques-tu sur cette possibilité, demanda Olive ?

— Parce que je ne vois pas d'autres explications à tout ce pataquès. J'imagine que celui qui est derrière tout cela a minutieusement préparé son coup depuis pas mal de temps.

Bernard allait poursuivre lorsque le téléphone de son bureau sonna. Il alla répondre. C'était le planton. Henri Luciols souhaitait lui parler. Bernard descendit le chercher à l'accueil. Ils se serrèrent la main.

Henri Luciols était toujours aussi bien habillé. Bernard le pilota jusqu'à la salle de réunion. Henri salua tout le monde et prit place sur une chaise. Léon revenait avec un café pour le visiteur. Bernard demanda :

— Vous vouliez nous voir au sujet de notre enquête, c'est bien cela ?

— Oui, major. Je voudrais tout d'abord savoir si vous avez avancé sur ce dossier. Attention, je ne souhaite pas connaître les détails. Je veux juste que vous me disiez si vous êtes sur le point de résoudre cette sale affaire ?

— Disons que nous avons bien travaillé. Nous avons le mobile et découvert la première partie de son modus operandi. En revanche, nous n'avons aucune idée de l'identité du tueur.

— C'est bien ce qu'il me semblait.

— Pardon, j'ai du mal à comprendre, vous pouvez développer, demanda Olive.

— Écoutez pour faire simple, j'ai eu cette nuit une vision se rapportant à votre dossier. Ne me demandez pas par qui, comment ni pourquoi, je n'en sais rien moi-même. Toujours est-il que ce matin je me suis levé avec une idée fixe en tête. Pas moyen de l'effacer de ma mémoire. Une vraie obsession. Je me suis donc décidé à venir vous en parler.

— Nous vous écoutons, soupira Bernard.

— Je vois à votre air désabusé que vous n'êtes toujours pas convaincu de mon pouvoir sur le monde des personnes disparues.

— Parce que c'est encore un macchabée qui vous a tenu la jambe cette nuit, ironisa Paulo ?

— C'est bien possible, mais je n'en ai pas gardé un souvenir très net. Bon, je vous dis ce que je sais ou je repars comme je suis venu ?

— Excusez-nous, monsieur Luciols, reprit Bernard, nous avons beaucoup donné depuis plus de deux semaines. Nous sommes un peu sur les rotules et notre ami Gilles a fait les frais du fait que nous avons manqué certainement de clairvoyance si je puis employer ce mot en votre présence.

— Vous pouvez, je ne me vexe pas facilement. Vous savez depuis le temps que j'affronte le scepticisme de mes concitoyens, plus grand-chose ne m'atteint. Je suis venu vous délivrer le message suivant : « celui que vous cherchez n'est pas vraiment mort ». Voilà, j'ai fait ma bonne action. Je vous laisse poursuivre votre traque de celui qui a assassiné votre violeur.

— Pardon, réagit Léon, comment êtes-vous au courant de cette partie du dossier ?

— Je ne sais plus très bien laquelle de ces victimes m'en a parlé. Bon, je vous laisse. Bon courage à vous tous.

Sur ces derniers mots, Henri Luciols se leva précipitamment et quitta la brigade de recherches. Les enquêteurs n'arrêtaient pas de se poser des questions sur les dernières paroles de Luciols. C'est Gus qui brisa le silence :

— Je ne rêve pas, comment sait-il que l'histoire tourne autour d'un violeur ? Je me demande si nous ne devrions pas le mettre en garde à vue pour le cuisiner. Depuis le début, je me dis que ce gus n'est pas clair. Enfin quoi, il parlerait avec les morts. J'hallucine. Vous en pensez quoi ?

— Je ne sais pas trop, répondit Olive, il nous a donné plusieurs fois des renseignements exacts.

— Justement, martela Jojo, ils étaient un peu trop précis. J'ai des doutes sur ce soi-disant médium.

— On doit lui laisser le bénéfice du doute, suggéra Léon. Je crois sincèrement que certaines personnes comme Henri ont des pouvoirs qui nous dépassent. Bernard, tu en penses quoi ?

Le major n'était plus avec eux. Il avait le regard dans le vague. Paulo haussa le ton et demanda :

— Oh ! Bernard, tu es parti où ?

— Excusez-moi, répondit ce dernier, je repensais à la phrase prononcée par Luciols : « Celui que vous cherchez n'est pas vraiment mort ».

— Vas-y, explique-nous ce que tu en déduis, demanda Jojo ?

— Cette petite phrase n'est pas anodine, elle amène de l'eau à mon moulin. Cela rejoint mon raisonnement de tout à l'heure, le tueur est l'un des violeurs qui s'est fait passer pour mort. Si nous partons de cette hypothèse, il nous faut réfléchir à la logistique mise en place pour qu'il soit arrivé à nous berner.

Nous devons contacter de nouveau les parents de Michelot et de Philibert. Le but, savoir si les corps ont été à chaque fois reconnus à l'IML.

Paulo, tu appelles les parents de Philibert, voilà le numéro de leur téléphone. J'appelle les Michelot. On avise après.

Madame Philibert répondit rapidement. Paulo demanda :

— Bonjour, madame Philibert, c'est encore la gendarmerie de Sellonge-sur-Mérac. Nous sommes toujours sur notre enquête. Je vais vous embêter encore un peu.

— Cela n'est pas grave, poser votre question.

— Nous voulons savoir si vous êtes allés identifier votre fils Justin à la morgue ?

— Oui, nous y sommes allés. Cela a été une très grande épreuve, vous pouvez me croire.

— Vous avez reconnu votre fils, il n'y a pas eu d'erreur ?

— Absolument aucune erreur, malgré l'état de sa voiture, son visage n'avait pas été abîmé. C'était bien notre Justin qui était étendu sur cette civière.

— Bon et bien merci de votre patience.

Sur cela, Paulo raccrocha. Bernard eut également madame Michelot au bout du fil. Il demanda :

— Bonjour, madame Michelot, c'est le major Liodard de la BR de Sellonge-sur-Mérac. J'ai une question à vous poser de nouveau sur le décès de votre fils Bertrand. Êtes-vous allés reconnaître le corps à la morgue ?

— Non, il ne restait rien de lui. Tout avait brûlé.

— Comment cela, il a été victime d'un incendie ?

— Oui, sa maison a totalement péri en septembre 2006 dans les flammes, lui avec.

— Il était bien médecin ?

— Oui, il avait fait de brillantes études.

— Son cabinet se trouvait dans quelle ville ?

— Il s'était établi à Chasse-sur-Rhône, pas très loin de Lyon où il avait étudié.

— Sa demeure était aussi son cabinet ?

— Oui, il consultait chez lui.

— Bon, merci madame Michelot. Bonne journée.

— Léon, demanda Bernard, regarde sur l'annuaire le numéro de téléphone de la gendarmerie de Chasse-sur-Rhône.

Bernard prit contact avec cette unité. Il eut le planton :

— Gendarmerie de Chasse-sur-Rhône, à qui ai-je l'honneur ?

— Major Liodard de la BR de Sellonge-sur-Mérac. Pouvez-vous me passer votre CB (commandant de Brigade) ?

— Tout de suite, ne quittez pas.

— Adjudant-Chef Rossi, bonjour major, quel bon vent t'amène ?

— Je souhaite avoir des renseignements sur le décès du docteur Bertrand Michelot, survenu en septembre 2006.

— Michelot, Michelot, oui, j'y suis. C'est le toubib qui est mort dans l'incendie de sa maison. Tu veux savoir quoi au juste ?

— Si vous avez pu identifier formellement le corps.

— Impossible, c'était une baraque comprenant un étage. Le feu a pris très rapidement au rez-de-chaussée puis s'est propagé au premier et dans le grenier. Il devait être 2 heures du matin, quelque chose comme cela. Le temps que les pompiers interviennent, mettent leurs lances en action, ce n'était plus qu'un immense brasier. Le problème c'est qu'au bout d'une demi-heure, tout s'est écroulé et a continué à cramer. L'incendie n'a été totalement maîtrisé que vers huit heures du matin. Nous avons essayé de joindre le médecin sur son portable en espérant qu'il soit allé passer la soirée chez quelqu'un. Nous ne savions pas s'il avait une petite amie. Nous n'avons obtenu aucune réponse. Partant de ce constat, nous avons fait venir des engins de chantier pour dégager les gravats. Il fallait retrouver le corps. Ce n'est que dans la soirée que les pompiers sont tombés sur ce qui semblait être des restes humains.

— Vous n'avez donc pas pu identifier la personne qui est décédée dans l'incendie ?

— Et non pour la bonne raison qu'il était réduit à l'état de cendres. La tête avait été pulvérisée par la chute d'une grosse poutre qui elle-même s'est totalement consumée. Nous ne pouvions pas nous servir de la dentition pour une éventuelle identification puisqu'elle était en miettes.

— Et par l'ADN ?

— Alors d'une part, il n'y avait plus de matière pour cela et puis d'autre part, le parquet n'aurait jamais autorisé cette dépense sachant pertinemment qui logeait dans cette demeure.

— Tu as pu discuter avec les secours. Ce sinistre était-il d'origine naturelle, court-circuit ou autre ?

— C'est là qu'il y a un hic. Le capitaine des pompiers m'a glissé dans le creux de l'oreille que pour que cette villa se soit aussi vite embrasée, c'est que le sinistre avait été sans aucun doute provoqué et accéléré par des produits inflammables.

— Vous avez pensé à quoi ?

— Probablement un suicide. Il paraît que le toubib n'était pas au mieux de sa forme depuis quelque temps. Voilà ce que je peux te dire à ce sujet.

— Autre chose, ce monsieur circulait à bord de quelle automobile ?

— Une grosse Mercédès. Tu veux l'immatriculation ?

— Oui, si cela ne te dérange pas trop.

— Penses-tu, tout est informatisé. Bouge pas, je regarde dans les archives. Voilà, j'ai le dossier, c'est le 23 CDG 74.

— Un grand merci à toi pour ces infos. Très bonne journée.

Bernard raccrocha. Chacun le regardait avec au-dessus de la tête un énorme point d'interrogation. Paulo brisa le silence en s'adressant à Bernard :

— Tu en déduis quoi, demanda-t-il.

— Que ma théorie exposée tout à l'heure, doublée de la petite phrase rapportée par Luciols, tient la route.

— Tu penses que ce n'était pas le corps de Michelot dans les décombres, demanda Olive ?

— Il ne serait pas idiot de partir dans cette direction. Si c'est le cas, il a dû disposer d'un cadavre pour le mettre à sa place. Il n'était pas question de laisser la maison vide. Les secours et les gendarmes se seraient vite aperçus de cela. Ensuite, il lui a fallu un bon pécule pour pouvoir arriver à ses fins. D'une part pour obtenir des papiers pour changer d'identité, une carte vitale, un nouveau compte en banque et les moyens de paiements se rapportant à sa nouvelle identité, un nouveau numéro de sécurité sociale. Pour cela, étant toubib et ayant accès aux services de la sécu en ligne, il n'a pas dû galérer longtemps.

— Putain, s'écria Gus, si tu as raison, le mec est drôlement tordu.

— Non, Gus, c'est quelqu'un qui a vu sa vie détruite à cause d'un malade du cul. Il ne s'est jamais remis de cette agression. Pour moi, il a poursuivi ses études jusqu'à devenir médecin. Il s'est forgé une bonne réputation. Il a mis un maximum de blé de côté et il a planifié sa vengeance.

— Comment on le localise sous sa nouvelle identité, demanda Gus ?

— Putain, on n'est pas sorti des ronces, râla Olive.

— Chaque criminel, aussi intelligent soit-il, commet toujours une petite erreur. Si minime soit-elle, il faut s'en servir contre ce genre de détraqué. Vous êtes d'accord avec moi pour dire que Michelot ne peut plus circuler à bord de son véhicule. Il a dû s'en débarrasser le plus vite possible. Je pense même qu'il a dû le faire avant d'incendier sa maison. Je vais appeler Mercédes France. Léon, tu peux rechercher leur numéro de téléphone ?

— Tiens, voilà, c'est à Paris.

Bernard appela la concession en question :

— Société Mercédès, Brigitte à l'appareil, que puis-je pour vous ?

— Bonjour, madame, je suis le major Liodard de la brigade de gendarmerie de Sellonge-sur-Mérac dans le sud-ouest. Voilà ce qui m'amène. Nous sommes sur une enquête criminelle et je souhaiterais savoir si à partir d'une immatriculation on pouvait retrouver la trace d'un véhicule.

— Vous êtes vraiment la gendarmerie, parce que vous avez accès au fichier FIN ou FIV.

— Évidemment madame, mais vous n'avez pas compris ma demande, je ne souhaite pas connaître qui conduit cette voiture mais seulement si elle a été revendue et dans quel garage de quelle ville.

— Ah oui, effectivement, désolé. Je vous passe le responsable. Veuillez patienter, je vous prie.

Quelques minutes plus tard, une voix masculine demanda :

— Vous êtes la gendarmerie d'où s'il vous plaît ?

— Major Liodard de la BR de Sellonge-sur-Mérac dans le sud-ouest. Je souhaite savoir en partant d'une immatriculation d'un véhicule Mercédès si ce dernier a été vendu. Si c'est le cas dans quelle concession et dans quelle ville.

— C'est important ?

— Pensez-vous ? je me suis dit ce matin que je n'avais rien à foutre et que j'allais me distraire en emmerdant quelqu'un comme vous.

— Pardon, je m'excuse. Je vais me rattraper. Donnez-moi votre immat.

— 23 CDG, 74

J'ai votre numéro de téléphone qui s'affiche sur mon écran, je vous rappelle. Je fais le plus vite possible.

— Dix minutes plus tard, le responsable de chez Mercédès reprenait contact. J'ai vos renseignements. Cette voiture est une grosse cylindrée appartenant à monsieur Ludovic Michelot. Elle a été vendue par lui-même le dix juillet 2006 à la concession Mercédès 11 avenue Georges Sand à Nanterre en région Parisienne. L'intéressé n'a pas racheté un autre véhicule.

— Merci beaucoup, monsieur.

Léon remarqua :

— Nanterre, une fois de plus.

— Quoi Nanterre, pesta Jojo, c'est quoi le blême ?

Léon le fusilla du regard et répliqua posément :

— C'est du cimetière de cette ville que venait le premier vampire. Tu aurais dû t'en souvenir.

— C'est bien vu, assura Bernard. Qu'est-ce qu'il est allé foutre à Nanterre ? Ah ! Merde, il a choisi cette grande ville pour refaire sa vie et passer inaperçu. Maintenant, pour aller le dénicher là-bas, cela sera coton.

— Comment on procède, demanda Paulo ?

— Si je le savais. Je n'en ai pas la moindre idée. Sans sa nouvelle identité, on va galérer.

— Il nous aurait fallu une photo de lui, suggéra Olive.

— Bravo, Olive, c'est une bonne idée. Bougez pas.

Bernard s'empara de son portable. Il regarda dans son répertoire téléphonique et appuya sur plusieurs touches. Une voix masculine répondit :

— Georges Martial à l'appareil.

— Bonjour, monsieur le directeur, j'aurais besoin d'un petit service.

— Dites-moi ?

— Gardez-vous les photographies de votre trombinoscope ?

— Tout à fait, je les glisse dans les dossiers papier que je classe dans une armoire. De qui avez-vous besoin ?

— De celle de Ludovic Michelot.

— Cela peut se faire, donnez-moi quelques minutes.

Bernard patienta.

— Je l'ai, vous voulez que je vous l'envoie par quel biais ?

— Vous avez un scanner ?

— Évidemment, nous ne sommes plus à l'âge de pierre. Je fais la manip, vous l'avez dans quelques secondes. J'espère que vous aurez à cœur de me donner le fin mot de l'histoire.

— Vous pouvez compter sur moi. Merci encore pour votre aide.

Le cliché arriva sur l'ordinateur de Bernard en un temps record. Bernard regarda Léon et lui demanda :

— Comment on procède maintenant, je l'imprime comment ? C'est une petite photo.

— Laisse-moi faire.

Léon prit la place de Bernard. Elle enregistra le dossier. Elle alla ensuite sur le logiciel « Photoshop ». Après plusieurs manipulations expertes, la photo avait quadruplé de volume sans avoir subi de distorsion. Elle envoya le fichier à l'imprimante. Le portrait était nickel. Bernard lui donna le feu vert pour qu'elle en tire un pour chacun. Bernard décida qu'il était temps de rentrer déjeuner.

À quatorze heures, les enquêteurs se retrouvèrent dans la salle de réunion, un café à la main. Bernard expliqua :

— Pour vivre, Michelot a certainement cherché du travail. Même s'il avait au départ un pécule important, l'argent file vite.

— Tu le vois dans quelle branche ? demanda Gus.

— J'imagine qu'il va retravailler dans ce qu'il sait faire de mieux, estima Bernard.

— La médecine avança Gus.

— Oui et je me suis renseigné avant de revenir au bureau. À Nanterre, il y a l'hôpital Max Fourestier. J'ai son adresse : 403 avenue de la République. J'ai appelé le juge Bénédict. Il va me recevoir dans une demi-heure. Vous préparez les véhicules, nous décollerons lundi matin de bonne heure. Nous mettons cela au point dès mon retour. Léon, tu viens avec moi.

Bénédict les reçut avec le sourire. Depuis que Bernard lui avait expliqué que le terrain était son domaine et qu'il fallait qu'il lui fasse confiance, les relations entre ces deux institutions que sont la magistrature et les forces de l'ordre étaient au beau fixe. Bénédict demanda :

— J'imagine que si vous êtes dans mon bureau c'est que vous avez du nouveau ?

— Oui, monsieur le juge, c'est le cas. Nous savons qui est l'auteur des assassinats, voici sa photographie.

— Bien, très bien même, vous allez probablement procéder à son arrestation cet après-midi ?

— Non, monsieur le juge, nous n'avons ni son nom ni son adresse.

— Comment cela, vous venez de me dire…

— Ce n'est pas aussi simple, le suspect est Ludovic Michelot.

— Mais, il est décédé, non ?

— Oui et non. Sa mort est d'après nous une mise en scène. Il aurait perdu la vie dans l'incendie de sa maison en septembre 2006. Sauf que d'après les hommes du feu, le sinistre ne serait pas d'origine accidentelle. Il a été sans aucun doute provoqué à l'aide d'une grande quantité de liquide inflammable. Après déblaiement, ce qu'il restait du corps n'a pas permis de procéder à son identification par l'ADN ni par la dentition puisque la tête a été broyée par la chute d'une grosse poutre.

— Mais alors, qu'attendez-vous de moi ?

— Nous sommes partis sur le postulat que Michelot avait tout planifié. Il a dû rencontrer peut-être parmi ses malades un faussaire capable de lui procurer une nouvelle identité. Dans ce cas, il devait repartir de zéro. Donc pour ce faire, il devait également se débarrasser de sa belle Mercédès. Nous avons découvert qu'il l'avait revendue début juillet 2006 à une concession de cette marque à Nanterre.

— C'est bien du cimetière de cette ville qu'était sorti le premier vampire ?

— Effectivement. Michelot est médecin. Nous avons pensé que pour vivre, il devait trouver un emploi.

— Et demanda Bénédict ?

— Il y a l'hôpital Max Fourestier dans cette ville. Cela vaut le coup d'aller prospecter dans cet établissement. On ne risque rien. Avec un peu de chance, il aura refait sa vie là-bas.

— Marie, vous tapez une CR permettant aux gendarmes de la BR de Sellonge-sur-Mérac d'interroger tout le personnel travaillant dans le centre de soin Max Fourestier à Nanterre.

Les deux gendarmes repartirent avec ce sésame, non sans avoir remercié le magistrat.

Arrivé au bureau, Bernard réunit son personnel. Il expliqua :

— Nous avons la CR nous permettant de rechercher notre suspect dans l'établissement. Nous avons six heures de route pour arriver à destination. Nous décollons lundi matin à deux heures pétantes. Je vais monter voir le boss pour l'informer de notre périple. On arrête là pour aujourd'hui. Passez un bon week-end. La semaine prochaine sera peut-être déterminante. En tout cas, je l'espère.

Bernard alla rendre compte au commandant de compagnie de l'avancée de l'enquête. Il rentra ensuite chez lui prendre une douche et retrouver sa compagne. Il décida d'aller rendre visite à Gilles à l'hôpital. Christiane l'accompagna. Auparavant, ils firent un détour pour s'arrêter chez un grand chocolatier en ville. Ils trouvèrent leur ami requinqué. IL avait repris des couleurs.

Christiane lui offrit son petit cadeau. Dès qu'il vit quel était le contenu de ce qu'il y avait dans le sachet, les larmes lui montèrent aux yeux. Christiane le prit dans ses bras et lui murmura :

— C'est bien peu de chose. Il ne faut pas te mettre dans cet état.

— C'est pas ton cadeau qui m'a émoustillé, c'est de me dire qu'un peu plus, sans l'intervention de Bernard, j'ai failli ne plus jamais goûter à ces délices chocolatés. Je vous remercie tous les deux. Le médecin m'a annoncé une bonne nouvelle, je sors demain matin.

— Dans ce cas, je viens te chercher, annonça Bernard et tu passes la journée à la maison.

— Je ne voudrais pas vous gêner.

— C'est non négociable, insista Bernard.

Ils parlèrent de choses et d'autres sans jamais avoir abordé l'agression subie par Gilles. Le lendemain, ce dernier appela sur le portable de Bernard pour lui dire qu'il avait eu l'aval du médecin pour rentrer chez lui. Bernard alla le chercher comme convenu. Gille décida de passer d'abord chez lui. Lorsqu'il pénétra dans sa demeure, Gilles fut pris un court instant de tremblements. Il déposa son sac de linge sale et se rendit dans sa chambre. Il s'arrêta sur le seuil. Il se retourna vers Bernard et demanda :

— C'est ici que tu m'as trouvé, couché sur mon lit, perdant tout mon sang ?

— Oui, le tueur avait eu le temps de sauter par la fenêtre. Quand je t'ai vu comme cela, j'ai eu la peur de ma vie. Après tout s'est passé très vite. Maintenant, il faut que tu tournes la page. Pense à autre chose. À la limite, tu peux prendre quelques jours loin d'ici. Ce serait une bonne idée.

— Je vais y réfléchir mais j'ai quand même beaucoup de boulot à la morgue.

— Tu as déjà sacrifié ton mariage à cause de ton travail, tu ne vas pas faire de même avec ta santé. Tu as revu Hélène ?

— Oui, elle est revenue le lendemain. Cela m'a fait du bien de la revoir, même si les circonstances ne s'y prêtaient pas.

— Tu l'as rappelée ?

— Non, je ne savais pas si c'était à moi de le faire.

— Tu ne risques rien, non ?

— Tu as raison, je l'appellerai demain matin.

Gilles demanda à son ami de patienter, le temps qu'il prenne une bonne douche et qu'il change de vêtements. Ensuite, ils se rendirent chez Bernard. Christiane avait cuisiné une blanquette à l'ancienne avec un riz moelleux. Elle avait terminé la préparation de ce plat. Elle décida d'embarquer Gilles et son homme pour aller faire un tour au marché. Elle avait besoin de quelques légumes qu'elle achetait habituellement chez son maraîcher. De retour à la maison, après avoir pris l'apéritif, le repas fut un vrai régal. En fin d'après-midi, Bernard ramena Gilles chez lui. Il fit le tour de la maison pour s'assurer qu'il n'y avait pas de danger. Bernard lui conseilla de tout fermer une fois qu'il sera parti. Ce qu'il fit. Dimanche passa à la vitesse de l'éclair.

Lundi 7 juin 2010, les gendarmes se retrouvèrent au bureau vers une heure trente du matin. Chacun prit un café et prépara ensuite son matériel. Ils se retrouvèrent devant le coffre-fort pour récupérer leurs armes. Léon et Gus allèrent ensuite au garage sortir les véhicules. Ils prirent la route à une heure cinquante. Le trajet leur parut interminable. Ils arrivèrent enfin sur place vers huit heures quinze. Le bâtiment était imposant. La tâche allait être colossale. Bernard décréta :

— Léon et moi allons nous présenter au directeur de l'établissement. Comme d'habitude, nous allons bosser en binôme. Nous procédons méthodiquement, étage par étage. Il faut interroger un maximum de soignants, leur présenter la photo de notre gus. Le premier qui a un résultat appelle les autres. Allez bon courage à tous.

— Bernard s'adressa à l'accueil. IL présenta sa carte professionnelle et demanda où se trouvait le bureau du directeur et s'il était présent.

— La réceptionniste décrocha son téléphone et demanda :

— Monsieur le directeur, j'ai devant moi deux gendarmes qui souhaiteraient vous parler.

— Je descends les chercher.

Un homme d'une bonne cinquantaine d'années, le crâne luisant comme une boule de billard, une paire de lunettes demi-lune et une barbe de plusieurs jours, s'avança vers les deux enquêteurs. Il tendit spontanément la main à chacun d'eux. Il était vêtu d'un costume gris, d'une chemise blanche et d'une cravate lie de vin. Il se présenta :

— Roger Rufus, directeur de ce centre de soins. Vous avez souhaité me parler, suivez-moi dans mon bureau s'il vous plaît.

Ils prirent l'ascenseur jusqu'au dernier étage. Roger Rufus prit place derrière son bureau. Il désigna les sièges aux deux visiteurs et demanda :

— Vous êtes de quelle gendarmerie ?

— De la brigade de recherches de Sellonge-sur-Mérac dans le sud-ouest.

— Dites-moi, vous êtes loin de chez vous. Que venez-vous faire dans ce secteur ?

— Nous sommes sur une enquête criminelle. Nous sommes à la recherche d'un homme qui figure sur ce cliché que voici. Vous pouvez me dire s'il fait partie de votre personnel soignant.

— Faites voir cette photo. Ce visage ne me dit rien du tout. Maintenant, notre centre hospitalier emploie plus de trois cents personnels. Je ne connais pas tout le monde.

— Je comprends. J'ai avec moi deux équipes. Je voulais vous prévenir par politesse que nous allons rencontrer un maximum de soignants pour savoir s'ils ont croisé cet individu. À ce sujet, je vous donne copie de la commission rogatoire délivrée par le juge Bénédict du TGI de Sellonge-sur-Mérac.

— Bon, je vois que je ne peux pas m'opposer à ce que vous déambuliez dans nos couloirs et salles de repos. Faites, mais essayez de ne pas trop importuner les médecins et les infirmières.

— Comptez sur nous, monsieur le directeur.

Bernard et Léon débutèrent leurs laborieuses recherches en commençant par l'étage où ils se trouvaient. Les personnels qu'ils interrogèrent se montrèrent très sympathiques. À dix heures quinze, les trois équipes se retrouvèrent au point accueil. Il fallait se rendre à l'évidence, personne n'avait jamais croisé l'homme de la photo. Bernard demanda à l'accueil s'il y avait une cafétéria pour aller prendre un café. La réponse avait été positive. Le self-service se trouvait dans le petit bâtiment qui jouxtait l'hôpital sur la droite. Il y avait à l'intérieur des parents de malades mais aussi quelques brancardiers et infirmières qui n'avaient pas été croisés dans l'établissement de soins. Les six militaires en profitèrent pour présenter à ces personnels le portrait de celui qu'ils recherchaient.

Un brancardier d'une trentaine d'années, la blouse blanche largement ouverte sur un tee-shirt bleu ciel, arracha carrément la photo des mains de Jojo. Il expliqua :

— Il a fait quoi ce gars-là ?

— Rien de bien méchant, nous le recherchons en tant que témoin. Il va peut-être nous aider dans une histoire de fugue de mineur.

— Ah, bon, je croyais que vous vouliez l'arrêter.

Jojo avait flairé que ce type était anti-flic dès lors qu'il s'agissait de mettre quelqu'un en taule. Jojo repris :

— Non, pas du tout, il peut vraiment faire progresser l'enquête.

— Alors si ce n'est que cela, le type sur la photo, je l'ai aperçu il y a plusieurs mois de cela, en bas, à la morgue.

— À l'IML, répéta Jojo ?

— Oui, j'avais été chargé de descendre un malade décédé dans la nuit. La famille, en apprenant les faits, avait immédiatement déposé plainte auprès du procureur de la République. Ce dernier avait demandé qu'une autopsie soit pratiquée pour lever tous les soupçons sur cette mort.

Jojo s'excusa un instant. Il alla trouver Bernard qui était en train de régler les cafés :

— Bernard, le grand gars débraillé, a reconnu notre homme. Viens avec moi.

Les deux gendarmes se retrouvèrent devant le brancardier. Jojo expliqua :

— Voici mon supérieur, le major Liodard, vous pouvez nous parler un peu du gars que vous avez croisé à la morgue ?

— Oui, pas de problème. Lorsque j'ai descendu le macchabée, c'est lui qui l'a enregistré. Il m'a dit qu'il était l'assistant du médecin légiste. Nous avons parlé un petit peu. Il m'a expliqué qu'il avait été plusieurs années médecin. Il en avait eu marre des jérémiades de ses patients. Du coup, il avait tout plaqué pour atterrir ici. Nous avons sympathisé. J'allais de temps en temps discuter avec lui.

— Il ne travaille plus à l'IML, demanda Bernard ?

— Ben non, figurez-vous qu'un jour je suis allé le voir pour parler un peu pendant ma pause. Il n'était plus là. Il ne m'a même pas prévenu qu'il partait. Cela m'a semblé curieux. Bon, c'est comme cela, chacun fait ce qu'il veut de sa vie.

— Vous n'avez pas une idée de l'endroit où il peut être allé, insista Bernard.

— Très franchement non, je suis désolé.

— Bon, Léon, tu branches ton PC et tu couches sur procès-verbal la déclaration de monsieur.

Ce qui fut fait. Bernard remercia le témoin pour son implication.

Les militaires avalèrent leur café. Bernard relata aux autres les nouveaux éléments apportés par le témoin de Jojo. Il décida : je vais aller à l'IML voir si le légiste est disponible. Vous attendez sagement à l'accueil. On fera le point à l'issue.

Léon et Bernard se présentèrent à l'entrée de la morgue. La porte était verrouillée. Une caméra était fixée au-dessus de l'entrée. Bernard appuya sur la sonnette. Une voix d'homme sortit du petit haut-parleur intégré au mur.

— Bonjour, c'est pourquoi ?

— Bernard exhiba sa carte professionnelle.

La porte s'ouvrit comme par enchantement. Les deux gendarmes pénétrèrent dans le couloir. L'odeur de formaldéhyde habituel dans ce genre d'endroit satura leurs muqueuses. Un homme en blouse blanche, une charlotte sur la tête, un masque chirurgical pendant sous son menton s'approcha. Il ressemblait comme deux gouttes d'eau à Einstein. Il demanda :

— La gendarmerie, je n'ai pas l'honneur de vous connaître.

— Je suis le major Liodard et voici l'adjudante Médius, nous sommes de la brigade de recherches de Sellonge-sur-Mérac dans le sud-ouest.

— Rien que cela, vous faites quoi au juste à Nanterre et dans ma morgue en plus ?

— Nous cherchons à savoir ce que devient ce monsieur.

Bernard présenta la photographie au médecin légiste. Il chaussa une paire de lunettes à grosse monture. Il regarda le cliché une fraction de seconde. Il s'inquiéta :

— Vous lui voulez quoi ?

— Monsieur le médecin légiste, nous venons de traverser une partie de la France pour faire en sorte de retrouver ce monsieur. Je ne suis pas trop d'humeur à discutailler avec vous, de savoir si vous pouvez ou si vous devez répondre à mes questions. Je vous présente une commission rogatoire en bonne et due forme qui vous dégage éventuellement de tout secret médical. Même si le fait de nommer une personne représentée sur une photo n'en est pas une. Je vous engage donc à me répondre séance tenante avant que je vous y contraigne.

— Dites-moi, vous êtes bien agressif, mon cher.

— D'abord, je ne suis pas votre cher, et d'autre part, nous sommes sur une sale affaire depuis assez longtemps pour justement avoir quelques griefs envers des personnes de votre genre refusant de coopérer spontanément avec les forces de l'ordre.

— Bon, nous sommes partis sur de mauvaises bases. Je vous prie de m'excuser mais en voyant le portrait de mon ancien assistant là devant mes yeux, cela m'a énervé.

— On peut savoir pourquoi ?

— Tout simplement parce que cet empaffé est parti du jour au lendemain sans m'en avertir.

— Il a cessé de venir travailler, c'est ce que vous êtes en train de nous dire ?

— Mais oui, c'est exactement cela. Il s'est présenté ici fin septembre 2006. Il m'a expliqué qu'il était médecin dans une ville près de Lyon. Il en a eu marre d'avoir d'après lui, dans son cabinet, que des pleureurs. Il m'a d'ailleurs présenté son diplôme de praticien. Bon, je n'ai pas hésité un seul instant. Je l'ai embauché. Il avait l'air de se plaire ici. Jusqu'à ce matin du premier septembre 2008. Depuis, je me retrouve seul.

— Vous pouvez me donner son nom s'il vous plaît ?

— Son nom, mais, vous ne l'avez pas, vous avez bien sa photo.

— C'est assez compliqué et l'enquête étant en cours, je ne peux pas vous en dire plus.

— Il s'appelle Luc Rodriguès.

— Vous savez où il logeait ici ?

— Il louait un appartement, 8 rue Saint-Lazare à Nanterre.

— Il a laissé des affaires ?

— Non, rien du tout, il a même passé son casier et son vestiaire à la javel.

— Merci docteur pour ces renseignements même si au début notre échange a été un peu tendu.

— Je vous en prie. Bon courage à vous.

Bernard et Léon retrouvèrent leurs collègues auprès du point d'accueil. Bernard confia à ses hommes les derniers renseignements recueillis auprès du légiste. Il donna ses ordres : je programme sur le GPS l'adresse de Rodriguès. Ils arrivèrent rapidement devant une résidence de moyen standing. Ils tombèrent sur un homme en bleu de travail qui était en train de rentrer les containers poubelles. Bernard lui présenta sa carte et lui demanda :

— Vous êtes le gardien de cet immeuble ?

— Oui pourquoi ?

— Connaîtriez-vous cette personne ?

— Ah, ben oui, c'est monsieur Rodriguès. Il a habité ici quelques mois. Mais il n'est plus là. Il est parti il y a pas loin de deux années.

— Son logement est-il occupé aujourd'hui ?

— Non, pas pour le moment.

— Vous avez les clés de son appartement ?

— Oui, bien sûr, j'ai toutes les clés.

— Dans ce cas, nous vous réquisitionnons. Vous allez nous accompagner dans son ancien logement.

— Bon, je vais chercher les clés.

L'appartement était situé au dernier étage. Le concierge, Mohamed Abdelkader, ouvrit la porte d'entrée. L'intérieur n'avait pas été aéré depuis le départ de son occupant. Ils furent agressés par des émanations d'eau de javel. Bernard pesta :

— Nom d'une pipe en bois, il n'a rien laissé au hasard. Je comptais relever quelques empreintes digitales. C'est peine perdue. Bon, on fait quand même le tour du logement.

Bernard s'adressa à Léon :

— On va se poser dans la loge du gardien. On lui prend un mot pour acter notre intervention dans cet appartement. Pas la peine de s'étendre, tu notifies simplement que le logement était vide et passé à la javel. Tu clôtures et tu fais signer.

Ce qu'elle fit. Pendant ce temps, Bernard avait rendu compte au juge Bénédict de leurs recherches à l'hôpital et de la découverte du nom de l'assassin présumé. Il lui confia que celui-ci avait quitté son travail à la morgue en septembre 2008. L'équipe de la BR reprit le chemin de la caserne de Sellonge-sur-Mérac. Ils s'arrêtèrent en cours de route pour se restaurer dans une aire de repos. Ils arrivèrent au bureau en fin de soirée. Ils étaient tous sur les rotules. Bernard décréta :

— Rude journée. Pour ce soir, cela suffit. Nous allons décompresser. On se voit demain à la prise de service. Allez bonne soirée à tous.

Bernard avait conscience que Léon étant célibataire, avec une journée comme cella là, n'avait pas eu le temps d'aller faire ses commissions et encore moins de cuisiner pour le soir. Il lui glissa dans le creux de l'oreille :

— Tu vas prendre ta douche et tu dînes avec nous. Disons dans une demi-heure pour l'apéro.

— Cela me gêne un peu, répliqua Léon.

— Pas de discussion à moins que tu aies prévu quelque chose d'autre ?

— Non, je suis libre.

— Bon dans ce cas, l'invitation tient toujours.

Christiane n'était jamais prise au dépourvu dès qu'il s'agissait de rajouter un ou plusieurs couverts. Elle avait prévu un couscous. Bernard en raffolait et cela se digérait très vite. Léon n'avait pas résisté à apporter une bouteille de Bandol, un rosé du var particulièrement réputé. Bien frais, il pouvait se boire avec beaucoup de mets différents. La soirée avait été agréable. Le repas était toujours aussi savoureux. Les trois amis discutèrent de choses et d'autres sans jamais avoir abordé le dossier qui les préoccupait. La soirée se termina peu avant minuit.

Mardi 8 juin 2010, le personnel de la BR était dans la salle café. Chacun sirotait son petit noir. Ils étaient tous dans leurs pensées. Olive brisa le silence :

— Il me saoule ce tueur. Il ne laisse rien au hasard. C'est la première fois que je vois un mec effacer ses traces sur un casier et une armoire à l'eau de javel et passer l'ensemble de son appartement avec le même produit. C'est pas croyable. Il a vraiment tout calculé, dans les moindres détails. La vente de sa voiture, le travail à la morgue de Nanterre, son départ sans préavis et son évaporation sans laisser la moindre trace et le moindre indice. Tu en penses quoi Bernard ?

— Tu as raison, Olive, il est très intelligent. Mais comme je le dis souvent, il y a toujours un petit grain de sable qui va faire que le mécanisme va se gripper. Dans son cas, c'est son emploi à la morgue de Nanterre.

— Explique, demanda Jojo.

— Où croyez-vous qu'il ait récupéré la salive de Geoffroy Micha, son premier vampire, à l'IML bien entendu ?

— Oui et où veux-tu en venir ? demanda Paulo.

— À ce qui me chagrine depuis le début de cette histoire, à savoir comment fait notre tueur pour immobiliser ses victimes sans les contraindre.

— Tu as trouvé la solution ? demanda Léon.

— C'est possible. Mais avant cela, je dois appeler Gilles.

Ce dernier décrocha à la seconde sonnerie :

— Bonjour, Bernard, comment vas-tu ?

— C'est plutôt à toi de me le dire.

— Écoute, j'ai passé une bonne nuit. J'ai bien déjeuné et je vais peut-être aller faire un tour à la morgue.

— Non, tu ne bouges pas de chez toi. Tu as bien fermé ta porte à clé ?

— Évidemment, mais pourquoi ne veux-tu pas que j'aille là-bas ?

— Parce que nous avons bien avancé et que j'ai dans l'idée de qui est derrière tout cela. Autre chose, qui travaille avec toi à l'IML ?

— Il n'y a que moi et mon assistant.

— Il y a longtemps qu'il est à ton service ?

— Pas énormément. Cela fait pas loin de deux années. Il est sérieux et travaille plutôt bien.

— Il s'appelle comment ?

— Félix Antonio, pourquoi ?

Bernard avait tiqué en entendant ce nom. Il lui rappelait quelque chose, mais quoi ? Il fit mine que tout allait bien et répondit sur un ton détaché :

— Parce que je dois l'appeler pour un renseignement. Mais ne t'en fais pas, cela n'a pas une grande importance. Je te tiens au courant. À plus.

Il raccrocha.

— Ne me dis pas, continua Léon, que tu soupçonnes ce gars-là ?

— De toute manière, le patronyme ne correspond pas, expliqua Jojo.

— Antonio, nom d'une pipe en bois, c'est le gars qui prenait des cours d'informatique chez Serge Eymard. Je vais appeler le laboratoire pour être certain que nous ne passons pas à côté de quelque chose de sérieux.

Bernard appela sans plus tarder. Une voix féminine répondit.

— Laboratoire d'analyse, Françoise au téléphone.

— Bonjour, Françoise, c'est le major Liodard de la BR de Sellonge-sur-Mérac.

— Oui, bonjour major, qu'est-ce qui vous amène ?

— J'ai reçu une copie des analyses du « sodastream » qui provenait du domicile de Gilles Mavier, notre légiste, mais le résultat est en partie illisible. Je crois comprendre qu'elles sont négatives ?

— Quoi ! Absolument pas, c'est moi qui ai analysé cette boisson, elle contenait un Benzodiazépine hypnotique de type Zolpidem vendu sous le nom de Stylnox. C'est un des plus puissants somnifères.

— Vous pouvez s'il vous plaît m'en renvoyer une copie ainsi que de toutes celles se rapportant à cette affaire.

— Il y a un problème avec notre travail ?

— Pas que je sache, mais, dites-moi, une fois le résultat obtenu, vous adressez un rapport par internet ou remis en main propre ?

— Habituellement, ils sont envoyés via internet sur le PC du légiste. Là, ils ont été remis à l'assistant de Gilles Mavier à sa demande.

— Sous quelle forme a été formulée cette demande ?

— Par mail.

— Bien merci pour ces renseignements.

— Vous pouvez me donner votre adresse électronique s'il vous plaît. Je vous envoie tout cela rapidement.

Bernard s'exécuta, puis raccrocha. La stupéfaction se lisait dans les yeux des enquêteurs. Bernard déclara :

— Nous savons désormais comment l'assassin neutralisait ses victimes. Nous avons buté sur ce point particulier de son modus operandi. Vous avez compris que le tueur se trouvait juste sous notre nez.

Il a de nouveau changé d'identité. Il s'appelle désormais Félix Antonio. On ne perd pas une minute, il faut l'interpeller avant qu'il ne s'échappe de nouveau dans la nature.

Les six militaires partirent immédiatement en direction de la morgue. Avant de faire le mouvement, Bernard avait demandé à Paulo et Jojo de se positionner dès leur arrivée sur place à l'intérieur de l'hôpital devant la porte qui conduit directement à l'IML. C'est une issue que pourrait emprunter l'assistant du légiste, passer par le CHU et se fondre dans la masse. Les quatre autres enquêteurs investirent les locaux de l'IML. Il fallait se rendre à l'évidence, Antonio n'était pas là. Ils se rendirent dans le vestiaire. L'armoire métallique destinée à entreposer les affaires personnelles de Antonio était fermée à clé. Bernard réfléchit tout haut :

— S'il avait filé en douce, il aurait vidé son casier. Où peut-il se trouver à cet instant ? réfléchissons.

— Il avait peut-être quelque chose d'important à faire, proposa Léon.

— Nom de dieu, il est chez Gilles. Il va terminer ce qu'il a commencé. Olive, tu préviens Paulo et Jojo. Vous nous retrouvez sur place. Arrivée en mode silencieuse, pas de deux tons. Gus et Léon, nous filons chez Gilles.

Le délai pour arriver jusque chez le légiste fut divisé en deux. Bernard prit tous les risques. À moins d'une centaine de mètres de la maison, il mit au point mort pour que le moteur de son véhicule retombe au ralenti. Il stoppa son auto à une cinquantaine de mètres de la demeure. Il expliqua :

— On ne claque pas les portières. Gus, tu fais le tour, tu restes à l'arrière. La dernière fois, il est passé par la fenêtre de la chambre. Léon, on pénètre arme à la main, une balle dans le canon, prêt à faire feu. N'hésite pas une seconde s'il y a danger. Vise les jambes. Aller GO.

La manœuvre se déroula comme énoncé. Bernard et Léon connaissaient les lieux. La porte d'entrée n'était pas verrouillée. Bernard actionna lentement la poignée et poussa très doucement sur le battant. Les deux gendarmes avancèrent l'un derrière l'autre l'arme braquée en direction du sol, prêts à tirer sans aucun remords sur celui qui avait déjà agressé une première fois leur ami. Ils reconnurent la voix de Gilles, elle était saccadée et exprimait la terreur et la douleur. Il dialoguait avec un homme, ce ne pouvait être que l'assassin. Cela venait de la chambre à coucher. Bernard pressa soudain le pas et s'arrêta à la limite du chambranle. Il risqua un œil à l'intérieur. Antonio s'adressa à Gilles :

— Tu aurais dû dénoncer ce salopard de Fromentin. Tu n'as pas eu les couilles. J'ai saigné cet ordure de chirurgien et d'enfoiré de directeur. Maintenant, c'est ton tour.

Gilles avait les bras et les jambes solidement entravés par plusieurs tours de papier adhésif. Il était allongé sur le lit, vêtu d'un survêtement. Antonio était à genoux sur le lit à côté de Gilles. Il avait récupéré la bassine qui était dans l'évier de la cuisine. Il avait déjà planté une aiguille dans une veine du bras droit de Gilles. Fort heureusement, le tueur avait positionné un garrot en amont. Elle était reliée à un tube transparent flexible. Celui-ci était scotché de telle manière que le liquide allait se déverser dans le récipient. Une petite quantité de sang avait commencé à couler. Antonio s'apprêtait à retirer la ligature lorsque Bernard se présenta dans l'encadrement de la porte. Il hurla :

— Touche pas à ça.

Antonio sursauta. Il tourna la tête en direction de la voix. Bernard avait avancé de deux pas. Léon se positionna à côté du major. Le tueur avait deux gueules noires cracheuses de mort en face des yeux.

— Lève les mains bien haut, descends du lit et recule, intima Bernard.

Antonio s'exécuta.

— Le militaire annonça : à plat ventre, croise les pieds, mains dans le dos.

Léon rangea son pistolet Sig-Sauer et à la vitesse de l'éclair passa les menottes à l'agresseur. Bernard alla dans la salle de bains chercher une compresse. Il retira l'aiguille et appuya fermement le pansement pour faciliter la cicatrisation. Il sortit de son étui son couteau Gerber et trancha les liens qui immobilisaient leur ami. Gilles était complètement groggy. C'était sans aucun doute dû au stress de se retrouver une nouvelle fois à la merci de l'assassin.

— Qu'est-ce qu'il t'a fait prendre ? demanda Bernard.

— Rien, il m'a assommé avec une décharge de taser. Cela fait un mal de chien, ce truc. J'ai pris je ne sais pas combien de volts dans le dos. Je viens juste de reprendre mes esprits. Comment as-tu su qu'il reviendrait terminer le travail ?

— Par déduction à la suite de notre périple à Nanterre. Je t'expliquerai cela plus tard. Veux-tu que j'appelle le SAMU pour qu'il te ramène à l'hôpital ?

— Ah ! Non, j'ai eu ma dose. Regarde dans la bassine, ce n'est même pas la dose prélevée lors des collectes de sang. Putain, je ne me suis pas méfié quand mon assistant est venu me rendre visite. Quel con, je fais. Je lui faisais confiance, il était compétent et toujours partant pour m'aider.

— Tu ne pouvais pas savoir. Bon, on te laisse, il faut que nous nous occupions de lui. Léon tu préviens Gus que c'est OK.

Elle ouvrit la fenêtre de la chambre et rappela Gus. Elle revint à côté de Bernard et lui expliqua :

— Il y a une grosse moto de garée derrière la maison.

— Elle est rouge ?

— Affirmatif.

— Bon, je suis rassuré, je n'avais pas rêvé l'autre jour. Bon, monsieur Rodriguès ou Antonio mais plutôt monsieur Ludovic Michelot, il est exactement neuf heures quinze, vous êtes placé en garde à vue.

L'interpellé avait le visage grave, il n'avait pas tiqué à l'évocation de ses faux noms.

Le reste de l'équipe arrivait en renfort. Paulo et Olive s'occupèrent de ramener le prisonnier au bureau. Bernard ne résista pas à appeler le juge d'instruction.

— Juge Bénédict.

— Bonjour monsieur le juge, major Liodard à l'appareil.

— Ah ! Bonjour major, quoi de neuf ?

— Nous venons à l'instant d'interpeller notre tueur.

— À Nanterre ?

— Non, monsieur le juge ici même à Sellonge-sur-Mérac et plus exactement en flagrant délit d'assassinat sur la personne de Gilles Mavier.

— Quoi, le légiste, agressé une nouvelle fois, c'est bien cela.

— Affirmatif, nous sommes arrivés une nouvelle fois à temps.

— Alors là, félicitations, vous le placez en garde à vue et vous commencez à l'auditionner. Demain en fin de matinée, vous me direz si votre gars se montre coopératif. Nous pourrons le cas échéant prévoir une prolongation de vingt-quatre heures.

— Très bien, monsieur le juge. Je vous tiens au courant.

— Toutes mes félicitations major.

Bernard, Léon et Gus reprirent le chemin de la BR. Michelot avait été installé dans le bureau de Bernard. Il était assis sur un tabouret, le poignet droit entravé par une menotte tandis que l'autre était reliée à un fer en U renversé emprisonné dans un seau de dix litres de béton. Il ne risquait pas de s'envoler ou de se rebeller. Auparavant, l'intéressé avait subi ce qu'il convient d'appeler « la fouille à corps », d'une part pour s'assurer que l'individu ne portait pas d'arme ou d'ustensile pouvant devenir dangereux, ensuite pour faire l'inventaire de ce qu'il transportait sur lui. Il n'avait que des clés d'appartement et une autre correspondant à un neiman de moto, ainsi qu'un portefeuille. Il contenait plusieurs pièces d'identité, aux noms de Luc Rodriguès, et de Félix Antonio. Il avait également deux jeux de cartes bleues, permis de conduire, certificats d'immatriculation, cartes vitales aux mêmes noms. Bernard et Léon examinèrent ces papiers. Celui qui s'était chargé de contrefaire tout cela était un artiste. Les deux gendarmes allaient mener comme d'habitude l'audition de ce personnage.

Bernard demanda à Paulo qu'il inscrive Michelot sur le registre de garde à vue.

Léon fit venir l'imprimé ad hoc sur son écran d'ordinateur. Elle commença d'inscrire les éléments d'état civil, en mentionnant la véritable identité du gardé à vue à savoir Ludovic Michelot, sa filiation et son adresse actuelle. Elle précisa : je veux votre lieu d'habitation ici à Sellonge-sur-Mérac, et pas une adresse bidon. De toute manière, nous allons dans la journée, profiter d'une pause pour aller faire une perquisition à votre domicile. Elle notifia ensuite l'heure du début de la garde à vue à neuf heures quinze. Elle lui signifia qu'il pouvait être visité s'il le désirait par un médecin et qu'il pouvait se faire assister par un conseil de son choix, s'il n'avait pas les moyens financiers pour cela, elle lui présenterait une liste d'avocats commis d'office, enfin, elle précisa que s'il le souhaitait, il pouvait passer un appel téléphonique et garder le silence. Michelot déclara qu'il ne voulait pas de visite médicale, qu'il souhaitait la présence d'un avocat, à savoir Maître Roland Venturi et qu'enfin, il allait s'expliquer sur ses actes.

Léon data, clôtura le procès-verbal, l'imprima et le fit relire et signer par Michelot. Ce dernier demanda à pouvoir appeler son conseil. Ce qu'il fit.

En attendant que celui-ci arrive à la brigade de recherches, Michelot fut placé en chambre de sûreté.

Il faut savoir que la durée légale de garde à vue est fixée à vingt-quatre heures. Lorsque le détenu n'est pas auditionné, il est placé en geôle. Le temps qu'il y passe n'est pas comptabilisé dans celles-ci, cela s'appelle un temps de repos. La durée est décomptée des vingt-quatre heures et scrupuleusement mentionnée sur le procès-verbal. Il en va de même lorsque le détenu accompagne les enquêteurs pour diverses recherches telles que la visite de son logement. Il est important de préciser que pour ce qui est des perquisitions, cela ne se passe pas comme dans les films ou séries télévisées. Le mis en cause ou l'occupant du logement doit être obligatoirement présent. À défaut, l'autorité judiciaire ou policière doit réquisitionner deux témoins lambda pour assister à la fouille du logement. C'est d'abord dans le but de s'assurer que la recherche se déroule dans la légalité, et qu'aucune preuve matérielle ne soit rajoutée en l'absence du suspect. Les témoins, réquisitionnés, devront bien entendu signer au bas du procès-verbal de perquisition.

L'avocat de Michelot arriva une bonne heure plus tard. Bernard et Léon le saluèrent. Le major lui demanda :

— Souhaitez-vous vous entretenir avec votre client durant la demi-heure qui vous est octroyée avant son audition ?

— Oui, s'il vous plaît.

Le gardé à vue fut sorti de la chambre de sûreté. Il fut de nouveau entravé au plot prévu à cet effet dans le bureau de Bernard. Les deux gendarmes se retirèrent.

La demi-heure écoulée, un siège fut amené pour que le conseil de Michelot puisse s'asseoir. Léon reprit place devant son ordinateur, Bernard dans son fauteuil. Roland Venturi demanda :

— Vous n'avez pas énoncé les charges qui sont retenues à l'encontre de mon client ?

— Nous vous attendions pour le faire, maître. Léon, tu notes : Monsieur Michelot, vous êtes en garde à vue pour assassinat sur les personnes de Serge Eymard, Louis Fontenois, Archibald Fromentin, Marcel Jacquelin et Serge Baudoin. Il vous est reproché également les deux tentatives d'assassinat sur la personne du médecin légiste Gilles Mavier. Vous devrez répondre également de vol et transport de cadavre, d'incendie volontaire, d'utilisation de fausses pièces d'identité et de papiers administratifs. Monsieur Michelot, il serait souhaitable de vous expliquer sur l'ensemble des faits qui vous sont reprochés. Le juge d'instruction qui suit votre affaire en tiendra compte. De même que le jury populaire qui siégera aux assises lors de votre procès. Votre avocat ne me contredira pas à ce sujet.

Michelot jeta un œil à maître Venturi. Ce dernier acquiesça d'un coup de tête. Le gardé à vue respira un bon coup et se lança :

— Je vais commencer par le début de cette histoire. Je suis issu d'une famille qui se situe dans la classe moyenne des Français. Mes parents se sont saignés aux quatre veines pour pouvoir m'offrir de belles études. J'ai beaucoup travaillé pour arriver à d'une part passer et réussir mon BAC que j'ai eu avec mention très bien et d'autre part à valider ma préparation à l'entrée à la FAC de médecine. Lorsqu'est venue la période d'internat, mon classement m'a permis de choisir le CHU de Lyon. Cet hôpital est très réputé pour la formation des futurs médecins. La cardiologie m'avait toujours fasciné. J'ai donc postulé pour intégrer le service du professeur Archibald Fromentin. Les premiers mois se sont bien déroulés. Nous avions beaucoup de travail, énormément de cours à apprendre et un rythme de garde éreintant. Cela ne me faisait pas peur, j'étais arrivé là où je souhaitais. Je n'allais pas m'en plaindre. Le professeur était dur avec nous, mais c'était pour notre bien. Puis, est venu le temps où il me lançait des regards un peu plus appuyés que d'habitude. Je ne me suis pas formalisé outre mesure. Fin 1994, nous avons été amenés à effectuer une opération chirurgicale particulièrement risquée, sur un patient quasiment condamné. Cela a été une complète réussite. Le malade allait vite se remettre sur pieds et reprendre une activité normale. Pour fêter cet exploit, Archibald a organisé une petite fête dans la salle de repos. Tous les soignants étaient présents. Un peu plus tard dans la soirée, Archibald est venu vers moi, deux verres à la main. Il m'en a tendu un et nous avons trinqué. Nous avons parlé de choses et d'autres. Un quart d'heure plus tard, je me suis mis à ressentir une très grande fatigue. J'ai pensé que c'était dû au stress engendré à la suite de l'opération à cœur ouvert. J'ai mis cela sur le relâchement du système nerveux. Puis c'est l'envie de dormir qui est arrivée subitement. Je ne me souviens que d'une chose. Archibald qui me prend le bras, cherche mon pouls et me dit « Tes pulsations sont filantes, ce n'est pas normal, suis-moi dans mon bureau ». Il me semble me souvenir d'être arrivé chez lui comme un somnambule, puis le trou noir. Je me suis réveillé au petit matin. J'étais à poils sur le canapé qui se trouve dans la salle de repos contigu à son bureau. Mes vêtements avaient été jetés n'importe comment sur un des fauteuils. J'ai voulu m'asseoir et c'est là que j'ai ressenti une violente douleur au niveau de l'anus. J'ai tout de suite percuté. J'avais été drogué et violé par le professeur. Je n'arrivais pas à le croire. Un homme de cette réputation, de cette stature, comment était-ce possible ? J'ai entendu du bruit à côté. Il était installé à sa table de travail, comme si de rien n'était. Il m'a regardé et m'a expliqué : « tu vois Ludovic, désormais, nous sommes unis ». Je me suis rhabillé en vitesse. Je me suis mis devant lui et j'ai hurlé : « vous m'avez violé, vous avez abusé de moi, de la confiance que j'avais en vous, vous êtes une ordure. Je vais vous dénoncer auprès du directeur et même aller déposer plainte à la gendarmerie ». Il n'a pas bronché. Il a répondu : « Ne te gêne pas, va chez les flics, mais d'après toi, qui va-t-on croire, un petit interne de rien du tout ou le grand professeur, chirurgien en cardiologie, hein. Tu devrais au lieu de cela être fier d'avoir partagé un moment d'intimité avec moi. Réfléchis bien à ce que tu vas faire. Je tiens à ce que tu saches que le directeur est au courant de mes petites manies. Il ne va pas tomber des nues et pour garder son fauteuil il va tout faire pour te discréditer et me soutenir. Moralité, tu as deux options. La première, poursuivre ta formation de médecin et dans ce cas, je peux t'aider. La seconde, tout gâcher par envie de vengeance. À toi de voir ». Je lui ai répondu le poing levé : « si vous recommencez, je vous démolis le portrait, c'est bien compris ». Il a souri et l'affaire en est restée là. Le problème, c'est que j'ai appris fortuitement qu'il a continué. Il s'en est pris à d'autres internes. J'ai pris sur moi pour ne pas sombrer dans la dépression. Je me suis focalisé sur mes études. Je ne devais pas décevoir mes parents. Ils avaient fait trop de sacrifices pour moi. Au bout de plusieurs années, j'ai finalement réalisé mon rêve. J'étais devenu médecin. J'étais la fierté de ma famille. J'ai installé mon cabinet près de Lyon à Chasse-sur-Rhône. Je me suis fait une belle clientèle. Mais, il y avait toujours en moi ce souvenir de cet acte barbare qu'est le viol. Je revivais chaque nuit mon réveil sur ce canapé, totalement nu, et le professeur qui me chevauchait. La douleur et la honte d'avoir été abusé de cette façon ne s'effaçaient pas de ma mémoire. Je ne sortais plus, ne pouvais pas approcher la moindre femme. J'imaginais que cet acte homosexuel était gravé sur mon front. Je me suis dit que la seule façon de m'en sortir était de mettre hors d'état de nuire ce psychopathe et ce vendu de directeur.

J'ai longuement réfléchi à cet acte horrible qui consiste à ôter la vie à un homme. Au fur et à mesure que le temps passait, ma haine envers Archibald Fromentin et Marcel Jacquelin n'avait fait que s'amplifier. Il fallait que je passe à l'action, que j'élimine ces deux parasites. J'ai appris que Fromentin avait quitté le CHU. Le directeur quant à lui était parti en retraite. Je n'avais pas leur adresse. Un de mes patients exerçait la profession de capitaine de Police à Lyon. Je lui ai demandé s'il lui était possible de rechercher pour moi deux personnes qui m'étaient très chères et que j'avais perdues de vue. Je lui ai expliqué que l'une était mon professeur de médecine et l'autre le directeur du CHU où j'avais étudié. Ils étaient assez âgés et je souhaitais les revoir tant qu'ils étaient encore en vie. Au début, il a hésité en me disant que ce genre d'intervention était strictement encadré. Puis, lors d'une autre visite, il m'a remis les renseignements demandés. Je me suis renseigné sur la localité où demeurait Archibald. Je me suis dit que si j'assassinai seulement le professeur, les enquêteurs auraient vite fait de faire le rapprochement avec sa profession. Dès lors, ils risquaient de découvrir ce à quoi il se livrait dans ce centre hospitalier. De fil en aiguille, vous seriez tôt ou tard tombé sur moi. J'ai donc imaginé tuer plusieurs personnes sans aucun rapport entre elles pour pouvoir faire en sorte que le mobile soit difficile à trouver. J'ai jeté mon dévolu sur des homosexuels. Je voulais les punir d'être ce qu'ils sont. C'est à cause de cette communauté si ma vie a été chamboulée.

Pour égarer encore un peu plus les forces de l'ordre, j'ai eu l'idée de faire croire à une sorte d'attaque de vampires. Pour cela, il me fallait un peu de salive d'une personne décédée. Pour ce faire, je devais coûte que coûte trouver un emploi dans une morgue. J'ai cherché si, quelque part en France, les médecins légistes recrutaient des assistants. Je suis tombé fin 2005 sur l'offre de Nanterre. J'ai entre temps fait la connaissance à mon cabinet d'un homme souffrant d'un début de cancer des os. Il était artiste peintre. Il m'a gentiment offert une de ses œuvres. Il m'avait montré sur son portable des photos, de copies de toiles de grands peintres qu'il avait réalisées. Elles étaient reproduites au détail prêt. J'ai osé lui demander s'il était capable de falsifier des papiers d'identité. Il a été étonné qu'un médecin puisse oser poser ce genre de question. Je lui ai expliqué que je m'occupais de jeunes migrants qui souhaitaient se faire une place dans la société. Je ne souhaitais pas intervenir sous mon vrai patronyme. Il a accepté et m'a fait deux jeux de pièces administratives. Il a également copié mes diplômes sous mes deux nouvelles identités.

Début septembre 2006, j'ai fermé le cabinet sous prétexte de vacances. J'avais indiqué que je serais absent durant une quinzaine de jours. J'ai bien entendu changé de look. Je m'étais laissé pousser la barbe. Je me suis rasé le crâne et ai acheté une perruque couleur châtain tirant sur le blond. J'ai également acheté une paire de lunettes factices. Désormais, j'étais méconnaissable. Je suis allé me présenter à la morgue de Nanterre pour la place d'assistant à l'IML. Mon Curriculum vitae a dû leur plaire puisque j'ai été engagé. J'ai demandé un jour ou deux avant de commencer à travailler, le temps que je règle quelques affaires chez moi. Il fallait que je trouve un appartement également sur place.

J'ai aussi profité de mon voyage dans cette ville pour aller chez Mercédès et vendre ma voiture. Une fois la machine lancée, je ne pouvais pas garder cette berline. Les gendarmes auraient eu beau jeu de me retrouver par ce biais. J'ai racheté une Peugeot 308 grâce à mes faux papiers.

J'ai commencé à travailler le surlendemain. Je me suis tout de suite bien entendu avec le médecin légiste. Le week-end suivant, ayant jaugé mes capacités médicales, il m'a laissé gérer seul l'IML durant ces deux jours. Il me laissait la responsabilité du registre des cadavres destinés à partir pour la crémation. Le lundi matin, je suis arrivé à six heures à la morgue. Il y avait une sorte de clochard qui était décédé depuis une dizaine de jours. Il était resté dans le frigo en attendant de savoir s'il avait de la famille pour s'occuper de ses funérailles. Personne ne s'est jamais manifesté. J'ai mentionné sur le carnet que le corps avait été incinéré. J'ai ensuite chargé le pauvre type dans le coffre de ma Peugeot. Le légiste allait reprendre la permanence à huit heures, moi je partais en repos deux jours consécutifs. Lorsqu'il est arrivé, je lui ai passé les consignes et suis parti jusqu'à chez moi à Chasse-sur-Rhône. Mon plan était en place. Restait ensuite à le mettre à exécution.

Je suis arrivé sans encombre à la maison. J'ai transporté le corps dans ma salle à manger. Je suis allé ensuite acheter trois jerricans en plastique de vingt litres. Je les ai remplis d'essence. J'ai préparé le dispositif pour que l'incendie ravage en totalité ma maison. Il a fallu ensuite que j'attende deux heures du matin pour lancer la mise à feu.

Je suis parti sans attendre en direction de Nanterre. J'avais bien entendu loué depuis quelques jours l'appartement dans lequel vous êtes probablement allés.

J'ai tiré un trait sur ma vie d'avant. J'ai quand même suivi sur le net les commentaires sur l'incendie qui avait ravagé ma maison et mon cabinet de médecine et bien entendu qui m'avait coûté la vie. Les jours passants, les gros titres se sont transformés rapidement en entrefilets dans les journaux. Puis, plus rien. J'avais un petit peu de remords envers mes parents. Leur fils venait de périr dans un incendie.

Mais, finalement, je devais penser à ma vengeance. Il me fallait récupérer de la salive pour mener à bien mon idée de faire endosser mes crimes par des morts-vivants. Je me souviens que c'était en mai 2009 que les pompes funèbres m'ont amené un homme victime d'un accident de la circulation. Le mort s'appelait Guillaume Micha. J'ai prélevé un petit peu de sécrétion avant de le préparer pour l'autopsie. J'ai congelé ce précieux liquide pour m'en servir lorsque le moment serait venu. J'avais trouvé une bonne idée, un vampire venu saigner un homme dans une ville distante de plus de cinq cents kilomètres de son cimetière n'allait pas faciliter la tâche des enquêteurs.

Ensuite, je me suis renseigné sur la morgue de votre ville. L'assistant allait partir à la retraite dans quelques mois. J'ai postulé ce poste en envoyant au légiste mon curriculum et mes diplômes. Il m'a engagé, sans me voir, grâce à mes qualifications.

— Je suis allé durant mes jours de repos me présenter à l'IML de Sellonge-sur-Mérac. Je suis tombé des nues en rencontrant le légiste Gilles Mavier. Je l'avais connu à Lyon. Nous étions tous les deux internes. Il avait, j'en étais certain, découvert le viol dont j'avais été victime, perpétré par Fromentin. Je lui en avais également parlé à mots couverts. J'avais besoin de son témoignage pour aller déposer plainte. Il n'a pas voulu me rendre ce service. Il s'est déballonné. Il a préféré sa carrière à la justice. Du coup, sachant cela, j'ai décidé que lui aussi devait payer pour sa lâcheté. Ma nouvelle identité et mon nouveau visage ont fait qu'il ne m'a pas reconnu.

J'ai travaillé à Nanterre jusqu'à ce que je décide de passer à l'action à Sellonge-sur-Mérac. J'ai quitté mon travail sans me retourner, du jour au lendemain, sans même prévenir le légiste. Ce médecin m'aurait demandé des explications. Je voulais éviter cela à tout prix. J'ai passé tout mon appartement à l'eau de javel. J'ai fait de même en ce qui concerne mon casier et mon vestiaire à la morgue.

J'ai travaillé d'arrache-pied pour gagner la confiance de Mavier. Nous avons très vite sympathisé. Durant les semaines qui ont suivi, j'ai réussi à récupérer de la salive sur deux autres victimes, Benoît Martinet et Maxime Albertin. J'avais mes trois doses de sécrétions. Il fallait désormais que je récupère quelques poches utilisées par les organismes de prélèvements sanguins. J'ai repéré leurs locaux dans plusieurs petites villes. Je me suis introduit chez eux pour dérober le matériel dont j'avais besoin. Ensuite, durant plusieurs mois j'ai regardé vivre la ville. Même si je n'ai rien contre les homosexuels, j'ai choisi de tuer trois innocents parmi leur communauté. J'avais toujours à l'esprit le viol que j'avais subi. C'était dans mon inconscient une sorte de vengeance déguisée.

J'ai commencé par assassiner Serge Eymard. Lui, cela n'a pas été compliqué de gagner sa confiance puisqu'il me donnait des cours d'informatique. En revanche, malgré son comportement efféminé, j'ai été peiné d'apprendre qu'il était hétéro. Je connaissais le professionnalisme de Gilles. Je me doutais bien qu'il ferait des prélèvements autour de ce qui pouvait passer pour des morsures. Je devais me débrouiller pour que le GHB et le somnifère que j'utilisais pour neutraliser mes victimes ne ressortent pas sur les analyses de sang. Elles devaient vous parvenir clean. Cela allait me permettre de conforter la thèse des attaques de vampires. Pour ce faire, j'ai utilisé l'ordinateur de Gilles pour envoyer via sa messagerie, un mail aux laborantins. J'ai prétexté en son nom, un problème de logiciel et demandé que désormais les résultats des analyses à venir devaient être remis en main propre à l'assistant de la morgue.

J'ai bien entendu à chaque fois modifié les résultats pour que vous soyez déboussolés.

J'ai répété les assassinats sur lesquels vous avez enquêté. Connaissant votre manière de travailler sur les scènes de crimes, j'ai pris toutes mes précautions pour ne pas que vos TIC ne découvrent aucun indice sur place. Pour ce faire, j'ai pris soin d'effacer mes empreintes digitales si j'avais été obligé de tripoter quoi que ce soit. J'avais bien évidemment revêtu une combinaison spéciale, une charlotte, un masque chirurgical et des gants pour œuvrer sur mes différentes victimes. J'ai méticuleusement passé l'aspirateur dans chaque chambre, sur et sous le lit et dans les pièces dans lesquelles j'avais été obligé de me déplacer.

Je précise que j'ai pris un immense plaisir à assassiner ce salopard de Fromentin. Je me suis présenté à son domicile. J'ai sonné chez lui. Il est venu au portail. Je lui ai simplement dit que je venais d'emménager dans sa rue et que je venais me présenter à mes voisins. Je dois dire que j'ai pris les mimiques exagérées que l'on peut voir chez certains homosexuels. J'ai tout de suite vu dans son regard que je lui plaisais. Il m'a fait entrer. Nous avons commencé à discuter de choses et d'autres. Il était l'heure de l'apéritif. Il m'a offert un whisky. J'ai demandé à avoir un glaçon. Il s'est levé pour aller en chercher un dans la cuisine. J'en ai profité pour verser dans son verre une dose de GHB. Lorsqu'il a commencé à se sentir partir, je lui ai révélé mon identité et lui ai rappelé ce qu'il m'avait fait subir. Je lui ai dit que j'étais chez lui pour assouvir ma vengeance et qu'il allait mourir. J'ai vu dans son regard une terreur indescriptible. Il a sombré dans le néant. J'ai pris tout mon temps pour m'occuper de lui.

Pour Marcel Jacquelin, j'ai pris beaucoup moins de plaisir car ce vieux monsieur était atteint de la maladie d'Alzheimer. Il avait perdu énormément de souvenirs sur la période qui m'intéressait. J'ai quand même décidé de l'assassiner car il n'a jamais levé le petit doigt pour faire cesser les horreurs que Fromentin faisait subir à certains internes.

Michelot fit une pause. Il paraissait soulagé de s'être confié de la sorte. Son visage s'était détendu. Il demanda :

— Je peux vous poser une question ?

— Allez-y, je vous écoute.

— Comment avez-vous fait pour me retrouver, quelle erreur ai-je commise ?

— Disons que nous avons bien été aidés par notre légiste Gilles Mavier. Il avait connu Fromentin et comme vous nous l'avez signifié, il nous a révélé son penchant pour les jeunes internes, allant jusqu'au viol. Partant de ce constat, nous sommes partis sur une probable vengeance d'une des victimes. Notre idée s'est vue confortée lorsque nous avons appris l'assassinat de l'ancien directeur du CHU Marcel Jacquelin. Ensuite, de fil en aiguille, nous nous sommes intéressés à vous. C'est l'incendie de votre maison qui nous a permis de commencer à comprendre ce qu'il se passait. Ensuite, la vente de la Mercédès à Nanterre nous a aidés à tirer un petit fil. L'histoire d'attaque de vampires n'était pas totalement crédible. La première de ces créatures maléfiques venait de cette ville. Nous avons creusé en remontant la piste de la vente de la Mercédès. Je n'ai jamais cru aux coïncidences. En revanche, il est vrai que nous avons buté des jours entiers sur le modus operandi concernant la neutralisation des victimes. Le résultat des analyses nous a énormément perturbés. Lorsque nous avons découvert cette magouille, tout s'est enchaîné.

L'intervention chez Gilles alors que vous étiez sur le point de le tuer nous a confortés dans le fait que nous vous talonnions.

Vous n'auriez jamais dû vous en prendre à notre légiste. C'est la bouteille de soda qui m'a ouvert les yeux. Vous auriez dû soit jeter son contenu dans l'évier, soit la remettre en place dans le frigo. La laisser sur le plan de travail avec un verre à côté a été une grosse erreur. Nous avons tout de suite compris que son contenu avait été trafiqué. Lorsque son analyse nous a été retournée négative, nous avons percuté. J'ai appelé le labo pour savoir comment ils transmettaient leurs résultats. Tout s'est enchaîné.

En revanche, pourquoi avoir sodomisé Serge Eymard et Louis Fontenois ?

— Je ne sais pas ce qui m'a pris. J'ai ressenti une sorte de pulsion. Je voulais savoir ce que ressentait Fromentin lorsqu'il abusait de jeunes hommes inconscients. Très franchement, après ces deux viols, appelons-les comme cela, je n'ai ressenti que du dégoût. C'est pour cette raison que je n'ai pas continué à abuser de mes victimes.

— Vous reconnaissez les faits qui vous sont reprochés pour assassinats et actes de barbarie sur cinq personnes, vol et transport de cadavre, destruction par le feu d'un cadavre et d'une maison, achats et utilisation de plusieurs jeux de faux papiers d'identité ?

— Je reconnais avoir assassiné Serge Eymard, Louis Fontenois, Archibald Fromentin, Marcel Jacquelin et Serge Baudoin. Je ne suis pas fier de tout cela, mais sachez que je me sens soulagé.

Léon clôtura le procès-verbal d'audition. Ludovic Michelot relut et signa sous la mention « la personne entendue ».

Bernard sortit pour appeler le juge Bénédict. Ce dernier répondit rapidement :

— Juge Bénédict à l'appareil.

— Major Liodard, monsieur le juge.

— Ah, alors où en êtes-vous ?

— Le gardé à vue a tenu à s'expliquer. Il a reconnu tous les assassinats et les autres chefs d'inculpation.

— Parfait. Vous pouvez me le présenter à quatorze heures ?

— Sans problème.

— Dans ce cas, à cet après-midi.

À quatorze heures précises, les gendarmes se retrouvèrent avec leur gardé à vue dans le bureau du juge Bénédict. Ce dernier prit connaissance de l'audition de l'intéressé. Il s'intéressa ensuite à son identité et à sa filiation. Il lui demanda de confirmer devant lui s'il reconnaissait tous les actes criminels qui lui étaient reprochés. Michelot confirma le tout. Le juge le mit en examen. Ce fut acté et signé par Michelot. Il demanda ensuite la présence du juge des libertés. Un débat contradictoire s'ensuivit. Il en ressortit que le prévenu allait passer sa première nuit en prison. Bernard et Léon conduisirent ce dernier à la maison d'arrêt.

De retour à la brigade, Bernard appela Gilles :

— Comment te sens-tu ? demanda le major.

— J'ai récupéré.

— Bien, tu peux venir jusqu'au bureau pour déguster une coupe de champagne ?

— Avec plaisir.

— Nous t'attendons.

Bernard appela ensuite Luciols :

— Bonjour Monsieur Luciols. Seriez-vous disponible ?

— Je suis chez vous dans moins de dix minutes. J'adore les vins pétillants.

Les enquêteurs se regardèrent. L'incrédulité se lisait dans leurs yeux. Le médium était vraiment surprenant. Il avait été une pièce maîtresse dans cette enquête et avait réellement des pouvoirs surprenants. Gilles était soulagé d'apprendre que le tueur était désormais sous les verrous pour de longues années. Les gendarmes allaient reprendre leur train-train jusqu'à une prochaine affaire plus ou moins délicate. Bernard appela comme il l'avait promis tous les intervenants dans cette enquête pour leur révéler le fin mot de l'histoire.

Imprimé en France
Achevé d'imprimer en mai 2024
Dépôt légal : avril 2024

Pour

Le Lys Bleu Éditions
40, rue du Louvre
75001 Paris